三島由紀夫——著
吳季倫——譯

小說家的休日時光

小説家の休暇

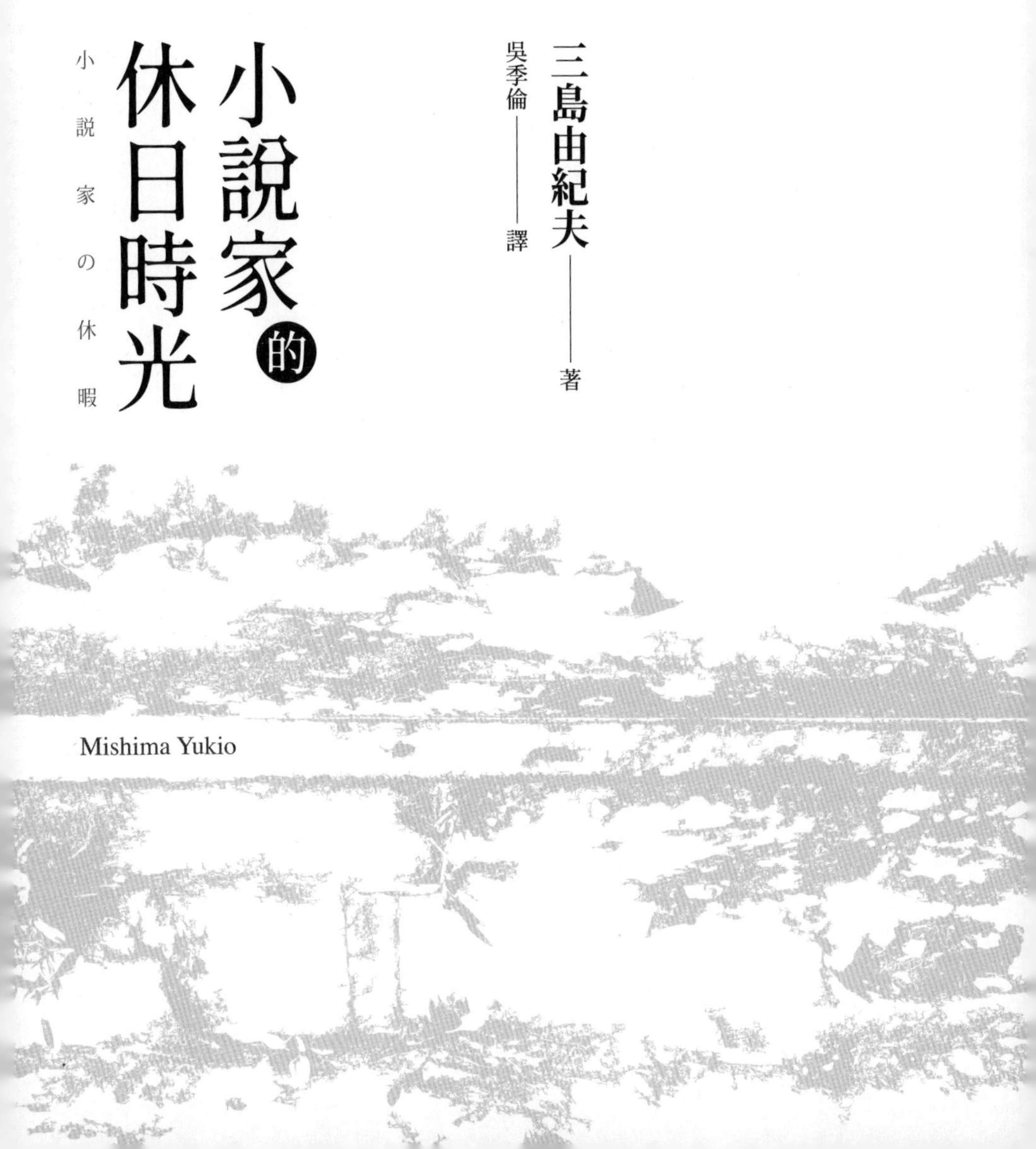

Mishima Yukio

目次

導讀

小說家的休日時光

——三島由紀夫的文學及文學評論

林水福（日本文學、文化研究者，南臺科技大學教授）

《小說家的休日時光》，乍看題目可能會以為作家談的是日常瑣事，或者如何度假之類的；其實，談的範圍非常廣泛，兼及戲劇等，但主要的還是談文學及文學評論。老實說，不是容易讀的書，所談議題不是我個人追隨得了的。然而，如原文解說者田中美代子所說「他所探討的對象多姿多采」，具有明確而確實的問題意識，且貫穿所有議題；他的觀點基於「他嶄新又獨特的感性與理性」的考察，所得結論常不隨流俗，獨樹一幟。篇幅所限，以下謹就個人認為較特殊的觀點提出說明，並略疏己見，如有可參考之處，則幸甚！

首先要談的是三島討厭太宰治乙事。

三島討厭太宰治在日本文壇幾乎是眾所皆知，因為三島不只在這本書裡頭說，也在《太陽與鐵》裡說。此外，別處也可見到類似批評。日本文壇流傳兩人初次見面，三島在太宰面前直接說「我討厭太宰的文學」，太宰微笑以對。三島還討厭太宰的長相，討厭太宰明明是鄉巴佬卻裝作時髦，還有長得一點也不像是殉情的面貌（殉情的面貌應該是要更嚴肅一些）。

表面上看來三島與太宰兩人差異相當大，文體亦不同。但仔細分析，其實類似處也不少。例如：太宰出生於津輕的大地主，三島出生於東京，父祖皆高官。兩人皆衣食無憂，過著富裕的生活。小時候並未受到母親的呵護，與母親疏遠。兩人皆早熟，十幾歲即接近文學，二十幾歲開始過寫作生活。太宰大三島十六歲，最後兩人皆以自殺結束生命；三島留下《豐饒之海》，太宰留下《人間失格》。

說到自殺，太宰是第五次自殺才成功的。一個人自殺了這麼多次，如果不是死意堅強何至於此？而三島的切腹自殺當然也是經過「精心」設計的，絕非臨時起意。所謂「精心」設計，歷經短篇小說〈憂國〉文字（即精神上的切腹），改拍成電影時由三島自己擔任男主角兼導演，行動上再演練切腹一次，最後才是真正的切腹。付諸行動前把自己身後事託付給川端康成。三島的死可以說一切都按照自己的意志進行的。

太宰治的文章，喜歡與否是另一回事，但無法否定他的傑出。最近村上春樹也舉出他認為近代日本十大小說家，太宰治列於其中。太宰治最後葬於禪林寺，他敬愛的森鷗外也葬在這裡；而三島以鷗外的文體為模範，這一點兩人也相似。

太宰在最後的短篇〈櫻桃〉中說：「我，舉目面對山。」引用聖經的話。太宰晚年接觸基督教。〈如是我聞〉中太宰寫道：「我的苦惱也可以說幾乎是那個叫耶穌的人（愛你的鄰人如愛己）碰到的難題。」這是太宰真誠的告白，三島在太宰死後看他的照片，覺得太宰的面貌嚴肅如耶穌基督。

三島與太宰一剛一柔，一強一弱，表面看來截然不同，其實，骨子裡有著許多相似或共通之處，難怪評論家富岡幸一郎甚至認為《金閣寺》或者就是三島的《人間失格》，而金閣或許就是太宰，三島與太宰就像同卵雙胞胎。

關於自殺，三島又說「人們並不是因為絕望而隨便尋死的。我小時候也曾想像過自己如同英雄一般壯烈死去！」印證三島的自殺，我們可以了解三島說的是真話。

有關三島評太宰，我談這麼多的用意在於，三島的見解、觀點，確有讓人眼睛為之一亮或顛覆傳統看法之處，但不可否認的也有失之偏頗之處，或有從另一面重新審視之必要。例如未完成的〈日本文學小史〉，三島已列項目從《古事記》、《萬葉集》、《和漢朗詠集》、《源氏物語》、《古今和歌集》……到曲亭馬琴，全部以「文化意志」的觀點一以貫之；這是嶄新的看法，是否適當，有待讀者自行判斷。

三島的獨特觀點中，例如：對於《萬葉集》的看法一般都認為是質樸的詩風；三島卻認為「它呈現的其實是古代的惶惶不安，而那種恐懼之美的集合體，到最後形成了這種極具特徵的國民精神總和的文化意志。」可說完全顛覆了傳統看法。「這種編纂文集的文化意志，不但是外來文化的影響，也是出自對抗外來文化的意識。」這裡所謂的外來文化指的應該是漢文化。

古時候日本為了擺脫漢文化的主宰或者說束縛，藉由文學作品以影響國民觀念。

我留學東北大學前，已逝恩師原土洋教授個別教授我日本第一部敕撰集《古今和歌集》，當研究生那一年讀的就是這部歌集。我特別注意到其中歌詠四季的春夏秋冬，以及歌詠愛情的「戀」歌。日本四季分明，季節的嬗變，從春天融雪，樹葉的萌芽、抽枝、葉茂枝繁、繁花似錦到秋天葉落剩下光禿禿的枝枒，可以感受得到時間的腳步移動。尤其是春天的櫻花和冬天的紅葉，最是吸引騷人墨客，因此春秋各二卷，其餘夏冬皆一卷。

詠花的和歌，有期待花開的，也有憐惜花謝花落的，可是沒有歌詠櫻花盛開情狀的和歌。同樣的，戀歌有詠未見人即已愛上的，也有剛從愛人家離開馬上就懷念得不得了的和歌，可是獨不見兩人纏綿的描述。這種獨特的感受性慢慢從貴族影響到平民，形成日本民族特殊的感受性。我們今日看到日本文學或電影以處理悲劇見長，與平安朝建立的感受性不無關係。

回到三島的看法，他也說「頌讚春光絢爛的不多，但埋怨遲遲等不到春風和惋惜春時已盡的，則不在少數。」為什麼會這樣？依三島之見會造成這種現象，是人為「規範」出來的。至於為何做這樣的規範，是「純粹是基於語言藝術的數學嚴密性的『語言排列』」。進一步說與假設法關係密切。三島注意到詠花的和歌假設條件者多的現象，指出透過假設法「增添其音樂性或陰鬱性」、「將多所限制的現實中看到的花，轉化為虛構的夢幻之花。」而這部敕撰集，三島的看法是背後有最高的文化集團支持，以及共同的文化意志。

這樣的解釋讓我想起中國人對於詩經國風的解釋，長久以來大多從「賦詩言志」的角度解釋，往往與政治牽扯在一起，掩蓋了本來質樸純真的情感抒發功能。三島右翼思想是否也因此從國家從中央的角度思考？此外，三島對於川端康成著重處女描寫的心理解剖，文章與文體的區別，以及指出《源氏物語》研究者未重視的〈花宴〉與〈蝴蝶〉二卷，皆有獨到之處，值得參考。

無論讀者贊同與否，《小說家的休日時光》將從嶄新的角度，帶領讀者發現我們所未看過的三島由紀夫及其多姿多采的文學世界。

推薦文

以鮮血為墨，用生命書寫

文自秀（趣味書人）

「對我來說，寫作並不是一種使命，而是讓我得以活下去的首要與必要條件，寫作對我而言，就像是一個人正常的呼吸，以至於我的其他活動，譬如喘氣或者是打噴嚏，都只能算是不正常的呼吸。」三島由紀夫曾經這麼形容過寫作對於他的重要性。

一九二五年，本名平岡公威的三島由紀夫，誕生於東京四谷一戶沒落的貴族家庭，從小就讓出身水戶藩族名門的祖母，帶著四處欣賞能樂和歌舞伎的演出，由此薰陶出他與眾不同的氣質與處世態度。

還在小學就讀的時期，三島由紀夫便已展現出他優於常人的文字能力，能夠創作俳句與詩歌作品，十三歲對外發表自己的第一部小說《酸模》，十六歲擔任《輔仁會雜誌》主編，此後更是平步青雲，創作不絕於文壇。

《小說家的休日時光》是三島由紀夫從一九五五年六月二十四日至八月四日，以每日一篇日記的形式，論述關於文學、藝術、哲學，乃至於他獨特人生觀的合集。

「喜歡在潑辣的夏日裡，頂著豔陽散步。真希望能一直這樣走下去。這樣走著走著，二戰結束後那一段既殘暴又抒情的景象，便會鮮活地重回腦海裡。」從日記的第一篇開始，三島用他獨特的生命力，彰顯出對結束了將近十年的第二次世界大戰異於常人的看法。此後人性中悖德與悖論的相互較量，更羅織於本書的四十篇日記當中。

讚嘆谷崎潤一郎作品《細雪》，如同尾形光琳與俵屋宗達般的美學藝術；毫不留情地表現出鄙視太宰治的作品，認為分明是無法抗衡世俗道德壓力卻流露出被迫害者的可恥；感慨本該由自己先行創作出極大矛盾性的拳擊題材，竟然讓比他年輕了七歲的石原慎太郎先寫成了《太陽的季節》。如此直白但又通博的文字力道，也唯有三島才能寫得出來。

我懷著一種彷彿與大作家比鄰而坐的心情，時而捧腹讀著他幽默不饒人的筆觸，時而皺眉思索著他對於錯失年青即該離世的喟嘆，又訝異於他對音樂的疏離感，「在欣賞其他型態的藝術，我總能融入於作品當中。不單戲劇，還有小說、繪畫、雕刻，皆盡如此。唯獨音樂是聲音從別處傳來，將我團團包圍，使我感到膽怯而無從抵抗。」再看他對於普魯斯特將「男色」定義於「一個男人愛上一個男人」這樣的論調予以強烈反對……如此捧讀了數個小時之後，已分辨不出，究竟是太精采的文章內容讓我樂以忘食而引發胃痛，還是日記中許多真實的面相，讓我的心臟與胃部都不由得抽搐喝采。

這些日記是三島由紀夫三十歲時的作品，在此之前，他已經出版了《假面的告白》、《禁色》、《潮騷》等……超過十部以上的著名長篇小說，更別提多達六十部發表於各報章雜誌的短篇小說、超過三十部的戲曲創作，以及那些多不勝數的隨筆、評論、演講稿與詩歌創作。這部日記作品完成的隔年，三島由紀夫更寫下他一生中最為膾炙人口的作品《金閣寺》。如此強大的創作力，寫作之於三島，果真如同呼吸一般的正常，那世上的每一景每一物，似乎都能觸動才子奮筆疾書的靈思。

除了評論日本古典與當代文學，還能以遒勁的筆鋒，解構歐美文學的種種思潮，絕不僅僅只靠耽讀著作就能達成。「創作不僅需要肉體的健康，也需要某種肉體與心理的不健康。清朗的時候需要抑鬱，擺脫煩惱的時候需要另一種憂鬱，覺得寧靜的幸福時需要怒火中燒，感到平淡的喜悅時需要另一種悲傷。單憑一個人的力量，能夠和藥物一樣巧妙地調整身心狀態嗎？然而那怕只是接近一步，努力都不會白費；如果完全放棄努力，空等靈感出現，就會變成一輩子以爪子倒掛在樹上睡覺的『樹懶』。」這世上最可怕的不是那些比你有天分的人，而是那些比你有天分的人比你更加努力，比如：三島由紀夫。

一九五一年，完成《禁色》第一部小說之後的三島，曾經以朝日新聞特別通訊員的身分，展開一場橫斷太平洋的壯遊。他去了一生中最為嚮往的希臘，在這個由伯羅奔尼撒半島和愛琴海中三千餘座小島嶼所共同構成的國家，也是被稱為西方文明搖籃之處，米諾斯文明及邁錫尼文明的璀璨，衝擊著大作家對於古典之美更深層的渴望。此後小說《禁色》第二部與《潮騷》相繼完成，從擴大往外看出的視野，再審視自己內在的需求。

因為自小體弱多病所造成身體上的瘦弱，使得三島由紀夫向來排斥運動，但就在寫日記的這一年，他開始到健身房去鍛鍊，將自己的身體變得精壯結實，擺脫了過去對於肉體的自卑感。此等的豐收，讓他在兩年之後，毅然結束掉單身的念頭，接受他最尊敬的川端康成夫婦的介紹，與知名畫家杉山寧的長女瑤子相親後成婚。

小說家和一般人一樣也會有休假日，小說家的休日時光都在做些什麼？是在籌備自己的另一部小說？還是暫時放空自己於工作的場域之外？三島由紀夫當然是個小說家，但他又絕不僅僅只是個單純的小說家，他還身兼劇作家、評論家、表演家、電影製作人等……多重的身分。因此即使是小說家的三島由紀夫，也沒有辦法真有假日可喘口氣，我們可不就是讓他這部內容充實、見解精闢的日記，驚豔到振奮不已嗎？

「昂首望山遠，但見白雲歇峽間。繞谷怡幽靜，誰知世間多變幻，轉瞬盡散現藍天。夕陽落海上，金燦餘暉點點浪。潮退現灘沙，掏蛤人兒歡語笑，清風拂礁向松林。」且讓我們跟著三島由紀夫最愛的女詩人，也是日本第九十二任伏見天皇的皇后永福門院的和歌，一起大紓於心。

小說家的休日時光

六月二十四日（星期五）

晴空萬里，天氣炎熱。今年的梅雨季似乎是不下雨的乾梅。去逛了久違的神田古書街，買下由高野辰之先生和黑木勘藏先生校訂的《元祿歌舞伎精選集》的珍本。

喜歡在潑辣的夏日裡，頂著豔陽散步。真希望能一直這樣走下去。這樣走著走著，二戰結束後那一段既殘暴又抒情時期的景象，便會鮮活地重回腦海裡。

夏天這個概念，總會令我想到兩種截然相反的觀點：一種是生命，是活力，是健康；另一種是頹廢，是腐敗，是死亡。而這兩項觀點又神奇地結合在一起，化為兩種影像——金碧輝煌的腐敗，以及血傷滿布的活力。二戰結束後的那段時期，正是如此。所以我總有一種錯覺：從一九四五年至四七、四八年那段日子，彷彿一直都是夏天。

在那個時代，就連骨子裡講究傳統的老派男人，大抵也掙脫不了對於黯淡前途的自暴自棄。那確實是一個充滿情慾的時代。在那個時代，人們不知倦怠，誰也不曉得明天會發生什麼事，舉凡能使全身感官變得更加靈敏的條件，一應俱全。

當時的我，儘管在生活上什麼事都辦不到，心底卻十分贊同及雀躍期盼著悖德思想。雖然什麼都不做，卻感覺自己完完全全和那個時代「同床共衾」。即便表面上擺出一副反抗時代的姿勢，實際上卻是與之相擁而眠的。

相較之下，在一九五五年那個時代、一九五四年那個時代，我實在沒辦法和那些時代睡在一起。記憶中，自從我進入所謂的反抗期之後，就不再和時代同床共寢了。

至於作家是否必須像娼妓一樣，不論身處何種時代，都要與之共枕呢？當然，小說免不了要依隨流行。不過，一個處於反抗期、孤立且禁慾的作家，應該會孕育出更偉大的小說吧？

……話說回來，作家總得有一次與時代同寢的經驗，往後方能得到那段回憶的鼓舞吧。

六月二十五日（星期六）

陰。熱。三點起在京橋為青年座[1]的那些人朗讀自己寫的劇本《白蟻穴》。總共朗讀三幕，真是件苦差事。

純粹的戲劇，應該像一個小宇宙。小說也是一樣的吧。然而小說的世界不如戲劇那般封閉，時間的推移也相當自由，沒有必要採用一種固定的宇宙法則模型，控制那個世界的每一個角落；相反地，小說不能如同戲劇那般濫用「偶然」。換言之，作品一定要適用於必然性法則，否則就不能將偶然予以必然化。出現於戲劇裡的人物，之所以能夠機緣湊巧地現身，但不會讓人覺得不自然，原因是比起小說，戲劇在形式上更加要求採用周密的必然法則。

從古至今，戲劇文學的興盛其來有自。在希臘，戲劇和雕刻是基於相同的理念並行發展出來的。那是一種忠實模擬自然與自然結構、宇宙及宇宙結構的理念。而藝術的理想，也就是完

1 日本劇團，創立於一九五四年，歷年來培養出許多活躍於舞台劇、電影、電視等領域的知名演員。

成事物的最終結構。

如果有人說，簡單講，希臘藝術具有人性，這話千萬別信。在那之前，人類創作的藝術是另一種形式。唯獨普羅米修斯那則神話的啟示，倒是展現了人性。普羅米修斯從眾神那裡盜了火，祂取走的不是神的完整形象，而是偷取了某種神力。

火對於人類的炊事、提供溫暖，以及防衛野獸攻擊都相當有用。原始人為了改善自己的生活，希望變得更加便利，發明了相當於延長自己手臂的工具，並且在使用的過程當中習得了技術。

這一路以來，人類做的事，就是從自然界的力量當中，發現有益於人類生活的用途，挖掘出它的功能。工具和機械，其實根本無須講究是否為物體的最終結構，只要極其怪誕地誇大成某種自然力就行了。

科學誕生了。縱使科學的目的，在於認識宇宙法則以及宇宙結構，卻不是為了模擬並打造宇宙的雛形。那種全面性的東西，沒有任何用處。

小說這個領域，充其量只是科學性實證主義時代下的遺孤。這種領域具有某種功能，使得小說無法擺脫其卑微的屬性。

即便如此，原子能時代到來，人類對科學上的要求，亦即從自然界盜取用途與功能，導致難以言喻的非人性結果；相反地，從非人性的要求出發的藝術，卻成為尚且存在的唯一具有人性的東西，這兩項發展恰恰成為悖論。然而，藝術是否該使用嶄新的方法，達到從原子能研究裡發現到的物體最終結構呢？抑或藝術應當停留在目前呈現的自然狀態，這不僅是其該守的分寸，亦是應循的倫理呢？原子彈可以說是人類製造出來的最為詭譎、最為誇張的自然力的仿造品了。

六月二十六日（星期日）

陰。涼風徐徐，濕度也低，氣溫驟降，夜裡飄起了小雨。

對於《細雪》[2]的佳評，實在是太少了。只有武田泰淳[3]先生和中村真一郎[4]先生兩則評論而已。

我在思考尾形光琳[5]、俵屋宗達[6]的藝術與《細雪》之間的相近程度。換句話說，我的想法和一般人相反，我認為寫實主義和裝飾主義是一體的兩面。舉個例子，日本的美學，好比從同一株樹長出來的兩朵花。這二者同為極度反哥德式的美學。

---

2 日本作家谷崎潤一郎（一八八六～一九六五）於一九四八年完成的長篇小說，三島由紀夫對這部作品給予極高的評價。

3（一九一二～一九七六），日本小說家，代表作包括《司馬遷》、《風媒花》、《富士》等。

4（一九一八～一九九七），日本詩人、小說家與文藝評論家，代表作包括《夏》、《冬》、《蠣崎波響的一生》等。

5（一六五八～一七一六），日本江戶時代畫家與工藝家，擅長宮廷式的唯美風格。

6（生卒年不詳），日本江戶時代初期的畫家，畫風多變。

六月二十七日（星期一）

小雨。涼爽。午後Y君來訪，敦請為他寫序。

我自己是在不諳世事的時候就開始寫起小說來了，所以並不反對像Y君這樣的年輕人寫小說。當我重溫過去的作品時，不管是在文筆上、對人性認知的深度上、對人生的看法上，經常會發現如今可以詮釋得更完善的地方。不過，這個想法出現了明顯的謬誤——因為小說家只能靠著不斷寫作，逐漸了解更多事實。

現在我覺得是紅色的東西，二十五歲時的我寫的是白色，可是等到我四十歲，或許又會認為那是綠色的。或許有人會說，既然如此，何不等到能夠確切明辨的時候再寫小說就好？但對於小說家而言，等到能夠確認事實的時刻，應當相當於迎接死亡到來的那一天了。就是因為不確定，所以才要寫出來。即使是到了四十歲才提筆的作家，亦是由可以窺見其對於四十歲面臨的現實所呈現出來的不安，開始寫起的。如果是從追求真理、斷絕欲念的觀點出發，應該沒人寫得成小說吧。

普魯斯特是走進一個軟木貼面的房間裡，動筆書寫《追憶似水年華》的。不可以將他的這種舉動，解釋成某種欲念的斷絕，抑或是決絕地背離人生。

寫小說，或多或少是一種暫停、中止生命之輪繼續轉動的過程。我不後悔自己在二十幾歲的那個階段，曾經為此而頻頻暫停、中止生命之輪的轉動。不過到了最近，我開始覺得，不論是純粹的藝術問題，或是純粹的人生問題，這些都不是小說固有的問題。小說固有的問題是，藝術對比人生、藝術家對比生命的問題。自從本世紀出現了托瑪斯．曼這位代表性的作家之後，才開始追根究柢地探討這個問題。普魯斯特亦是如此。

至於十九世紀的作家，包括巴爾札克和斯湯達爾，則是將這個問題隱藏起來，當成了小說的靈感來源，唯獨福樓拜敏銳地意識到了這個問題。

小說固有的問題，就這樣又繞回了我們活在人世間為何以及如何寫小說這個問題上了；把範圍說得更廣，也就是又繞回了我們活在人世間為何以及如何從事藝術這個問題上了。過去從來不曾有人對藝術提過這個疑問。

換個角度來說，小說是一種從本質上摸索方法論的藝術，它和戲劇那種方法論、形式是自我發展而成的藝術不同。普魯斯特的《追憶似水年華》，正當敘事者發現這種方法論的時候，便掩卷不語了。

為何要寫小說——這似乎成為探討小說的唯一主題，並且在進入本世紀之後日趨尖銳化。在日本，過多的小說只著眼於人生。還有，只聚焦於藝術的小說也太多了。

六月二十八日（星期二）

酷熱。無所事事的一天。

記下一則關於一個古怪男子的故事。某位年輕的男醫師，在追求一位年輕貌美的夫人。那位醫師有輛車子。話說，那位夫人格外小心，告訴醫師除非同意她帶個女性朋友一起到幽會的地方，她才願意赴約。他們幽會的地點是一家咖啡廳。夫人和她的女性朋友在咖啡廳裡等待，不但遲遲沒等到醫師出現，還有個坐在包廂裡的中年女人，不時以相當厭惡的眼神瞥向她們兩人。過了一陣子，醫師終於來了，他不置可否地向等候多時的兩位女士說了聲「請稍待一下」，便朝那中年女人逕直走去，交談良久。好不容易總算等到醫師起身回返，他又說了一次「請稍待一下」，就和中年女人相偕離開了，被留在咖啡廳裡的兩位女士實在不懂這男人在玩什麼把戲。不久，醫師回來了，告訴她們：「方才失禮了。事情都已經談妥，沒問題了。」並領著她們前去搭乘他的車子。兩位女士到了車邊一看，方才那個中年女人，居然好端端地坐在副駕駛座上，瞪著她們瞧。醫師面色驟變，逼不得已，只得向夫人介紹中年女人。中年女人一開口就這樣自我介紹：「敝姓某某，目前承蒙這位醫師的關照……」接著又講出了不堪入耳的侮辱言詞。夫人只當對方是下流女子，並未將那些話放在心上，並且接受醫師邀請一同搭車的建議，和朋友一起上了車。車子開到深夜裡的一座大公園後停下來了。接著，醫師對坐在副駕駛座的中年女人說：「要不要練習一下開車呢？」中年女人居然一口答應，讓其他三人在公園下車，獨自駕車離去了。

年輕的醫師在公園的長椅坐了下來，並且當著夫人朋友的面，稱讚了夫人：「妳真是不容易，居然能夠忍下那樣的惡毒咒罵，這令我更加中意妳了。」

不久，夫人和女性朋友離開，回家去了。

面。

當天深夜，醫師撥了通電話到夫人家，說是想要見她一面，懇求她二十分鐘後到家門前碰面。

夫人在深夜時分走出了家門等待。一輛汽車靠近，醫師下了車，對她這樣說：

「剛才真的萬分失禮。那傢伙已經冷靜下來，非常懊悔，說她不該罵了妳，還說妳長得漂亮又可愛。那傢伙其實本性善良，往後希望妳們能夠像姊妹一樣和睦相處。」

夫人未置可否地應了一聲，醫師又上車開走了。

這個故事是真有其事（且不論敘述者的添磚加瓦），只是事情從開頭到結尾，簡直是個奇妙的謎團。小說家應該不會寫下這種故事——從頭至尾完全欠缺心理層面的必然性。只消以簡單的常識判斷，就可以知道那醫師打從一開始就在耍花招。他為了吸引夫人的注意，故意約自己的女人在相同的時間、地點見面吧。由於夫人和中年女人素未謀面，等到醫師抵達，和中年女人交談後帶她離開，再找個藉口脫身，如此一來中年女人仍舊被蒙在鼓裡，也同時達到了讓夫人嫉妒的效果。可他失算的是，中年女人憑著直覺，在進入咖啡廳後就留意到夫人了，於是從醫師對夫人說第一句「請稍待一下」之後，她就看穿了醫師的伎倆並且與他發生爭執，導致醫師的計畫無法順利進行下去。

不過，其後中年女人獨自開車離開了，這時的她究竟抱持何種心態，令人費解。至於最大的謎題則是（不過這也可能是最容易解開的謎題）夫人和醫師根本還沒有交往，卻在遭到他情婦的一番咒罵之後，仍舊毅然上了他的車，這又是基於什麼樣的心態呢？

聽說醫師後來和那個中年女人結婚了。

六月二十九日（星期三）

氣溫高達三十二度的大熱天。某君及某君邀我共進晚餐，由於天氣太熱，我們離開市中心，去了位於二子玉川的香魚料理餐廳T亭。河畔拂來的微風雖不如想像來得清涼，香魚倒是相當可口美味。兩位友人回程時順訪舍下飲酒暢聊，直至深夜一時半才散會。

其中一位酷愛蒐集唱片，可我連一張唱片、一台留聲機都沒有。

我很羨慕那些能在理智與情慾交錯的情境中享受音樂的人。即便去參加音樂會，我還是不太有辦法沉浸在音樂之美當中。那種缺乏實質意義的事物，使我無法忍受甚至感到焦慮。一旦開始演奏，我的精神狀態就會變得不穩定，乃至於分裂。我還曾經在演奏貝多芬的曲目時，突然想起昨日把東西忘在某個地方了。

所謂的音樂，就像是站在人類內心黑暗深淵的邊緣上逗弄戲耍。人們居然把如此可怕的遊戲當成了生活娛樂之一！每當我在音樂廳或擺設富麗的客廳裡，看見那些側耳聆聽音樂的人們，總要為他們的大膽而咋舌。這麼危險的東西，怎麼可以讓人們在生活當中接觸到呢？

把聲音這種無形的東西，採用嚴格的規則統籌制定後，就成為音樂了。這令我立刻聯想到，這就和被人類捕進牢籠的幽靈，幾乎沒有什麼不同。對於這種無形的黑暗，愛好音樂的人們，竟然輕易相信作曲家已經贏得了這場精神戰役，為之喝采，放心地將自己交付給作曲家的勝利，這顯然無異於在馬戲團觀賞籠中猛獸表演時報以鼓掌的觀眾。問題是，萬一獸籠被衝破了，該怎麼辦？萬一貌似已經獲得了精神上的勝利，其實卻是失敗了，又該怎麼辦？音樂會的聽眾與馬戲團的觀眾，兩者的差異在於，後者明白獸籠會有被衝破的危險，前者卻從來不曾思考過那樣的風險。我不禁想起比亞茲萊[7]的畫作《聆聽華格納的人們》裡面那一張張傲慢的面孔。

假設作曲家在這場精神戰役裡已經敗北了。在戰敗的剎那，音樂頓時化為有毒的可怕東西，像毒氣那樣具有致人於死的作用。聲音噴湧而出，化為無形的層層禁錮，將聽眾的心靈囚禁其中，而聽眾渾然不覺自己被推下無底深淵……

話說回來，我平時忙於創作，並不追求這種與深淵僅有一線之隔的嗜好。對於音樂，我的要求僅僅只有：就當我是一頭情慾滿溢的豬吧。所以，我只喜歡聽在用餐的嘈雜聲中輕輕流洩的音樂，和搖臀扭腰的中南美洲舞曲而已。

六月三十日（星期四）

微熱。天陰。與四、五位來客見面。

〇君勸我不要鄙視太宰治，應該以更溫暖的心態來閱讀他的文章才好。

---

7 Aubrey Beardsley（一八七二～一八九八），英國插畫藝術家，作品風格前衛，兼具唯美華麗及怪誕頹廢。

我對太宰治文學作品的厭惡，可謂極其強烈。首先，我討厭這個人的長相；其次，我討厭這個人分明土氣又自以為時髦的品味；再者，我討厭這個人飾演了一個不適合自己的角色。既是一個會和女人殉情的小說家，就必須展現出更嚴肅的樣貌來才行。

我當然曉得，對我自身而言，確切地說是對一個作家而言，弱點會成為最大的優點。但是，把那個弱點直接操作成優點的作法，我認為是自我欺騙。無論由各種角度看來，人類相信那個一無是處的自己，已經屬於僭越，遑論進一步逼迫他人亦要接受這種觀點！

太宰治性格上的缺陷，至少有半數應該都可以透過冷水擦澡、機械體操與規律作息而得到治癒。應該藉由生活方式解決的問題，就不該到藝術領域裡尋求答案。若採用悖論的邏輯稍做解釋，也就是一個不想被治癒的病人，根本稱不上是真正的病人。

對於文學和真實生活，我和他所秉持的價值觀都在不同層次上。論文學，強而有力的文體自然比蒼白虛弱的文體來得美麗。比方在動物的世界裡，懦弱的獅子會比凶猛的獅子看起來更美嗎？強優於弱，意志堅定優於猶豫不決，獨立不羈優於恃寵而驕，勝者優於丑角。當我讀到太宰治的文學作品時，當我讀到那宛如殘疾人的貧弱文體時，我所感受到的是這個男人的狡猾——一旦面對世俗的道德壓力，旋即流露出遭受戕害的神情。

這個男人從頭至尾就沒弄懂——世俗之事，別說不會傷害藝術家，根本對藝術家不屑一顧。他的性格傾向是自殘之後，博取外界的同情。所謂的被害妄想，並非在心裡放大敵人的可怕，而是缺乏想像力。要激發想像力，就必須直面現實才行。他的被害妄想是把眼前的岩石看成了怪物，以為只要衝撞那隻怪物就可以讓牠消失，於是猛力一衝，想不到卻把自己的腦袋瓜給撞得頭破血流了。

唐・吉訶德只是故事裡的人物。塞萬提斯並不是唐・吉訶德。為何某些日本小說家總有一股奇妙的衝動，試圖仿效故事裡的人物呢？

七月一日（星期五）

晴。熱。昨晚通宵趕工了。傍晚去文學座[8]。今天從五點開始，劇團一連演出六齣獨角戲。雖是特地去觀賞舞台劇的，但由於熬了夜，唯恐看到一半會睡著，萬一真的抵擋不住睏意，對劇作家和演員可就失禮了，索性離開那裡，去看了一部由愛德華・羅賓遜[9]主演的幫派電影《黑色星期二》。這部電影劇情緊湊，令我睡意全消。

兩三天前為自己的音痴寫了幾段辯護，但寫得不夠完整。若是在精神崩潰的邊緣戲看人間，既是壯烈的悲劇，亦可以成就傑出的小說；為何只有音樂，會讓我感到不安和害怕？那是因為聲音這種非具象的形式，帶給我異樣的恐懼。

---

8 日本劇團，成立於一九三七年，歷年來培養出許多活躍於舞台劇、電影、電視等領域的知名演員。

9 Edward G. Robinson（一八九三～一九七三），出生於羅馬尼亞的美國演員，好萊塢當紅明星。後文提到的電影《黑色星期二》（*Black Tuseday*），一九五四年於美國上映。

在欣賞其他型態的藝術時，我總能融入作品當中。不單戲劇，還有小說、會話、雕刻，盡皆如此。唯獨音樂是聲音從別處傳來，將我團團包圍，使我感到膽怯而無從抵抗。真正的愛樂人想必能夠洞悉音樂的構築型態，不至於心生畏懼，然而我卻完全無法看清楚音樂的具體樣貌。

奇妙的是，反而是眼睛可見的事物，總能給予我如同聆聽音樂時的感動。我在看到自然美景，或是觀看精湛的戲劇時，應該與愛樂人聆聽音樂時受到的感動相去不遠。當「美」以明晰的型態，冷傲地出現在我面前時，我能夠安心地融入其中，與它合而為一；可如果是聲音那種無形的東西朝我步步進逼，我會膽寒退縮。白天一覽無遺的大海讓我感到快樂，但夜晚只聞其聲的浪濤令我懼怕。

假如把藝術的享受分成虐待性和受虐性兩種，我毫無疑問是前者，而愛樂人大概屬於後者。聆聽音樂的喜悅，恐怕是一種被圍裹、被緊抱、被戳刺的純粹歡愉，一種完全被動接受高壓式情感的欣喜。任何種類的音樂，都無法讓我拋開束縛。即便是學生時代唱加油歌時，我也覺得備受壓抑。

談到被動式的享樂，如果是電影，我倒能甘心當個受虐狂。這種在膠片上一幕幕出現的假象，是人類發明的假象當中，最為安全、最為受限的一種。比方今天看的這部電影《黑色星期二》，幫派分子越獄的那段情節非常刺激。不過，我還沒看過會造成我精神受創的電影。到底要到什麼樣的程度，才會造成精神的創傷呢？

七月二日（星期六）

晴。酷熱。今天一整日待在家裡。對面A診所的院長昨晚心肌梗塞過世了，享年七十八歲。不過是兩三天前，一個炎熱的午後，我在路上漫步時才剛見過他而已。今天晚上是守靈夜。八點左右，讚美歌的合唱聲忽然從他家院子的樹下傳了過來。

我從兒童期到剛進入青春期的那些年，死亡的念頭始終在腦海裡揮之不去。後來不曉得為什麼，死亡這件事突然從心裡消失無影了。

我當時深信上天將賜予恩寵，認定自己在二十歲時就會死去。即便過了二十歲，接下來的幾年間依然保有這樣的心態。不過，我現在不再相信恩寵與奇蹟，死亡的想法也已經離我遠去了。當我終於下定決心從此必須活下去的那一刻，心中升起的那股絕望和幻滅，我相信但凡二十四歲的年輕人應該都曾經歷過。多數自殺的年輕人，都是來自從兒童時期就對死亡懷有強烈的憧憬。人們並不是因為絕望而隨便尋死的。

我在青春期以後，才擁有了真正健康的身體。這種人的心理機制，和天生健康的人是不同的。這樣的人在獲得身體健康之後，會告訴自己往後凡事看開，無須計較小節。我對於思考死亡這件事的鄙視可說是無以復加，而這種看法的產生，絕非單純是由於我的生活變得忙碌了。

我有時和世俗凡人相同，把忙碌與活著劃上等號，於此同時，對於死亡的希求愈來愈漂離現實，任其幻化為幼稚的夢想，好比放著一座廢墟荒煙遍處，蔓草叢生。從此，我不再對死亡做哲學性的思考了。

直到現在，只要得空，我仍然會思索一下理想中的死法，這和我會思索一下理想中的生活，沒什麼不一樣。

比方，某個晴朗的早晨，我幸福洋溢地在森林裡散步。——在此澄清一下，我從來不曾在中午以前睡醒，也從來不去散步，住家附近更沒有森林。——言歸正傳。就在我散步的時候，有個人正在森林裡保養槍枝，而我自然不知道這件事。突然間，槍枝走火了。子彈不偏不倚，射中了我的背部，打進了我的心臟。我身軀一軟，當場斃命，連感覺到自己的死亡都來不及……

被流彈射死是如假包換的他殺，這種死法完全是沉浸在幸福之中的精神怠惰，我並不屬意。畢竟，我小時候也曾想像過自己如同英雄一般壯烈死去！

七月三日（星期日）

晴。熱。為了尋找小說寫作的資料，午後去日本樂器行購買《歌劇名曲集》（男聲篇・女聲篇）。

舉個例子。斯湯達爾有個短篇〈瓦妮娜・瓦尼尼〉採用的是紀錄式的寫法。一八二X年春天的一個晚上，她出現在B公爵舉辦的舞會上。「一位年輕女子由父親領著進了舞會，那晶亮的眼眸、烏黑的秀髮，在在顯示出她來自羅馬」。由於「在眾多美女之中，必須選出一位最美麗的女子」，經過了一番評選，「瓦妮娜．瓦尼尼公主，亦即方才那位有著墨黑秀髮與眸光如火的女子，終於被宣布是當晚舞會的女王。」

像這樣的故事性，在小說的描寫價值上讓人感到絕望。瓦妮娜．瓦尼尼在那一晚的舞會上被選為第一美女，然而對她的描述，僅僅用了「墨黑秀髮與眸光如火」這兩句，故事就這樣從羅馬的第一美女身上展開。在這個前提之下，其後男子的諸多奇特行徑，讀者也都欣然接受了。

到了二十世紀，哈第蓋[10]採用了這樣的寫作方式。他對於《德．奧熱爾伯爵的舞會》的女主角瑪歐，並沒有任何具體的描述。

我在幾年前，曾和法國電影導演安德烈．卡耶特[11]就此做過討論。當提到「美女」的定義，有的男人認為是豐腴的女人，有的男人認為是纖瘦的女人，有的男人認為是高挑的女人，有的男人認為是嬌小的女人，各自有著不同的想像。也因此，小說刻意透過最低程度的描述，使讀者的想像力無限擴張。然而，電影卻無法比照處理。電影必須真實地讓某一位特定的女子

10 Raymond Radiguet（一九〇三～一九二三），法國詩人與作家。《德．奧熱爾伯爵的舞會》（*Le Bal du comte d'Orgel*），於一九二四年出版，為其遺作。後文提到的《肉體的惡魔》（*Le Diable au corps*）出版於一九二三年，既是處女作亦是代表作，曾多次搬上銀幕。

11 Andre Cayatte（一九〇九～一九八九），法國導演，代表作包括《刑事法庭》、《我們都是殺人犯》、《洪水之夜》，合稱「法庭三部曲」。

出現在銀幕上。她在劇中的裝扮、拍攝時的照明，以及和觀眾之間的距離，注定了沒有想像力揮灑的空間。電影強迫觀眾接受特定的影像。所以我認為把小說搬上銀幕，有著根本上的矛盾，但卡耶特不認同我的看法。

我至今仍無意撤回我的論點。不過，我也無法肯定，這種刺激讀者想像力的聰明作法，是否為小說固有的手法。

電影的真實性和非真實性，或許就潛藏在斯湯達爾和哈第蓋的寫作方法當中。我之所以這麼說，是因為「羅馬第一美女」這個肯定句帶給我們的聯翩浮想，和由冷冰冰的歷史記敘、理性的科學紀錄所引發的想像力，難道不是同樣的東西嗎？這樣的手法並不是保證那些完全只出現在小說世界裡的人物的真實性，而是將小說世界融入現實當中，藉由實際存在的真實性加以佐證，這難道不是早已行之有年的技巧嗎？

巴爾札克採用的卻是截然相反的方式。

在此容我贅述引用他對莫黛斯特．米尼翁的驚人描寫：

「大概是為了紀念夏娃吧，有一種女人，號稱金髮仙子。莫黛斯特淡淡的金髮美麗超群，亦屬金髮仙子之列。她的肌膚光滑如緞，酷似絹紙貼在皮肉上，冬季嚴寒時瑟瑟發抖，眼神的陽光又使它放出異彩，使你恨不得用手去觸摸一下。她的頭髮如禿鸛羽毛一樣輕盈，卷成英國式環形。頭髮下面隆起的前額，是那樣端正完美，簡直像是圓規畫出來的；那額頭雖然由於思考問題而閃閃發光，卻仍然恬靜、安詳，簡直到了沉著的地步。何時、何地你能見到更優美和諧、如此明淨開朗的前額呢？它如同一顆珍珠，彷彿具有光澤。她的眼睛，藍中透灰，如同孩童的眼睛那樣清澈，透出全部的聰穎和天真無邪。她的眉毛好似中國臉譜用彩筆一一勾出的那樣，栽在那裡，微微顯出眉弓來，與前額渾然一體。眼睛周圍、眼角上、鬢角邊，藍色的毛細血管間呈現珍珠的色調，這是皮膚白皙的人獨具的特色。這一切更突出了她心靈的純真。她的面龐，是拉斐爾筆下聖母瑪利亞那種橢圓形面孔，特徵是雙頰顏色純潔適中，與孟加拉玫瑰一樣柔和。透光的眼皮上，長長的睫毛給面龐投下一抹暗影，暗中卻又透著明。她那此刻側著的脖頸，頎長，呈乳白色，使人不由得想起李奧納多．達文西喜歡用的不可捉摸的線條。幾點雀斑，有如十八世紀婦女貼在臉上的假痣，說明莫黛斯特的的確確是大地的女兒，而不是義大利天使畫派夢寐以求的那種造物。她的嘴唇，細膩而豐滿，又有些嘲弄人的神氣，對異性頗有吸引力。她的腰肢靈活，卻不過分纖細，不會叫人為生兒育女而擔心，也不像有些少女的腰身全靠緊身衣病態的束縛而得來。如此優雅的曲線美，有如一株迎風搖曳的小白楊，細布、鋼鐵和束帶能夠使之更加完美，卻無法創造出這種美來。珠灰色的長連衫裙，鑲著櫻桃紅的邊飾，無邪地勾勒出上身的輪廓。一件無袖胸衣，蓋住還有些瘦削的肩膀，只讓人看見脖頸與肩膀相接處初始的豐滿。希臘式的鼻子，端正細膩，鼻樑與面頰連接處顯得棱角分明，粉紅的鼻孔，散發出難以名狀的莊重氣息。為近乎神祕的色彩所籠罩的額頭，其詩意險些被嘴上肉感的表情掃除一空。天真純樸之氣與清醒的嘲諷，爭奪著眼珠那深邃而又變化莫測的天地。看到這張集撲朔迷離與聰穎於一處的面龐，一個善於觀察的人說不定會想到，這位少女，任何聲音都會喚醒她警覺、靈敏的耳朵，她的鼻子尋覓著藍色的理想之花的芬芳，她大概是每天日出前後展開的詩情畫意與白天的勞作之間、異想天開與現實之間搏鬥的戰場。莫黛斯特是個好奇而又知羞恥的姑娘，她知命明理，貞潔自守。與其說她是拉斐爾的童貞女，不如說是西班牙的童貞女更為貼切。」[12]

——這個段落他竟然用了整整四張稿紙！

讀到這裡，讓我聯想到的是《舊約聖經》裡的〈雅歌〉，或是《一千零一夜》裡的詩篇，那種中東風情的肉體神祕主義，而絕不是十九世紀的實證主義。

當巴爾札克寫下這段描述的時候，他徹徹底底不相信現實。這個夢想家的靈魂，肩負起創造的義務，堅持所有的一切都必須親手打造，而且還必須是由小說的假想世界裡打造出來的才可以。讀到這樣的描寫文字，彷彿可以看見巴爾札克像是一隻只用某些特定材料築巢的鳥兒，充滿潔癖地丟開現實，僅僅使用文字孤獨地編築起自己的巢窩。

而且他那宛如犧牲了有機連結作為獻供的對於各個細部的微觀描述，比起闡明某個人類肉體的魅力，更像是以組織化的物像帶給我們詩意的情感，莫黛斯特．米尼翁那美麗的髮絲、額頭、眉毛、脖頸、脣瓣、肩膀、鼻子等等，漸漸不屬於莫黛斯特所有，而變成了巴爾札克的思想樣貌。

於是，我近來比起對斯湯達爾的描寫感到絕望，反而透過巴爾札克，開始一點一滴體悟到小說家對於描寫方式應當秉持的信仰了。然而這種方法的困難在於，如此鉅細靡遺的影像，會引起讀者多少共鳴？即便真的引起了共鳴，那些細微描述、無一疏漏的影像，又能否在讀者的心中縈繞不去呢？

七月四日（星期一）

雨時下時停。去了AMERICAN PHARMACY[13]買太陽眼鏡。六點起參加矢代靜一[14]先生的《壁畫》新書發表會。這場派對全都是熟識的朋友出席，毫無拘束，賓主盡歡。八點告辭，搭上湘南電車，住進熱海旅館。

我旅行時偶爾會帶上一本讀過的書，但不是每趟旅程都一定會帶。今天帶在身上的是亞蘭・傅尼葉[15]的《高個兒莫南》，一展頁就令我欲罷不能。

上次讀這本書是十年前的事了，故事內容早已忘得一乾二淨。與其說是忘記，更確切的說

---

12 節自巴爾札克《莫黛斯特・米尼翁　婚約》（*Modeste Uignon. Le Contrat de Uariage*），譯者袁樹仁，人民文學出版社，一九九八年三月。

13 最初是一九五〇年於日本東京飯倉坡上的美國海軍將校俱樂部裡開幕的一家小店，兩年後搬到有樂町的日活國際會館，正式以「AMERICAN PHARMACY」的店名營運，主要販賣美國的舶來品。

14（一九二七～一九九八），日本戲曲作家與戲劇作家，《壁畫》為其戲曲集，由Eureka出版社於一九五五年出版。

15 Alain-Fournier（一八八六～一九一四），法國詩人與小說家，代表作《高個兒莫南》（*Le Grand Meaulnes*，又譯《美麗的約定》）被譽為法國文學經典之一，日譯本由水谷謙三翻譯，由白水社於一九三八年出版。

法是第一次閱讀的時候是跳著讀的。

《高個兒莫南》對於當時還是青少年的我，算不上是愛不釋手的小說。這也難怪，如今重讀後才明白，這是為了懷念兒時回憶的人所寫的小說。青少年閱讀懷念兒時回憶的小說，怎麼可能覺得有意思呢。

我那時喜歡讀的書是早熟的少年故事。例如哈第蓋的《肉體的惡魔》裡面那個主人公的「我」，總是顯現出超乎實際年齡的焦躁不安，這種主題的書對那時候的我更有吸引力。

尚．考克多[16]在《鴉片》中曾經這樣寫道：「比較《高個兒莫南》和《肉體的惡魔》兩本書，傅尼葉是優等生，哈第蓋是劣等生。這兩個見識淺薄的人，剛剛掙離了死境，旋即又立刻回到死神的懷抱裡，兩人沒有絲毫相同之處，然而他們所留下來的小說，帶我們走進一個遠比植物或動物世界還要未知又純真的神祕世界。在教室裡的法蘭茲，情感上受了創的法蘭茲，穿上了雜耍表演肉色襯衣的法蘭茲，患有夢遊症的奧古斯丁．莫南，屋頂上的瘋狂女子伊馮娜和瑪爾德，兩個經歷過可怕孩童時代而瘋癲的女子。」

相較於哈第蓋以銳利的分析風格書寫「我」，《高個兒莫南》的主人公則是從「我」的角度，以簡略的筆調描寫。因為必須以這樣的筆觸，才能呈現出主人公的純真心態。

不單如此，不同於哈第蓋筆下的人物，出現在《高個兒莫南》裡的人物群，包括一生都是奇特少年的法蘭茲，還有奧古斯丁以及「我」，自始至終都活在自己的少年時代，甚至奧古斯丁還為了實踐少年時代的誓言，拋下深愛的女子，踏上了旅程。他們是一群永遠不會長大的少年——彼得・潘。

隨著讀閱這部小說，映入眼簾的「出發」一詞，頓時令我的胸口感到了一股久違的悸動。

「莫南突然站起來，……大喊一聲：走，出發吧！」

我曾完成一趟短暫的環遊世界旅行[17]，而今卻對「出發」這個語彙感到生疏，實在慚愧。

這部小說最讓我喜愛的部分是第二章（寫得最美的當然是充滿謎團的第一章），也就是現實的苦澀漸漸滲入了少年的夢想之中。在閱讀第一章時，我一直祈禱著：請讓這一切的謎團不要揭開，請讓這一切的美夢不要醒來，請讓莫南的冒險旅程永遠不要抵達終點。這部小說雖然和偵探小說一樣屬於逐漸解開謎題的典型模式，但是帶給讀者的效果卻是完全相反，不是藉由偵探小說那種抽絲剝繭的推理氛圍引人入勝，而是透過不希望謎底揭曉的犯人心態讓我們身歷其境。因為謎底揭曉的那一刻，這部小說會帶給人無比殘酷的衝擊，並且剝奪了對於少年時代的美好憧憬。

那個永遠的少年奧古斯丁・莫南，對於夢想和未知的想望、永無止境的冒險欲望，以及採

16 Jean Maurice Eugène Clément Cocteau（一八八九～一九六三），法國詩人、小說家、劇作家、評論家、藝術家、電影導演。代表作包括小說《可怕的孩子們》、電影《詩人之血》、《美女與野獸》、《奧菲斯》等。《鴉片》（*Opium*）為其評論集，於一九三〇年出版，日譯本由堀口大學翻譯，角川文庫於一九五二年出版。

17 三島由紀夫以《朝日新聞》特別通訊員的身分，於一九五一年十二月二十五日出發環遊世界，並在一九五二年五月十日返抵日本。這趟旅行是他生平第一次出國，旅途中感受到的西方文明，對其日後作品產生了極大的影響。

取行動的衝動……「不惜衝破任何障礙亦要完成某事、抵達某處的冒失而莽撞的希望」……正是這股少年時期特有的典型衝動，促使莫南體驗了那如夢似幻又奇妙的古城慶典，然而亦是同樣一股力量，那難以抑遏的魔力，使得這段經歷不只是一個夢，進一步讓莫南熱衷於解開這道謎，最後終於面對現實，引領莫南走向自我傷害的結局。所謂的少年時期，就是具有這樣矛盾的構造。典型的少年，注定成為少年期的犧牲品。但這或許不僅僅會發生在少年時期。典型的青年，亦會成為青春的犧牲品。活得精采，也代表成為生命的犧牲品。如果不想成為生命的犧牲品，就必須活得乏味，並且非得學習法國人的吝嗇，非得儲蓄不可，非得成為一個卑鄙的人才行。

在第二章裡，法蘭茲解開繃帶後，露出了那張高貴而俊美的臉龐，莫南動身前往巴黎，成了孤身一人的「我」，學到了人生第一次的斷念，這時候莫南從巴黎捎了一封信來……，這個段落流露出絕望的旋律，其創作靈感除了雅各布森[18]那一部精湛的青春小說《尼爾．律內》，迄今未見其他足以相提並論的作品。

七月五日（星期二）

整天下雨。南風猛烈呼嘯。整天待在旅館裡。

近來，外在世界幾乎不再會對我造成什麼影響了。外在世界逐漸冷卻、凝固。不過，這絕不代表我的內心世界充實而豐饒。所謂的內心世界的悲傷，已經離我遠去了，彷彿我已經馴化了外在世界。不可能是這樣的。絕不可能是這樣的。我不可能辦得到。

恩斯特．克雷奇默[19]是這樣寫的：

「隨著分裂性質變進程的演化，最後終於到達麻痺冷淡的極端。在這個過程中，像冰一樣堅硬的物體（或者說像皮革一樣硬邦邦的物體）逐漸將身體包覆起來，而會引發過敏的強烈反應則會逐漸減弱。」

像皮革一樣硬邦邦的物體——這個形容真是妙不可言！大致說來，我小時候的夢想已經全部實現了。兒時的幻想，在幸與不幸的種種機遇下，一切成真了。唯一還沒達成的是當上英雄的雄心壯志。

我的人生還有什麼該做的事呢？我猜，自己終究也會和常人一樣結婚吧——用個幼稚的說法，直到我內心那頭名為「獨創性」的怪獸膩煩了繼續衝撞的時候。

七月六日（星期三）

陰。偶爾飄雨。南風吹襲依舊，海浪濤天。晚餐在魚見岬的綠風閣吃炸蝦。

---

18 Jens Peter Jacobsen（一八四七～一八八五），丹麥詩人與作家。小說《尼爾．律內》（*Niels Lyhne*）出版於一八八〇年。

19 Ernst Kretschmer（一八八八～一九六四），德國精神醫學學家與心理學家，以研究體質、體態與人格特質之間的關係著稱。

我對炸蝦沒什麼特別的感覺，所以在每一家店吃到炸蝦時，通常都覺得很好吃（這家店的應該是真的很好吃）。不過，這年頭有許多年輕人擁有雅致的嗜好，從學生乃至於剛離開校園的人士，不少人都精通能樂、歌舞伎、茶道或花道。這些年輕人的談吐有一種特徵，那就是一旦提到和自己的興趣相關的話題立刻滔滔不絕，對方根本沒有插話的餘地。這種侃侃而談流露出的不是青澀，而是一種扭曲且極度畸形化的言詞。

細想起來，這些日本藝業的特色，充其量都屬於體驗式的，欠缺理論基礎，只能隨著年齡的增長而累積經驗，因此一旦年輕人沉浸於這種嗜好當中，便不自覺地擺出老成的樣態來。

一般都將小說歸類在近代藝術的範疇之中，但我們對於「文章道」的既定概念，恐怕比較接近日本藝業，願意給予文筆極佳的學生發揮的空間。當我們看到年輕人寫的小說，經常會稱讚這些優秀撰寫者的文章風格不俗、不矯情隱晦、技巧純熟，如同我們稱讚那些精通歌舞伎、精通能樂、精通茶道、精通俳句的學生一樣。

況且我過去寫的也都是這種文青式的文章，因此在讀到年輕人的精采文筆時，更是覺得格外難為情。

唯一適合學生的嗜好，大概只有運動一項；而適合學生寫作的文章，同樣也只有那種具有清新風格的運動員式的文章——無論裏上多麼華美的衣裝，都必須讓人可以隱約瞧見底下的那副強健的體魄才行。

對了，最近我讀了一位年輕人寫的小說《太陽的季節》[20]，那是一個關於學生拳擊手的故事。且不評論那篇小說寫的好不好，最令我感到遺憾的是，這種在本質上具有極大矛盾、文青式的文章題材，竟然已經被人先寫出來了。

七月七日（星期四）

早上下起了太陽雨，天色不太好，但到了下午轉晴。我在泳池畔待了一整天，結果曬傷了，晚上疼得無法入睡。

普魯斯特那番關於人類知覺的根深柢固的宿命論，或者容我說是病態的宿命論，我最近不再像以前那麼鍾愛了。儘管所有的宿命論看似符合現實主義，但是真正的現實主義與宿命論具有本質上的不相容。

盧卡奇[21]曾在〈巴爾札克與法蘭西現實主義〉中詼諧地描述過，身為保王黨的巴爾札克在不自覺中成為現實主義者，以致於一次又一次背離了他原有的保王思想的這一段歷程。盧卡奇

---

20 石原慎太郎（一九三二～，日本作家與政治家，曾任四屆東京都知事）於一九五五年大學在學期間發表的短篇小說，同年奪得第一屆文學界新人獎，翌年獲頒第三十四屆芥川獎，此後曾多次改編成電影、電視劇、動畫片。此部作品以及其後的系列作均被搬上銀幕，在日本的年輕人間捲起一股狂熱風潮，競相模仿書中人物放蕩不羈的穿著舉止，這些年輕人被稱為「太陽族」，並且引發了不少社會問題。

21 György Lukács（一八八五～一九七一），匈牙利哲學家及文藝評論家，將物化和階級意識引入馬克思主義哲學和理論，代表作包括《歷史與階級意識》、《心靈與形式》、《小說理論》等。

又這樣說過：「對於世界衰敗，亦即文化凋零的想像，在預測某種階級的沒落時，通常是以一種充滿觀念論的形式出現。」——這說法實在令人拍案叫絕！

我對於盧卡奇這種左派評論家的現實主義理論，並沒有直接將它放在與宿命論對立的位置上。然而，十九世紀的宿命論，以及在文學中的自然主義理論，很明顯地是由十八世紀古典理性主義奠基的人類自由意志（康德[22]的「自由的先驗理念」）的對照。普魯斯特一方面是柏格森[23]的使徒，但其作品中領悟到真正自由的人，只有故事裡的敘述者而已，包括夏爾呂斯男爵在內，每一個身世不凡的書中人物，全都被剝奪了自由，而他們所呈現出來的愛情，最後亦無一不是以錯覺收場。普魯斯特在試圖從客觀角度遠望人類時，自己也成為十九世紀理論的俘虜了。

對於人類能否變身為其他人——即便只有短短一瞬間——的可能性，再沒有比普魯斯特更加冷笑以對的作家了。夏爾呂斯男爵無論再怎麼改變，依舊是夏爾呂斯男爵；阿爾貝蒂娜就算死去了，仍然還是阿爾貝蒂娜。不過，在〈重現的時光〉的第二章接近尾聲處，羅貝爾．德．聖盧戰死沙場的那一段，敘述者對這位金髮貴公子的哀悼之情，卻意外呈現出一個冷漠的人，的確有可能暫時忘卻訕笑，變身為另一個人。

雖然埃德蒙．威爾遜[24]在讀完普魯斯特的作品後，將之類比為讀完萊奧帕爾迪[25]作品的陰鬱感覺，然而，用不了多少時間就會發現在聖盧死亡的那一段，許多評論家只將焦點放在夏爾呂斯男爵和阿爾貝蒂娜身上，卻沒留意到聖盧，這令我百思不得其解。單是從聖盧的觀點，就能寫出一部全新角度的普魯斯特論了。

「他（聖盧）在那最後的時刻想必十分美。在這一生之中，他即使是坐著，即使是在一個客廳裡走路，也彷彿總是懷著衝鋒的激情，並用微笑來掩蓋他那三角形頭腦中百折不回的毅力，最後他進行了衝鋒。封建領主古堡的牆角塔，裡面的書被搬走之後，又用來打仗。這位蓋爾芒特死去時更像他自己，或者確切地說更像他家族的成員，他曾同這個家族融為一體，在這個家族中他只是一位蓋爾芒特。」[26]

---

22 Immanuel Kant（一七二四～一八〇四），德意志哲學思想家，對近代西方哲學有重大影響，代表作包括《自然通史和天體理論》、《純粹理性批判》、《實踐理性批判》、《判斷力批判》、《人類學》等。

23 Henri Bergson（一八五九～一九四一），法國哲學家，曾獲諾貝爾文學獎，其思想對於意識流文學具有重大的影響，代表作包括《創造進化論》、《時間與自由意志》、《材料與記憶》等。普魯斯特於巴黎大學求學時曾至柏格森的哲學課堂聽講，受其影響至深。

24 Edmund Wilson（一八九五～一九七二），美國文學與文化評論家及散文作家，曾任美國《名利場》、《新共和》雜誌編輯，與《紐約客》評論主筆，確立了美國文學批評傳統與部分歐美作家的地位，代表作包括《到芬蘭車站》、《三重思想家》等。

25 Giacomo Taldegardo Francesco di Sales Saverio Pietro Leopardi（一七九八～一八三七），義大利詩人、哲學家、散文家與語言學家，義大利浪漫主義文學的重要代表，著名詩作包括〈致義大利〉、〈但丁紀念碑〉、〈回憶〉、〈暴風雨後的寧靜〉、〈致西爾維婭〉、〈無限〉、〈一個亞洲遊牧人的夜歌〉，與散文集《道德小品》、《雜記》。

26 節自普魯斯特《追憶似水年華VII——重現的時光》（*À la recherche du temps perdu*），譯者徐和瑾、周國強，聯經出版社，一九九二年。

看到連堅信人類活於悲慘的普魯斯特，也曾在剎那間幸福洋溢地想像過束手就擒等待死亡到來的時刻，單是這點就值得發出驚嘆了。聖盧或許是淒美地死去——這個可能性很明顯地和普魯斯特的理論背道而馳呀！

七月八日（星期五）

微陰。傍晚返回東京。先回家換過衣服，六點出門去參加在新橋俱樂部舉辦的威利耶爾莫[27]先生的歡送會，與芥川比呂志[28]、奧野健男[29]、佐藤朔[30]、吉田健一[31]、山宮允[32]、矢代靜一[33]、中村真一郎[34]、福永武彥[35]、桂芳久[36]、巖谷大四[37]等諸位先生見面。回程與矢代靜一君小酌一個鐘頭左右後返家。

威利耶爾莫先生精通日語令人讚嘆，他不但鍾愛夏目漱石的作品，身上同時具有高傲自負和青澀而彆扭的謙遜，這位青年一方面幾乎要被黑暗的衝動壓垮，一方面又深信天上的神，並對自己俊美的相貌極具自信……，我們周圍不曾出現過像這樣的年輕人，因此立刻和他結成了好友。而對他而言，這幾年來在日本的生活，應該也不算是不愉快。話說回來，我們日本人還真是奇特的人種，只能和外國朋友有這般純真而直率的交誼。他像希臘人那樣，希望自己在充滿青春活力的時候死去；至於稍長一兩歲的我回顧省思，只想對自己說：你已經錯過了最佳死期啦。

七月九日（星期六）

天氣晴朗。

我想寫一下評論家對小說作品的心態與想法。

評論家總是懷著自己心目中最完美的小說形影，帶著唯恐幻夢破滅的忐忑心情，慢慢靠近那部小說，一旦在開篇的頭三行受到挫折，便會開始心煩意亂起來。若是矯揉作態的女子現身，立刻暗自得意早知道會來這麼一招。直到讀畢掩卷，反芻著分外悵然若失的感受，多方推

27 Valdo H. Viglielmo（一九二六～），美國日本文學及哲學研究家，曾於日本多所學校進修與執教，博士研究論文主題為夏目漱石。

28（一九二〇～一九八一），日本演員與導演，亦是作家芥川龍之介的長子。

29（一九二六～一九九七），日本文藝評論家。

30（一九〇五～一九九六），日本法國文學研究家。

31（一九一二～一九七七），日本小說家、英國文學翻譯家及評論家，亦是日本政治家吉田茂的長子。

32（一八九〇～一九六七），日本詩人與英文學者。

33（一九二七～一九九八），日本劇作家及編劇家。

34（一九一八～一九九七），日本詩人、小說家及文藝評論家。

35（一九一八～一九七九），日本詩人及小說家。

36（一九二九～二〇〇五），日本小說家及法國文學研究家。

37（一九一五～二〇〇六），日本文藝評論家。

敲那部小說的結構與主題，耽溺在灰暗的思緒之中。有時一行佳文映入眼簾，便覺得整部作品都值得稱許，可若瞥見一行劣文，又覺得整部作品毀於一夕。也就是說，自己的心態，決定了那部作品的好壞。這簡直就和進百貨公司逛一逛，沒打算買東西的顧客一樣，這種顧客往往只是去借個廁所而已。一棟九層樓的百貨公司看在這種「慣犯」的眼裡，恐怕只是一間大廁所吧。

評論家有時候會下一種充滿自虐的賭注，他們在閱讀過程中做種種的揣測，當猜對故事情節時，就認定這部小說是失敗之作，而且他們通常會贏得這場賭博。換句話說，也就是那部小說寫壞了。

不僅如此，倘若他們知道那位小說家有口吃或是左撇子之類的特徵，即便故事情節的發展超乎原先的預測，他們的眼中除了小說家個人的習癖，什麼都看不到。讓人展頁即可享受閱讀之樂的小說，他們覺得可疑；但是讀來索然無味的小說，他們也覺得必有蹊蹺。若是小說的中心思想過於淺白，他們無法融入小說的情境裡；可是中心思想過於隱晦，他們又認定作者心餘力絀。寫得恰到好處，他們馬上就看膩了；可是寫得過頭，他們同樣立刻厭煩。作者傾心投入的寫作態度，他們嗤之以鼻；作者敷衍怠惰的寫作態度，又會惹得他們暴跳如雷。在評審會上，能讓我們達成共識的作品，向來只有那種闡述「人生藝術」的小說，然而事實上，我們根本不欣賞這類小說。

七月十日（星期日）

陽光普照，氣溫高達三十二．四度。依這情況看來，今年的梅雨季恐怕會是乾梅。

終於又是文學座劇團排演《葵夫人》[38]和《不用錢的最貴》[39]的日子。從兩點半到十點多，一直被關在冷氣極強的第一生命廳裡彩排。不過，在參與了六月初在大阪演出前的排演和看過首場演出之後，並不會特別緊張和興奮了。身為劇作家，我已經大致明白自己夢想的極限是到什麼程度了。

劇團會來徵詢對於演員服裝和化妝的意見。舞台布景完成後不停地調整燈光。布幕升起。一句句台詞從演員的口中說出……

每一次當我去看自己的劇作排演時，總覺得演員真是不可思議。

演員到底是什麼呢？

---

38 三島由紀夫根據日本傳統能劇謠曲改編而成的現代舞台劇，於一九五四年刊載於《新潮》雜誌的一月號，之後收錄在新潮社於一九五六年出版的三島由紀夫戲曲集《近代能樂集》。該劇的時代背景雖是現代，但人物設定與劇情發展都改編自古籍《源氏物語》的第九帖〈葵〉。這部舞台劇由文學座劇團於一九五五年演出，分別是六月十八至二十三日在大阪每日會館、六月二十四至二十五日在京都彌榮會館、七月十一至二十四日在東京第一生命廳。

39 同為三島由紀夫根據日本傳統能劇謠曲改編而成的現代舞台劇，之後收錄在新潮社於一九八四年出版的三島由紀夫戲曲集《鹿鳴館》。這部舞台劇與前文提到的《葵夫人》同檔演出。

當扮演某個角色，比方飾演六条御息所[40]的時候，十分仰賴演員的理性來控制其情緒的流露。況且我筆下創造出來的六条御息所，是以理性的方式訴說自己的激情與內心醜惡的衝動。因此，在舞台上表演出來的每一個情緒，都像這樣受到作者的理性、導演的理性及演員的理性這三者的浸蝕。況且戲劇本身必須在觀眾的面前，由這樣鮮明而強烈的情緒推波助瀾之下，才能一幕幕高潮迭起，而觀眾的感動，也非得要藉由這樣的情緒才能夠觸發出來。

站在舞台上的是演員的肉體。那是一個在戲劇和觀眾之間，眼睛能夠看得清楚分明的肉體的媒介。可是觀眾幾乎都忘了，那其實是一個最為抽象的媒介。

受到理性極度浸蝕的情緒，要對觀眾起強力的作用，引領觀眾融入劇中，這需要劇情的峰迴路轉，但是情緒上的峰迴路轉，則必須透過演員的肉體來呈現了。至於身為媒介的演員，首先必須背誦台詞，一方面由理性來控制一切細節，例如在說完某句台詞之後退場，於此同時，又要調控生理機能，比方漲紅了臉大發雷霆，有時候也得淌下淚水，悲傷嘆息。

然而，演員的作品是極度抽象的。在藝術家的類型當中，最需要藉由肉體（屬於可視性）展現的，要算是演員了；但演員呈現出來的作品，實際上卻也是最為抽象的（屬於不可視性）。

肉體雖是演員的作品中不可或缺的要素，但不能說成是作品本身。那是因為肉體是與生俱來的，縱使可以動隆鼻手術稍微墊高鼻子，但那僅僅是醫學上的修正。演員的五官相貌、腿的長短，以及身材的高矮，這些完全不是由演員所創作出來的。不過，這些肉體的特徵，當然可以說是演員的良好資質。

這些外在的良好資質，比較貼切的說法是上天賜予的優秀素材。演員在創作時，必須運用自己的肉體這種完全不具可塑性的東西，當成作品的素材；相反地，其他藝術家在創作時所運用的作品素材（對雕刻家而言，最有代表性的素材就是石頭或黏土了），則多多少少具有可塑性。演員不同於其他類型的藝術家，應當沒有比演員更受到肉體的禁錮、意識到其自身存在的藝術家了。當然，人們遠從古老時候就思考過使用某些方法彌補這種非可塑性，譬如戴面具或擦脂抹粉，這些雖然也屬於演員藝術的本質之一，但這種素材和資質摻半的肉體十分棘手，對於演員的作品，會產生非常宿命性的作用。

話說回來，如果說肉體具有宿命性，也不能因此就認為精神沒有宿命性。肉體的宿命之於演員，和精神的宿命之於各種類型的藝術家，不可謂沒有相似之處。從小說家的作品、作曲家的作品，乃至於畫家的靜物畫，我們和演員肉體相似之處，難道沒有清楚看到了如同肉體宿命般的精神宿命嗎？這些藝術家認為自己的素材具有可塑性，難道不過是盲信而已嗎？

依此推論，我想對演員下一個奇特的定義。我試圖（充其量只是試圖），忍不住想這樣定義：

「身為藝術家的演員，是一種內在與外在恰好相反的人種，**他們擁有顯而易見的可視性精**

40《源氏物語》裡的人物，主角光源氏的愛人之一，較光源氏年長七歲。大臣之女，曾為東宮之妃，知書達禮，容貌美麗，但嫉妒心極強，後世不少作品皆根據她的這項性格特徵加以發揮。

神。」

當演員飾演某個角色的時候，他的內在填滿了劇作家寫的台詞，亦即別人的精神。當然，那些台詞必須經過他的思想加以過濾，但在某一段期間之內，他的內在於仍然被別人的精神所占據了。這種狀態，遠比我們閱讀文章，被作者的精神占據了自我思想時的狀態，還要來得激進嚴酷多了。為什麼會發生這樣的狀況呢？演員難道不是將他的內在讓渡給別人，而自身精神完全裸露在外，與他的肉體合而為一嗎？演員就這樣一次又一次，由著別人的精神占據自己（就這點而言，演員和評論家很相似），並且得以化身為另一個人，這對演員來說，難道不該歸功於他那顯著的外在呈現，以及鮮明的肉體條件嗎？當演員的精神達到可視性的程度，舞台上的他自然大放異彩，而其肉體的存在本身，也就成為一件藝術作品了。

值此藝術概念面臨各種崩解危機的現代，基於上述理由，我認為剖析演員藝術，最能典型且象徵性針砭出藝術的時弊，並且再也找不到比它更為完整的藝術形式了。

為什麼說它是完整的藝術形式呢？因為很明顯地，這種藝術沒有脫離人類的範疇。舉例來說，電影拍攝技巧之一的特寫，是把人臉放大到像個怪物似的，而犯了藝術大忌的「人類天生表徵的誇大荒誕」。

演員藝術必須受到肉體——和我們同樣的人類軀體——的侷限。當我們欣賞舞台上的演出時，能夠相信自己親眼所見的事物，而不像當我們看到畢卡索那幅像鰈魚似的兩只眼睛在同一側的女人畫作時，所感受到的困惑不解。時至今日，我們已經忘記希臘人「眼見為憑」的處世態度了。然而對演員來說，觀眾眼睛所見的所有一切，不論好壞，全都是演員的個人特質。因此，個人特質不單是演員的首要前提，若是個人特質企圖占有更重要的分量，他的肉體會朝自己的腦門賞一巴掌讓自己別痴心妄想，使得演員得以不被那種荼毒現代藝術的浪漫派所提倡之個人特質崇拜的迷信洗腦（當然，也有些拙劣的知性演員主動敞開心懷接受洗腦）。因此，演員只將個人特質的問題侷限在視線範圍之內，而掌握住讓別人的精神、超越其個人特質的思想，流灌進入其內在的契機。

至於演員的夢想，絕不是在觀眾面前展現某某演員自身，而希望觀眾看到的是他所飾演的那個人物角色，在舞台上昂首闊步吧。這種藝術呈現，不僅止於「如是所見」，而必須達到「如是存在」，直到這樣的境地，演員的作品才總算誕生，「飾演」終於成為「創作」了。

演員那充滿自我意識的內心，就和愛上自己水中倒影的納西瑟斯一樣。在納西瑟斯看來，自己的肉體只不過是愛的客體。如果以此譬喻演員藝術的成功，那麼演員好比縱身入水的納西瑟斯，其投身於「藝術表現」世界裡的精神，也可以說是投身於客體的主體吧。實際上，演員和角色之間的關係，與納西瑟斯的內心和納西瑟斯映在水面的肉體之間的關係十分相似。我之所以認為演員藝術屬於完整的藝術表現型態，正是基於上述原因。

在各種現代藝術中，尤其是小說的領域，充斥著浪漫主義的亡魂，亦即到處布滿了科爾夫[41]

41 應指Hermann. August Korff（一八八二～一九六三），德國文史家，著作包括《歌德時代的精神》等。

所謂的「主觀主義」的亡魂影子。科爾夫是這樣寫的：

「在主觀主義裡的『人性』，亦即『個人特質』，代表的是不合理的獨自性。」

至於其特徵，或者說最後呈現的結果，則是主體與客體決定性的乖離。主體只能坦承追求藝術表現的動機，封鎖了客體以媒介的身分自由表現的道路。在此艱困的情境中，主體最能親近客體的方法，便是小說所重視的「描寫」；但是，描寫純粹只是一種技法，注定走向了衰敗的結果。此時再論作品的形式，剩餘的也就只有個人特質，以致於作品失去了應有的樣態，繼而喪失了有機的整體性。

相反地，斯湯達爾採用的方法是，投身於深愛的客體于連[42]和法布利斯[43]，親自飾演于連和法布利斯了。他並不是一個坦承者。在這些小說中的斯湯達爾，是一個肉體未受桎梏的演員，而是其精神宿命之「熱情」的俘虜。藉由這樣的媒介，斯湯達爾的藝術表現得以自由地遨翔。（在小說中同樣自由嘗試這種藝術表現型態的故事，還有巴爾札克的《幻滅》，亦即敘述伏脫冷[44]與呂西安．德．魯邦普雷[45]的故事。在那個故事裡，出現了和于連不同類型、只有俊美的外貌但意志薄弱的呂西安，而其精神主宰的伏脫冷則赤裸裸地露出令人膽戰心驚的猙獰面目。安德烈．莫洛亞曾在《喬治．桑的一生》[46]裡提過，伏脫冷寫的很可能就是巴爾札克他自己，而呂西安的雛形，則推測可能是喬治．桑的情人于勒[47]。）

斯湯達爾的自我主義，可以從中發現其相關的客體。這是因為斯湯達爾能夠清楚看見自我精神的形體（幾乎趨近於人類的肉體）。亞歷山大大帝從荷馬所描繪的阿喀琉斯[48]身上，看到了自己的精神樣貌，而亞歷山大大帝立下的偉業，也就是他飾演阿喀琉斯的成就。反觀近代的主觀主義，精神樣貌已經化為一片汪洋，沒有人可以清楚掌握納西瑟斯的水中倒影，任其深埋在內心的無底沼澤之下了。

---

42 斯湯達爾知名寫實小說《紅與黑》（一八三〇年）中的主人公于連・索海爾（Julien Sorel，或譯「於連」、「朱利安」）。

43 斯湯達爾另一部重要的長篇小說《帕爾馬修道院》（一八三九年）中的主人公法布利斯・戴爾・東果（Fabrice del Dongo）。

44 多次出現在巴爾札克《人間喜劇》長河小說中的關鍵人物。伏脫冷（Vautrin）本名賈克・高冷（Jacques Collin），連結《高老頭》與《幻滅》兩部作品，並且貫穿《幻滅》（一八三七至一八四三年）和《煙花女榮辱記》（一八四三至一八四七年）（或譯《煙花女榮枯記》、《交際花盛衰記》）。

45 呂西安這個角色同樣貫穿巴爾札克小說《幻滅》與《煙花女榮辱記》兩部作品，在《幻滅》中以呂西安・沙爾東（Lucien Chardon，或譯「夏爾東」）的名字出現，至《煙花女榮辱記》則以呂西安・德・魯邦普雷（Lucien de Rubempré），或更完整的全名呂西安・夏爾東・德・魯邦普雷（Lucien Chardon de Rubempré）出現，並於故事中說明德・魯邦普雷是呂西安母親娘家的姓氏，經過公爵夫人和伯爵先生請求國王下詔，使他獲得了姓德・魯邦普雷的權利。本書作者三島由紀夫這裡提到《幻滅》為伏脫冷與呂西安・德・魯邦普雷的故事，由於兩個人物同時出現在兩部小說裡，前文或許是《煙花女榮辱記》的誤繕。

46 André Maurois（一八八五～一九六七），法國作家，擅長傳記寫作，寫過多部名人傳記與歷史書，包括《拜倫傳》、《蕭邦傳》、《伏爾泰傳》、《英國史》、《美國史》、《法國史》，此處引用其一九五一年出版的傳記《喬治・桑的一生》。

47 此處可能是指法國小說家于勒・桑多（Jules Sandeau，一八一一～一八八三）。

48 古希臘詩人荷馬的史詩巨作《伊利亞德》中的英雄人物。

就這樣，終於來到一九三〇年代，沙特出現了。

這位存在主義者，拒絕將這種混沌的沼澤，視為其精神相似物的無謂企圖。他已經洞悉從主體和客體的這種相互對立狀態之中，不可能孕育出任何東西。沙特說，「存在先於本質」，他又說，「必須先從主體性出發」，他還訂立了「人類是藉由與他者的關係來選擇自己」的教義。就這樣，再一次開創了小說的表現之道。

然而，無論是小說，或是其他種類的藝術，總是面臨到同樣的問題：所有的藝術都走在一條由批判性的指標所創造出來的路上。這和蒂博代[49]的名言「《唐．吉軻德》是寫在小說之中的小說評論」不謀而合，而我們也正在從中探尋新型態小說誕生的可能性。存在主義具有某種古典主義色彩。不論是沙特或卡繆的戲曲和小說，都帶有很明顯的古典主義，如果依照保羅．瓦勒里[50]的定義：「所謂古典派作家，亦即擁有一個評論家駐紮於自己的內在，並且親切地參與自己著作的精心撰寫過程」（摘自〈波特萊爾的定位〉），那麼，存在主義正是從一種陷於浪漫主義之中的近代分析主義裡面，經由評論所擇選出來的思維。就這層意義而言，歐洲的新型態藝術，總是能窺見古典主義的色彩。

我之所以如此執著於演員藝術，也是為了確立從根本角度評論演員藝術的方法，從而將演員藝術引領至創造之路，於是透過自身肉體此一最為吻合人性層級的觀點，試圖從一切毫無結果的評論之中，瞥見一線曙光。

七月十一日（星期一）

晴朗。下午，去皮卡迪利電影院看《幸運兒》[51]，遇到了仲谷昇與岸田今日子夫妻[52]。之後，和長岡輝子[53]女士會面，討論了當天首演的一些細節。為了安穩緊張的情緒，在東京會館的雞尾酒吧喝了湯姆．柯林斯[54]之後，才到第一生命廳的後台休息室。由於荒木道子[55]女士身體

---

49 Albert Thibaudet（一八七四～一九三六），法國評論家，論述範圍涵括文學、政治思想與國際關係，代表作包括《從修昔底德評析世界一次大戰》、《法國文學史》、《福樓拜》、《六說文學批評》等。

50 Ambroise Paul Toussaint Jules Valéry（一八七一～一九四五），法國詩人與作家，法國象徵主義後期詩人的代表人物之一，著有《天使》、《海濱墓園》等。後文提到其作品〈波特萊爾的定位〉，收錄於《保羅．瓦勒里全集第三冊：詩學的探究》裡的第四章「關於象徵主義」。

51 英國電影 *A Kid for Two Farthings*（又譯《為了兩種尋找的孩子》），一九五五年於英國上映。

52 仲谷昇（一九二九～二〇〇六）與岸田今日子（一九三〇～二〇〇六）同為日本演技派演員，兩人於一九五四年結婚，一九七八年離婚，生有一女。岸田今日子亦參與前文提及的三島由紀夫劇作《葵夫人》演出，當天為東京首演場。

53（一九〇八～二〇一〇），日本演員與導演，於舞台劇、電影、電視劇、朗讀等領域均十分活躍，先後隸屬文學座劇團、麥會劇團。長岡輝子執導前文提及的三島由紀夫劇作《不用錢的最貴》，當天為東京首演場。

54 一種雞尾酒。傳統調製法以琴酒為基底，加入檸檬汁、砂糖與冰塊，搖盪均勻後倒入杯中，再兌上蘇打水稍微攪拌即成。

55（一九一七～一九八九），日本演員。荒木道子為前文提及的三島由紀夫劇作《不用錢的最貴》的女主角，當天為東京首演場。

微恙，大家很擔心她能否勝任主角重責，但荒木女士決定抱病演出。眾人對此十分提心吊膽。

今天是東京的首演場，六點開始先演出《葵夫人》，緊接著是《不用錢的最貴》。荒木女士看來氣色不錯，真是太好了。舞台劇結束後，四、五個人相邀前去有樂町一家壽司店二樓喝上幾杯，矢代[56]君也一起同行。

所謂的「精神」，原本就具有在藝術上的自我否定傾向，而對於藝術裡的反藝術事物幾近執拗的關心，更是令人毛骨悚然。對這種傾向最為甜美誘惑，是共產主義，是法西斯主義，這是天下皆知的事實。

我曾在一場能狂言[57]的表演會上，聆聽《那須》那段說唱表演時，產生了那種奇妙的感覺。為何那須與一[58]那樣的舉動，僅僅是單一行為從發生到結束的瞬間，可以說是最為反藝術、毫無藝術可言、從根本性否定藝術立足之地的瞬間，卻是最為接近藝術的時刻呢？藝術家對於這種瞬間的嗜欲，幾乎宛如氣味強烈的食物對狐狸的吸引力。

然而，那須與市[59]的行為，既非能夠複製的行為，亦不是單純的行為，更絕非日常生活中微不足道的行為。引弓射扇，是處於一籌莫展的現實狀況，而那須與市射中扇子的行為，就此成為他對現實的認知。透過這種方式成為認知的行為極為罕見。那須與市唯有透過那個行為的體驗而得到認知，並且在那一瞬間，認知和行為的目的完全相同，也就是一起致力於改變現實的目的。

我們一輩子只為這一瞬而生，爾後的日子僅是行屍走肉。那須與市猶如為此而生的瞬間，正是我所說的純粹的生命，亦即極度反藝術、毫無藝術可言的瞬間。

演進至此，藝術恰恰位於冷淡的認知與熱情的行為兩者中間，成為兩者的媒介物，又因為藝術是居間物、媒介物，並不寄望自己要坐在一個舒適而寬敞的位置上，反而總是夢想著與認知及行為相互爭鬥，如同那須與市逼不得已採取的舉措，使得行為與認知兩者於千鈞一髮之際結合起來，導致藝術隨之崩潰瓦解。接著，藝術從息息相關的認知與行為身上汲取真正的養分，再次復甦重生。世上還有比這種事實，更加詭異離奇的狀況嗎？

七月十二日（星期二）

在睡眠不足的狀態下會見三位來客。從六點起，又是去第一生命廳。第二天的表演狀況並不理想。

關於男色，任何人都會感到困惑的，便是這種伴侶的關係。大致上可以看成是男性角色和

56 或指與三島由紀夫素有深交的日本劇作家矢代靜一。

57 日本傳統的歌舞表演藝術「能」與「狂言」。「能」為古典歌舞劇，「狂言」為古典滑稽劇。

58（一一六九？～一一八九？／一二三二？）日本平安時代源氏名將，本名那須宗隆，俗稱那須與一（又作那須與市），相傳為射箭高手。一一八四年源氏與平家於屋島會戰，平家軍於船頭擺置一只扇子挑釁源氏軍，那須與一引弓放箭，一箭中的，立下大功。

59 三島由紀夫本文第一次提及時寫為「那須與一」，後文皆寫為「那須與市」，兩者的日文讀法相同。

女性角色，或者說主動和被動的概念。

即使在男女關係裡，女性徹底主動、男性徹底被動的情況，也絕對不算罕見。男色，也就是雙重的倒錯。男色本身就是一種倒錯，再加上另一種層面的倒錯，於是產生了兩種不一樣的結果：一個是成為兩倍的倒錯，或者反而接近幾乎正常的狀況。以數學方法來計算男色呈現的樣貌，最後出現了如此神祕的結果。

男色是一種客觀上的男性，與主觀上的男性交錯的狀況。這種情況，當我們藉用男女關係加以類推，就會得到各種各樣譬喻的解釋。

假設有個五十歲的男士和十八歲的少年在一起。客觀看來，他們的關係可以類推成兩種男女關係：一種是五十歲的男士和十八歲的少女的關係，另一種是略有年紀的五十歲女士和十八歲少年的關係。若是把這樣的類推再做進一步的分析，可以發現上述兩種情況的不同之處既微妙又曖昧。因為一方比另一方更加陽剛的差異，僅僅是基於現實的感受。如果這種情況發生在一個外國人和日本少年身上，可以說是最為諷刺的了。五十歲的外國人是位相貌堂堂的男士，對少年百般呵護，讓少年衣食無缺，猶如一個稱職的丈夫，至於少年則長得俊美如花，宛如妾室般受到豢養，但是在床上，少年卻是積極主動的一方。再舉另一個例子。一個身材壯碩高大的青年，在性行為時向來是採取主動的，但他愛上了一個較為年長，也可能沒有喜好男色傾向的男人，而在這樣的關係中，青年在精神上完全像個女人，而生活上也喜歡受人照料。

我刻意舉出令人腦筋打結的兩種極端的例子，諸位請將這兩個例子和方才舉過的兩種類推對照參考。這時可以看出，男性角色或女性角色、主動和被動的概念已經完全混亂，更明顯的是，一對男性伴侶付出自己內在的肉體上和精神上的兩性要素，以求得某種神祕的平衡。如果再加上社會性與經濟性的角力關係，這種混亂更是有增無減，致使倒錯的狀況衍生出無窮無盡的複雜度。所以，我在小說《禁色》[60]之中，刻意摒棄比如身著女裝的男妓這種擬異性愛的成分，只遵循簡單明瞭的定義，以「所謂男色即是男人愛上另一個男人」的平凡主旨貫穿全書。我認為，像普魯斯特強調喜好男色者擁有的女性要素，只是一種扭曲的理論而已。

當然，就我們視線所及，具有女性特色的性喜男色者不在少數。有的男人擁有強烈的男扮女裝欲望，有的男人無法輕易使用男性的粗獷語言。然而有趣的是，有些無知的人，沒有確切掌握到男色本質上的特異性，而遭到世俗定義的異性愛常識的洗腦，造成了以為自己身為男性卻喜歡男人，那麼自己必定是個女人的結果。由於人類會依從自己認定的情況而產生變化，於是從言行到舉止，突然急遽變得女性化。比方一個來到城市的鄉下少年，一旦染風習俗，誤以為這是大都會的時尚流行，不消多久便學會了女性的措辭用語。這狀況就和外國人來到日本，總是向女子學習日語，以致於只會說女性使用的語言，十分相似。這些變化，與其說是生理上的變化，更適切的說法應該是，在支配性的異性愛文化影響下的一種社會性變化吧。

60 三島由紀夫的長篇小說，分為上下兩集，內容以男色為主軸。第一集《禁色》於一九五一年，第二集《秘樂》於一九五三年相繼面市。

至於，非常陽剛的男性，與更為陽剛男性結合在一起，或者非常陰柔的男性，與更為陰柔的男性結合在一起，這樣奇特的事例，縱如「索多瑪和蛾摩拉[61]」鉅細靡遺的目錄，也沒有列載其中。

我想說的是，不單評論家，連社會上的一般人，只知道男色的Prostitution[62]，卻沒有察覺到遍及政界、財界、學界的男色關係，儘管隱晦，卻又成為最牢不可摧的緊密連結。

在此，引用於近來討赤風潮下自殺身亡的聯合國祕書長之最高法律顧問，美國人亞伯拉罕·斐勒的證詞，摘錄自於他輕生前，曾經參與其精神分析的C·方提的紀錄《愛與性與死亡》（宮城音彌先生譯）：

「這幾年來，我發現非常多政界的領導人物喜好男色。然而，我不明白為何有此情況。對此，我通常只加以分析，而不多做說明。就我所知的範疇，政界中的性倒錯者的實際百分比，應該超過了演藝界。身為倒錯者，以及從事政治，這兩項要素的其中之一，恐怕就是關鍵。」

「有件事遲早將會公諸於世，那些納粹高層間見怪不怪的同性戀，究竟造成了何種決定性的影響。（我在維也納的時候，曾經因為來自柏林的大人物，被當地的同事當成了兩個可愛的幼兒而捧腹大笑。）」

七月十三日（星期三）

晴朗。酷熱。來客二人。理髮。六點至第一生命廳。第三天是歷來演出最成功的一場。在東京會館的空中庭園晚餐。

每一次讀閱淨琉璃[63]的劇本，總讓我格外佩服日本人的構思能力。《寺子屋》[64]的橋段猶如環環相扣的推理劇，遠遠不是古典小說慣有的平鋪直敘所能比擬的。日本人書寫的小說結構脆弱，與其說是日本人素質上的缺陷，毋寧說是來自寫實主義對於小說先入為主的奇特偏見。小說的先決要件「真實性」，與戲劇性的時間觀念，始終無法在日本人的腦袋裡調和妥洽。「真

61 索多瑪和蛾摩拉為《舊約聖經》裡提到的兩個城市，由於居民耽溺於男色，違背上帝的戒律，因而被上帝滅城，繼而成為罪惡之城的代名詞。

62 賣淫、墮落之意。

63 日本傳統曲藝，一種是以三弦琴伴奏的說唱表演，知名流派為義太夫，另一種是以人偶演出的人偶淨琉璃。

64 寺子屋是指日本江戶時代平民百姓接受教育的私塾。這齣劇原名《菅原傳授習字鑑》，為淨琉璃與歌舞伎的知名劇目，總共五幕，但經常單獨上演第四幕的〈寺子屋〉。故事內容描述菅丞相的舊屬武部源藏遭革職後，開設一家小私塾餬口度日。菅丞相被天皇降罪流放，政敵藤原時平乘機追殺其子——七歲的菅秀才，菅丞相央託武部源藏協助藏匿。這一天，武部源藏的私塾恰巧有個七歲的男童小太郎由母親千代帶來入學，聰明伶俐，氣質不凡，不同於一般百姓孩童，武部源藏忽然心生一計，準備拿這孩子頂替菅秀才。就在此時，藤原時平派來追殺的部下松王丸已經帶人抵達。松王丸的父輩曾是菅丞相的部屬，因此認得菅秀才的長相。武部源藏逼不得已，只得立刻把學生小太郎帶進裡屋砍下頭顱，並且拿給松王丸確認。松王丸端詳半晌，肯定死者是菅秀才無誤，攜顱離開，向主公報功。不料此時，小太郎之母千代來到私塾，武部源藏擔心計畫遭到拆穿，逼不得已動手準備滅口，千鈞一髮之際，松王丸折返，對小太郎之母說：吾兒已立功，同感欣慰！原來，松王丸竟是小太郎之父，就是為了向舊主盡忠，今日才特地將兒子送入私塾代替舊主之子逃過死劫。

實性」，被認為只是時間流逝的單調羅列所醞釀而成的，而時間則是永遠的循環。一個實際的事件，必須在一定的時間內消失，才能保證其實際性。從這種佛教的無常觀所衍生出來的小說真實性，必須恆常奠基於時間的非結構性原理之中。

講得更確切一些，打個比方，有一起事件發生了。那起事件之所以失去了真實性，可以想成是因為它是在受到小說世界內在法則的保護之下，存在於小說裡的。這起事件如果要具有真實性，必須以赤裸裸的狀態、無秩序的狀態，毫不保留地出現在讀者面前才行。如此一來，在閱讀小說的這段緩慢的時間裡，讀者得以透過自己的內在體驗，將那起事件內化反芻之後再次重整，由讀者賦予其真實性。……以上的論證，我稱它是寫實主義性偏見，也是我說日本小說缺乏構思能力的主要理由。

多數淨琉璃戲劇都是在一兩個鐘頭裡演出一個段子（這裡的意思是指《出雲》、《半二》這一類偏重戲劇的淨琉璃，而不是〈近松〉那一種偏重說唱的淨琉璃），……那些淨琉璃的必備條件，除了戲劇性之外，也包括一定的時間。所有的一切，都被迫壓縮在短暫的時間裡完成，而這一個段子裡小規模的三一律[65]，同樣導入了時間的結構性原理。在這樣的條件限制之下，日本人的構思能力，才終於以發光發熱。

《寺子屋》這齣戲劇便是如此。故事內容是犧牲別人的孩子以盡忠報主，這種替死就義的設定雖然唐突，但一切都是依從封建時代道德標準的真實人性所發展的情節。

首先以〈入學〉淡然的抒景揭開序曲，接著是〈武部源藏回到私塾〉逐步升高戲劇張力，以及決定採用替罪羔羊此一異想天開的脫困手段，更確切的說法是人類鋌而走險的賭博行為，諷刺地在危急中瞥見一線曙光，接著來到〈檢視首級〉時的提心吊膽，讓人以為已經成功欺敵的第一個高潮，還有其後這對夫婦放下心上大石的欣慰，然後面臨〈千代再次折返〉的最大危機，以及〈松王丸再度出場〉這出人意料的急轉直下，度過難關，再到這齣悲劇的真正高潮〈送葬〉這一幕靜肅的絕望與抒情的嗟嘆唱出終曲……，如此無懈可擊的構思布局，委實令觀眾百看不厭。

話雖如此，但就算立刻學習淨琉璃的劇本編寫也無法解決方才的問題。在此，我不得不提到明顯受到了淨琉璃與歌舞伎影響的近代傳奇小說。不過有趣的是，頹廢時期的淨琉璃和傳奇小說的情節布局，只是為了彰顯錯綜複雜，而刻意追求與賣弄複雜化的技巧，我懷疑這很可能是由於日本人的構思能力，沒有從方法論的本質開始扎根萌芽，以致於淪為平面性的模式化。如同我在六月二十六日的那篇日記裡曾經暗示過的，這種模式化的裝飾主義，即是寫實主義傾向的另一種呈現，其背後代表的意義，正是遍及日本所有藝術範疇的惡性循環的其中一例。

---

65 亞里士多德將古希臘戲劇的特色歸納成「三一律」：時間的一致、地點的一致和表演的一致，換言之，通常故事只發生在一天之內，在同一個地點之內，情節發展也只有一條主線。

七月十四日（星期四）

萬里無雲。酷熱。午後與父母外出購物。和父母道別後去了歌舞伎座，在監事室觀賞《神靈矢口擺渡船夫》[66]的其中一幕。

阿舟由新襲名的片岡我童[67]（舊藝名為片岡蘆燕）飾演，新田義岑由片岡仁左衛門飾演，頓兵衛由市川猿之助飾演。

我認為頓兵衛是市川猿之助先生演出的古典劇目中唯一的佳作。說來奇怪，在同系列的劇作中，不論是《珠取》裡的新洞左衛門，或是《實盛》裡的妹尾十郎，這位先生演來全然乏味，唯獨頓兵衛一角可圈可點。以前看他扮演這個角色時相當讚賞，這回再看，還是覺得精采。他以獨到的演技，詮釋了這個糟糕又粗俗的惡徒的心理狀態，況且還是在淨琉璃劇目中少見的、不可救藥的大壞蛋，這是一個為了錢而不顧恩情義理，也毫無父愛可言的抽象人物，彷彿只為了在淨琉璃中創造一個虛榮象徵的人偶而寫成的角色。市川先生忠實地演繹了這個角色，為這齣戲劇增添幾分古典韻味。尤其是他分外細膩的退場動作，更是讓我拍手叫好。

這回《神靈矢口擺渡船夫》的表演團隊十分傑出。在東京，已經找不到能像片岡仁左衛門這樣詮釋新田義岑的演員了。新襲名的片岡我童飾演的阿舟，當然也是爐火純青的演出。不但技巧純熟，從後半段居於劣勢的情節開始，披頭散髮，鼓點迫急，激烈的舉動更是和人偶淨琉璃的同名劇作的表演毫無二致。

《神靈矢口擺渡船夫》最正統的演出風格，就該像這樣純粹、如童話一般，又帶有怪誕的氛圍。我之所以喜歡這一部狂言，原因亦在於此。從換幕以後一直到整齣戲的最高潮，配樂的太鼓模仿著流水聲不停敲擊，令我回憶起兒時觀賞以菊花人偶[68]呈現《神靈矢口擺渡船夫》這齣劇經典場景十二幕的展覽時所聽到的太鼓配樂，十分懷念。

回程時到「銀座裁縫店[69]」訂作一條白色的西服褲，於林蔭路的「阿拉斯加餐廳[70]」吃晚餐。接近八點時，前往第一生命廳。

66 日本江戶時代的大發明家平賀源內（一七二八～一七八〇）以「福內鬼外」的筆名撰寫的淨琉璃劇作，一七七〇年首演，一七九四年改為歌舞伎劇目上演，總共五幕，以第四幕的〈頓兵衛住家〉最為知名，經常單獨上演。故事內容描述關東名將新田義貞的兒子新田義興，於討伐足利尊氏途中，遭到矢口渡船夫頓兵衛暗中用計而溺斃身亡，頓兵衛領得高額賞金，搖身成為富翁。新田義興之弟新田義峰（三島由紀夫寫做新田義岑）與情人傾城臺旅遊途中，於不知情下，恰巧投宿於頓兵衛住處等候隔日搭船。頓兵衛當晚不在，女兒阿舟對美男子新田義峰一見鍾情，接待兩人住下。家裡的僕役六藏暗戀阿舟，隔日密告主人頓兵衛以求建功，頓兵衛立刻提刀抓人，卻受到女兒阿舟的百般阻擾，甚至不顧身受重傷，幫助新田義峰脫逃。眼看著頓兵衛就要捉住新田義峰時，天外飛來一箭，射中了頓兵衛。原來那支箭是新田家的傳家之寶，在千鈞一髮之際，新田義興顯靈救了弟弟一命。

67 片岡我童、片岡蘆燕、片岡仁左衛門、市川猿之助，皆為歌舞伎演員師徒歷代相傳的藝名。

68 人偶身上的衣裝全部以菊花插飾。

69 知名裁縫老舖，創立於一九三五年，一九四六年進駐銀座，並將店名正式改為「GINZA TAILOR」（銀座裁縫店）。

70 當時銀座的知名餐廳。

九點散戲以後，和父母、Y先生、A君、Y君、D君相偕到杏仁西點麵包店[71]喝茶。父母先回家。聽說很多人聚在中谷君家裡慶祝法國國慶，於是跟著A君一起去中谷君位於二本榎的住家湊熱鬧。年輕演員們漫無邊際的閒聊有趣極了。十二點鐘返家。

七月十五日（星期五）

萬里無雲。酷熱。今天是鉢木會[72]每個月例行聚會的日子，由住在鎌倉的神西清先生邀請會友一聚。去鎌倉之前，先到川端康成先生和林房雄先生府邸拜訪。福田恆存目前正在北海道演講，無法出席這個月的例會，於是邀請芥川比呂志先生加入，林房雄夫妻晚些時候也前來暢聊。十一點半告辭，和吉田健一先生、芥川先生三人一起搭計程車返回東京。回到家已是十二點半了。

今天讀了大岡昇平[73]先生的《氧氣》。

這是描述在充滿背叛與陰謀的時空環境下遭到緊追不捨緝拿行動的同時，始終認定自己只為了某個女人而存在的一個孤獨男人的故事。

故事從年輕的主角未能順利在神戶碼頭與共產主義同志取得聯繫揭開序幕，焦急不安的他從一個名為雅子的奇妙女子身上得到救贖，其後又不得不淪為憲兵的走狗，布局巧思十足（請看井上良吉對憲兵脫口說出「請多指教」這句話的細膩呈現）。迴護包庇良吉的瀨川，多次背叛了日法氧氣公司的董事艾彌爾·可藍，然而可藍早已洞悉一切，搶先一步做足了防範措施。

到了後半段，良吉雖然繼續參加「無產階級運動」，但他的內心已經被虛無主義深深占領，最顯著的例子即是共產主義者們在須磨的後山聚會的那一幕（整部作品當中唯一傑出的喜劇場景），作者以驚人的戲劇化手法，描繪了良吉的心情寫照。第一集就在雲霧籠罩的六甲山上，於外交大臣的電台廣播布達聲中，良吉與瀨川夫人賴子的第一個吻劃下了句點。至於雅子與西海步出濃霧，走下山去的背影，則暗示著今後恐怕只有這兩人能夠無憂無慮地活下去。

這部小說我讀得津津有味。所有的人物暗中都有錯綜複雜的關係，前後呼應，也沒忘了特意設下了阻撓男女主角的愛情最不可或缺的誤會橋段——「不能說的祕密」。

不過，這部作品刻畫得最為透徹的人物，要算是瀨川和可藍了。瀨川性格的塑造雛形應當

71 知名西點麵包店「ALMOND」（杏仁西點麵包店），兼營咖啡廳，創立於一九四六年，於銀座有店舖。

72 由一群「戰後派」日本作家與評論家所組成的文友會，一九四九年由中村光夫、吉田健一、福田恆存發起組成，其後大岡昇平、吉川逸治、神西清、三島由紀夫陸續加入。

73（一九〇九～一九八八），日本小說家及評論家、法國文學研究家與翻譯家，代表作包括《俘虜記》、《武藏野夫人》、《野火》、《事件》等。大岡昇平於一九三八年進入帝國氧氣公司擔任翻譯人員，日後根據這段經歷，構思超過十年，終於寫下了後文提及的《氧氣》這部作品，但只寫完第一集（在最後一頁有「第一集結束」的注記，但後續並未出版第二集），可以說是未完之作，一九五五年由新潮社出版。故事的時間設定是太平洋戰爭爆發前夕，背景是一家名為日法氧氣的公司，主角是一個信奉共產主義的青年井上良吉，描述井上良吉暗中從事非法活動，不但與日法氧氣公司高層瀨川的妻子賴子暗渡陳倉，又與美麗的女畫家藤井雅子愛慾纏綿，內容不但有共產主義者與秘密警察的虛實過招、企業內部的派系鬥爭、軍方侵占企業等等，十分懸疑緊湊。

來自於《武藏野夫人》[74]裡的秋山，不過瀨川是企業家，較之純粹犬儒派的秋山，不僅具有生活與行動的智慧，更擁有判斷力和決斷力，因此個性本質沒有自卑感。我總是隔著紙頁，想像著他沒被寫出來的部分是什麼模樣。小說裡的人物大抵都必須像這樣，連沒有寫到的部分也得活靈活現才行。可藍便是這樣的。我想，這應該是繼森鷗外〈修繕中〉[75]的德國女子以來，第二個日本作家能夠這般如實勾勒外國人的吧。可藍不但擁有法國人的智慧與犬儒主義思想，還具備其他各種優秀的特質。

依我推測，作者描繪的瀨川和可藍，應該是從莫斯卡伯爵（小說《帕爾馬修道院》裡的人物）得到的靈感吧。只是，那個愚昧又懦弱的王子角色，是由女主角的賴子承繼下來，而莫斯卡的特質，則分別在瀨川與可藍身上依稀可見；至於雅子，還不及桑賽維利納公爵夫人的分量，而若要將良吉視為法布利斯，又稍嫌縛手綁腳，難以施展。從故事的開始到最後，這位法布利斯始終被囚禁在帕爾馬的牢籠裡，既沒有逃離的希望，也沒有值得一死的幸福。莫斯卡和桑賽維利納伸出的援助之手，使得法布利斯自始至終保有原先的純潔；相反地，在這部小說裡，周遭人們對良吉的援助，不論是有意識或無意識地，反而將他逼入汙穢的泥淖之中。相信總有些讀者，能夠從這部作品當中看見大岡昇平先生對於《帕爾馬修道院》這部小說悲痛的模仿意圖吧。

瀨川和可藍之間虛虛實實的過招，賦予這部小說相當大的可讀性。由於這兩人的性格皆與莫斯卡相似，因此在性格上並沒有強烈的對立性。莫斯卡不斷努力以智取勝，一方面當然是為求自保，但另一方面也是基於對宮廷人士的嗤之以鼻，使他得以保有居高臨下的鳥瞰觀點，面對事情能夠心定澄明，這就是莫斯卡偉大崇高之處。至於瀨川也好，可藍也罷，他們腦中的只有利害二字，心中只有急遽變動的現實而已。

作者對於「屈辱感」這個主題的喜愛，在《氧氣》這個故事裡，反而成了沒讓書中人物充分感受到屈辱的原因。作者冀望在這部小說傳達給讀者的訊息，一件成功了，另一件失敗了。他成功的是對於一九四〇年代初期的日本時空背景分析；失敗的則是沒能清楚描繪出在當年的時空背景之下，強烈的屈辱感——亦即自尊心——成為人們急速成長的契機。

從很早以前，我便在思索小說的文體與現實之間的關連性。堀辰雄[76]將範圍縮小至必須直視的現實，確立了其獨創的文體。他唯有透過這種狹隘文體的西洋鏡，才能夠看到現實。我認為小說的理想文體，應當如同巴爾札克那樣的夢想家兼現實主義者的文體，或者說是以雙刃劍

74 大岡昇平早期的小說，一九五〇年由講談社出版，曾經改拍成電影與電視劇。故事以綠意盎然的武藏野為背景，描述住在當地的一對夫妻——大學法語教師的秋山忠雄與賢慧的妻子秋山道子，原本平靜的生活在道子愛上了從緬甸復員回來的堂弟宮地勉之後，衍生出一段違背人倫、虛榮與欲望交錯的愛情悲劇。

75 森鷗外的短篇小說，一九一〇年發表於《三田文學雜誌》，描寫一位渡邊參事官與當年住在德國時相戀的年輕德國女子，於一家正在裝修中的西式餐廳相約重逢，卻不歡而散的故事。

76（一九〇四～一九五三），日本作家，作品融合了浪漫主義、現代主義，法國文學的心理主義等，創造出其所獨有的文體。代表作包括《風起》、《菜穗子》、《大和路・信濃路》等。

強行劃破現實的文體。

大岡昇平先生則不同於堀辰雄，將必須直視……不，應該說他受到某種倫理性衝動的驅使，藉由他的文體，將非看不可的事物的每一個細節全都看得一清二楚。身為小說家，這種態度是正確的。請容我在此摘錄幾個例子。比方大岡先生在第二章的開頭處，很可能是為了要勾畫出法國人的樣貌，故意讓帶有神戶市糞尿處理廠那種「充滿日本風情氣味」的微風，朝站在屋頂上的可藍先生和拉魯技師兩人迎面拂去。另外，在第十二章，市井小民的若林，要求妻子每天早上都要向他報告自己糞便的形狀。不過在第六章，他描寫了一家在壁龕裡掛上松鶴掛軸，並以陶製布袋做裝飾的小飯館，這短短的三行文字，使讀者們從他的文體中赫然領悟到日本的現實生活。還有，第一章起頭處對於碼頭的描寫段落，他所描述的對象，亦即「穿梭碼頭的各國船舶多樣化設計的甲板室及結構體，雜亂矗立的轉臂起重機，從造船平台下水的紅色和黃色新船，灰舊的吊車」和文體完全一致，使得所述對象的意境，藉由這不可見的透明文體，直接觸動我們的心弦。大岡先生的文體，寫得最成功的就是在這樣的剎那，亦即正確性和意境同步相符的剎那。可話說回來，那只陶製的布袋又該怎麼解釋呢？……如此看來，所謂的文體、所謂的文字，都擁有擇選現實對象的宿命。較之聰明地在這種宿命裡安身立命的堀辰雄先生，我非常肯定自己更加熱愛這一位不相信這種宿命的大岡昇平先生。

作者在第二章說明氧氣工廠的機械構造時，比起小說的必要性，我們更多的是感動於大岡先生正確而明晰、並且無法抑遏的生理性衝動。他的文體，幾乎就是為此而存在的。他的潔癖不允許對現實對象的認知模糊，這樣的要求標準愈來愈嚴格，最後，他選擇放棄對曖昧而不確定事物的認知。

一般認為，作者試圖以《氧氣》這部作品，擺脫心理小說的寫法，轉進動作小說、冒險小說的領域，但由於主角良吉確切地認知自己面對多麼殘酷的現實條件，以致於逐漸失去了立足之地，無法採取反擊行動，心理分析也幾乎遭到剝奪，到最後，甚至連官能性的場景也沒能留下隻字片語。剝奪良吉行動自由的禍首，與其說是賦予的種種現實條件，毋寧說是作者的寫作態度，不是嗎？換言之，不正是試圖寫下動作小說的作者本人，剝奪了故事主角的行動自由嗎？

如此看來，被置於特定環境與特定條件之下的人物角色，除非其環境與條件具有決定性的優勢，否則逃脫的可能性等於零，也無法演繹成其他的環境和條件，小說世界象徵性的延展從而遭到了封鎖。作者從故事的一開始就埋下了巧妙的伏筆，亦即氧氣製造機一而再、再而三頻繁且莫名的故障，直到第十三章，良吉的那封信才首度透露出這一切的罪魁禍首是高松技師，而劇情旋即延續到第十四章那一場共產主義者們可以說是喜劇性的聚會。這種擺脫框架的布局，似乎具有某一種暗示——高松技師很可能心裡明白，即使讓氧氣製造機經常發生故障，對法西斯國家的總體戰體制，也不會造成什麼嚴重的打擊。冷靜的瀨川就這麼說過：

「真是太傻了……，就算破壞那微不足道的氧氣製造機，又能發揮什麼作用呢？」

……面對時代的壓力，一切都發揮不了作用，不論是建設或是破壞，僅僅是相對性的力量，對於這群故事人物所在的環境，都無法帶來任何決定性的優勢。從某個角度講，也使得氧氣工廠這個情境本身變得無能為力。「就算破壞這種微不足道的東西，又能發揮什麼作用呢？」……這難道不是作者自身沉痛而迫切的告白嗎？

※我認為這部作品最重要的一句話，是以下摘錄自第十章的這一句。從這句話可以清楚看出作者對於浪漫故事的看法：「他（瀨川）根據以往的經驗知道，再沒有比政治和經濟更能束縛人們的強大力量了；然而，他仍是無法想像，為何憑這區區的政治性因素，就能使良吉對賴子（瀨川夫人）動心。」

七月十六日（星期六）

早上下了一場久違的雨，涼爽一些了。

下午三點在東和電影試映室看《浴室情殺案》[77]。

六點去第一生命廳。散戲後，和文學座的五個人一起到隔壁的日活家庭俱樂部參加Toi et Moi[78]法國國慶派對，但是因為沒穿西裝打領帶，遭到婉拒入場。我身上穿的是夏威夷衫。

結果，我們六個只好去田村町的銀馬車飲酒跳舞。隔壁桌坐的是力道山[79]。

《浴室情殺案》是一部充滿血腥的荒誕電影。這部電影如果交由鶴屋南北[80]拍攝，想必會拍得更為可親可愛，詩情畫意。這位葛魯索導演拍攝的作品，開場的部分向來無可挑剔，並且毫無疑問地，也只有那一段值得讚許。比方在《恐懼的代價》[81]裡，讓人稱讚的部分只到卡車終於出發為止，這部《浴室情殺案》也不例外，值得一看的部分同樣只到兩個女人出發去做殺人的事前準備工作為止。強逼夫人吃下開始腐爛的鱈魚餐點的那一幕情景，令人湧出一股生理性的厭惡感，久久揮之不去，而這一步電影真正殘酷的看點，也唯有這一處而已吧。

一般人多半把心理性的殘酷，和肉體上的施虐癖混為一談。其實，此兩者之間的關係，並沒有那麼單純。

肉體上的施虐癖，根本不是出於惡意。施虐癖是一種極度正常且主動的性慾概念的擴大、類推與敷衍所產生的喜悅。所謂「自由的客體」這句話，隱含著語言上的矛盾。在討論相關議題時經常提到，性慾對象的客體化，或多或少代表自由遭到了剝奪。在穿衣蔽體的文化發達之後，單是讓對方變得赤身裸體，便能夠滿足一部分不具邪念的施虐癖。原本，「從一個缺乏自

---

77 一九五五年上映的法國電影 *Les Diaboliques*，由法國偵探小說搭檔波瓦羅－納爾瑟加克（Boileau Narcejac）的同名原著改編而成，由法國電影大導演亨利－喬治．葛魯索（Henri-Georges Clouzot，一九〇七～一九七七）執導，其後亦數度改編為電視劇與電影。該劇描述一所寄宿學校的業主是個內向文靜的女教師克莉斯汀娜，多年來飽受擔任校長的丈夫麥可虐待，而丈夫又與同校另一位女教師妮可有染，這位外遇對象妮可唆使身為妻子的克莉斯汀娜合謀殺害麥可，兩人合力把麥可淹死在於鄉間小屋的浴缸裡，並棄屍於學校泳池製造自殺假象，但屍體翌日不翼而飛，怪事接二連三發生。

78 法語「你和我」之意。

79（一九二四～一九六三），原為日本相撲選手，後將摔角競技引進日本，被譽為日本摔角之父。

80 歌舞伎劇演員與作家歷代沿用的藝名、筆名，第一代至第三代是演員，第四代與第五代為狂言的劇作家。

81 一九五三年上映的法國電影 *Le Salaire de la peur*，同樣由法國電影導演亨利－喬治．葛魯索執導。

由的存在剝奪了自由」這件事本身就不具任何意義，這個概念和衣服與裸體之間的關係十分相似。無論是多麼不合身的衣裳，甚至是只因為希望在男人面前看起來美麗而製造出來的衣裳，女人的衣服就是女人的自由和主體性的呈現，所以女人在化妝和穿衣這兩件事情上總是廢寢忘食，不知厭倦。對於一個被愛的人，毫無疑問地，裸體絕對是一種受到褻瀆的自由。

剝奪對方確實擁有的自由所得到的喜悅，甚至是隨著對方的抵抗而感受更加強烈的喜悅，從十分常見的社會心理學的類似例子，直到令人鼻酸的施虐癖之間，還分成了無數個不同的階段。

性異常和反社會性人格具有同樣的機制，此兩者都是來自於「對於手段和目的之誤解」，而施虐癖也不例外，包括慾望要素之一的對象的客體化，亦即剝奪對方的自由，其本身被目的化，而一旦成功目的化之後，所施行的手段亦立刻融入自身的體系之中。因此，所有的性異常，總是伴隨著抽象化的熱情。我認為每一個哲學的新體系，都可以與某種性異常的體系相互對應。德國觀念論哲學的各個體系，和納粹主義所呈現出來的德國人的各種性異常，都能夠逐一對照驗證。

至於已經讓人固定聯想到繩索、鞭笞、拷打、流血的施虐癖，痛苦和流血都必然與之相伴出現。此時，施虐的虐待狂，同樣不是出於惡意。即便他為了延長對方的痛苦而挖空心思，這樣的舉動仍然和惡意及殘酷的心理無關。在虐待狂的眼中，既然看見對方的痛苦會帶來快樂，那麼對方的痛苦只不過是己方快樂的鏡影而已。對他而言，痛苦即是一切快樂的根源，他於是覺得對方應該也唯有透過痛苦的表現，才能夠將自己的快樂傳達出來。這就是虐待狂的理論。當然，承受痛苦時會流露出欣喜表情的受虐狂，在虐待狂看來，實在難以推測出對方是否沉浸在快樂之中（也就是說，對方表現快樂的方式，與他心裡的想像背道而馳），所以被虐狂不可能是虐待狂的最佳伴侶。

虐待狂真正需要的，只有真正的痛苦。同理可推，被虐狂真正需要的，也唯有拷打者真正的憤怒而已。

這樣的前提是，我們必須先假設造成其性快感的原因及結果，同樣都絕非出自於性衝動。姑且不論虐待狂和被虐狂是出於合意的特殊情況，這兩種人通常不得不抱持著各自對於快樂的幻想，孤老一生。

接下來再談到施虐癖。為什麼當他們剝奪別人的自由時，會衍生成痛苦與流血的場面？此處必須加以解釋。（有時候，或者通常，施虐癖也會以想像對方自殺作為收場。）身為將對方客體化的人，與身為加害者，其實是半斤八兩。原因在於，出於施虐癖而殺人的過程，可以讓施虐者看到對方從人類還原成物質的所有令其快樂的階段。在他們看來，從一個活生生的人變成屍塊的過程，可以類比為人類從事性行為時的所有階段。由這樣極端的例子，反而可以看出施虐癖和一般性行為之間的相似度。不過，多數的施虐癖都只強調中間的部分階段，聚焦於各自喜歡的階段。

實際上，施虐癖「享受痛苦」這種由過程得到的滿足，隱含著本質上的悖論。虐待狂認為，對方的痛苦代表活著的光輝。一般的性行為之所以無法滿足虐待狂，是因為他認為這種愛的客體化過程太過容易。虐待狂模仿藝術家的作法，設定自我排拒機制，在腦海中勾勒出強烈的客體化，亦即一種絕對沒有經過事前合意的強制性客體化，夢想著完全剔除對方「企求被客體化的慾望」。他將做出抵抗的客體其精神上的痛苦，轉譯成肉體上的痛苦，並且親眼審視與確認這一整段過程。（因此，唯有對方被剝奪了自由之後的抵抗，才能令他感到安心——就這一點而言，虐待狂是弱者。）至於沒有痛苦的對象，虐待狂只會當作是一個沒有生氣、半死不活的物體。

所以，我想說的是，我從施虐癖其中的一個例子，將所有的性慾傾向全都假設成抗拒的反應，最後終於推演至一種無法征服之抗拒狀態的假設。從一開始，它就不受這種衝動的反社會性所制約。虐待狂無法只從性的動機得到滿足，並將對方痛苦的原因想像為責罰，而不是愛慾，這種想像令他倍感喜悅。自己絲毫不被愛的狀態假設，是必要且不可或缺的。孤獨，是虐待狂必備的絕對要件。

當我在論述這個令人憂鬱的題目時，腦海裡不斷浮現的是納夫塔[82]的影子，也就是那位出現在《魔山》裡的古怪的中世紀主義者、徹底的反人道主義者、對嚴刑拷打大加讚譽者、醜陋又矮小的古語教授——納夫塔先生。

在那部小說裡，那個開朗的義大利人、人文主義與合理主義者塞塔姆布里尼，與論敵納夫塔相較之下，顯得不堪一擊。納夫塔語帶恐嚇地說道：

「這個時代必要的、需要的、而且應該能夠實現的……就是恐怖手段！」

納夫塔的嚴格主義，以及希望採取恐怖手段解決問題的心態，在在使人想像他是個受虐狂。不論是受虐狂或是虐待狂，同樣始終夢想著絕對主義。受虐狂並不是把令他痛苦的對象當成情人，而是希望視為一位可怕的絕對正義的實現者；虐待狂對於他施予痛苦的對象，同樣不認為是自己造成的，這種痛苦乃是來自於一種絕對正義的殘酷命令，這種想法令他感到喜悅。對虐待狂而言，單是把他自身想像成正義的化身，是不會得到任何快感的。包括虐待狂在虐殺時感到的喜悅，以及被虐狂受苦時感到的喜悅，都相對伴隨著由絕對的正義、絕對的邪惡這一類至高無上的命令所衍生出來的代償性歉咎感，或者是虛假的不滿。人類由於愛慾，而無法成為神。這完全是因為他自身的愛慾，阻撓了他自身的絕對化。於此同時，人類亦由於愛慾，而無法成為絕對的惡。假如虐待狂的犯行偽裝成某種罪惡，那麼他必定戴上了虛榮的面具。

因此，虐待狂和被虐狂很明確地告訴眾人，愛慾並非出於其自身的衝動，而是由別的行使者——神或者惡魔——所假設的必然結果。納夫塔所渴望的中世紀社會是受虐狂夢想的極致，亦即透過神這個媒介受到折磨的痛苦時，所呈現出來的喜悅。在二十世紀的社會，即便非出於本意，政治和民眾終究以虐待狂和受虐狂的身分，在沒有透過神的媒介之下結合在一起，成為

82 德國作家托瑪斯・曼（Thomas Mann，一八六五～一九五五）於一九二四年發表的經典名著《魔山》（*Der Zauberberg*）中的人物之一納夫塔（Naphta），下一段又提到另一個人物塞塔姆布里尼（Settembrini）。

性慾傾向的社會性不滿足相當顯著的一種時代現象，亦是所有精神危機最根本的原因之一……

七月十七日（星期日）

晴。熱度稍減。

去東大醫院探望中村光夫[83]夫人的病情。

永福門院[84]的歌集，在二戰時期由佐佐木治綱先生編纂之後得以面市，可惜後續無法再版。

永福門院為伏見天皇之后，生於鎌倉時代中期，作品收錄於《玉葉和歌集》。《玉葉和歌集》的編纂者為京極為兼，該人為伏見天皇皇后的歌道[85]之師。

當時正值兩統迭立[86]時代，接續於大覺寺統的後宇多天皇之後登基的伏見天皇，便屬於持明院統。

歌道先是由藤原俊成[87]、藤原定家[88]、藤原為家[89]一脈相承，傳至藤原為家之三子，分裂成二条家、京極家、冷泉家等三派，彼此對立，其中尤以京極為兼[90]依從持明院統，而嫡系的二条為世[91]則依從大覺寺統，兩派歌道藝術分別與兩股政治權力結合，愈發激化了京極派與二条派的對立。

我身為小說家，對歌道的沿革流變興味濃厚。究竟是藝術的政治性，還是政治的藝術性，導致這樣的墮落呢？

《玉葉和歌集》乃是京極為兼為實踐其歌道理論編撰而成，直至下一個室町時代的世阿彌[92]所寫的詞章，亦受其影響。《玉葉和歌集》的歌人們，於是成為《萬葉集》[93]之後的歌道歷史與謠曲[94]那奇特的阿拉伯式文體之間的橋梁。於此同時，京極派的敵手二条家，將中世紀最神

83（一九一一～一九八八），日本作家與文藝評論家。
84 西園寺鏱子，院號永福門院，（一二七一～一三四二），日本第九十二任天皇伏見天皇的皇后，鎌倉時代女性和歌作家，屬於京極派（日本詩歌派別），所吟歌賦極富盛名，作品多數彙編於《玉葉和歌集》與《風雅和歌集》。
85 創作和歌的學問與藝術，和歌作家稱為歌人。
86 國家君主的繼承血統一分為二，兩派輪流即位的狀態。日本以鎌倉時代的大覺寺統（南朝）與持明院統（北朝）交替繼承天皇的歷史最為著名。
87（一一一四～一二〇四），日本平安時代後期至鎌倉時代初期的貴族與歌人。
88（一一六二～一二四一），日本鎌倉時代初期的貴族與歌人。
89（一一九八～一二七五），日本鎌倉時代中期的貴族與歌人。
90（一二五四～一三三二），日本鎌倉時代後期的貴族與歌人，歌道京極派之祖，奉敕命編選《玉葉和歌集》，收錄約兩千八百首和歌。
91（一二五〇～一三三八），日本鎌倉時代後期至南北朝時代的貴族與歌人，歌道二条派之祖。
92（一三六三～一四四三），日本室町時代初期的猿樂師，創作許多知名的謠曲，並留下多部相關藝術理論，包括《風姿花傳》等。猿樂為日本傳統舞台表演，於明治時期以後與狂言合稱為能樂。
93 彙集七世紀後半至八世紀後半之間的和歌作品，為日本現存最古老的和歌集，歌風較為質樸。
94 日本能樂的歌詞。

祕的傳習之一「古今傳授[95]」，從二条為世……頓阿[96]……堯孝[97]……東常緣[98]……細川幽齋[99]，如此代代傳承下去。早在鎌倉時代末期，京極派和冷泉派皆已被二条派吸收、滅絕了。（以上引自横井金男先生的《古今傳授沿革史論》）

所謂的古今傳授、能樂、伽草子[100]和五山文學[101]，可以說是貴族、武士、民眾和僧侶等各族群具有代表性的中世紀文學。這四種文體是至今現存的日本中世紀文學的四大台柱，其中尤以古今傳授最怪誕。在此舉出師徒口授的三種鳥作為一例，這是以紙條傳授[102]方式留下來的。

「婬名負鳥

庭敲，見此鳥之風情，如神治時代之男女交合，是以得此名。（秋為年中轉衰之境，此零落之道所興之所，是帝心也，仍入秋部。）今上。[103]

喚子鳥

筒鳥，啼聲吱吱，似喚人聲，依之有此名。（入此時節，告教人心，譬之執政，如帝之心性，因應時節布達之心也。）關白。[104]

百千鳥

春時萬千鳥群啁啾，云之百千鳥，是有此名。（聽聞萬機扶翼之教令，猶如百寮各自成事，春來百千諸鳥囀鳴之心也。）臣。[105]

像這樣可有可無的象徵主義，既是「神佛化身下凡的大事」，亦是「至極之中的深祕，深祕之中的極祕」。然而在這裡，歌道和政治之間象徵性的連結一目了然，如同歐洲中世紀政治和基督教之間的緊密結合，日本不單是宗教，連藝術上的神祕主義和政治之間也產生了連結。能樂的神祕主義，與歌道神祕化的過程相互呼應，並且和各自的政治靠山結合在一起。此後，才是中世紀文學的開端。

我將永福門院視為在中世紀文學到來之前，最後的古典時代的女性歌人。她是延續和泉式

---

95 師父將勅撰和歌集之《古今和歌集》的注釋解義，以祕密傳授的方式教導弟子。

96 （一二八九～一三七二），日本鎌倉時代後期至南北朝時代的僧人與歌人，師事二条為世。

97 （一三九一～一四五五），日本室町時代中期的僧人與歌人，頓阿的曾孫。

98 （一四〇一？／一四〇五？／一四〇七？～一四八四？），日本室町時代中期至戰國時代初期的武將與歌人，師事堯孝。

99 （一五三四～一六一〇），日本戰國時代至將戶初期的武將與歌人，將近世歌學集大成者。

100 日本鎌倉時代至江戶時代之間形成的短篇故事文體，並附插圖。

101 日本鎌倉時代至室町時代之間，於禪宗寺院創作的漢文學。

102 古今傳授時，師父將最精闢的祕密釋義寫在紙條上傳給弟子的方式。相傳於東常緣傳授弟子宗祇時首度採用。

103 在古老的和歌中用來頌詠秋季的鳥類，通常於秋末割稻的時候成群飛來，尚未考證出正確的現代學名。「婬名負鳥」亦寫作同音的「稻負鳥」，音近日文的「課徵稻收」，亦即收稅吏之意，有時在和歌中以此代義。

104 在古老的和歌中用來頌詠春季的鳥類，啼叫聲聞之如喚人聲，尚未考證出正確的現代學名，推測可能是杜鵑鳥。亦寫作同音的「呼子鳥」。

105 在古老的和歌中用來頌詠春季的鳥類，各式各樣的鳥。

部[106]、式子內親王[107]這個皇族女性歌人系列的最後一位，才華洋溢，在該時代的歌人中展露出高度的獨特性。

永福門院生於文永八年，為太政大臣西園寺實兼的長女，十八歲進入皇宮，成為中宮。二十八歲時，伏見天皇讓位，賜院號永福門院。遭貶謫至佐渡國京極為兼被召回京城之後，永福門院的玉葉歌風愈發成熟，成為京極派最重要的歌人。

至於永福門院的後半生，在她四十六歲出家為尼那一年，京極為兼再度遭流放至土佐，翌年，伏見天皇駕崩，後醍醐天皇即位，二条派一躍而成和歌正宗，永福門院自此過著孤獨的生活。六十四歲時逢建武中興[108]，新時代的洪流已與她無關，最終於七十二歲薨逝。

永福門院並不是像和泉式部與式子內親王那樣熱情的歌人。她的老師京極為兼告訴她，要回歸初心，從《萬葉集》中學習，而《萬葉集》對永福門院的影響，抒景大於抒情。從此，世上出現了一位獨特的抒景女性詩人。

永福門院晚年的和歌，是在孤獨中進入她自己內心深處的境地，這些作品與其說獨具特色，更貼切的形容是不具特色的靜謐。在讀誦那些和歌時，若能想起當時正值建武中興那個紛紛擾擾的革命時代，將會帶來奇妙的感受。

她把那個擾攘的時代當成背景，將畫布擺設在前面，但是，她那堅定的目光，只看得見風景。於是，我們今日看到的那幅風景畫中，分明只畫著「未明的天光」啦、「晨光中的湖畔蘆葦」啦、「月兒爬上黃昏裡的山嶺」等等的美景風光；然而，這個小宇宙過於整齊的秩序，與一顆不帶絲毫熱情的心，還有廣義的所謂「唯有機器人明白的」愛好大自然的心情，以及只看著自己所擇之物的堅定目光，……使得那個大時代的縮影像幅透明畫一般，就從這種種的特質之間浮現出來。

大致說來，在《古今和歌集》[109]的時代，歌人信奉的各種歌賦概念，諸如月、雪、花、愛、春、秋等等，與外在秩序之間保有完全的對應。到了《新古今和歌集》的時代，面對外在秩序的崩解，或者是心生即將崩解的預感，歌人也不得不開始對這些歌賦概念的存在性產生懷疑，遁逃到語言的自我秩序裡面了。藤原定家讓眾人看到他是如何擺弄語言的，證明了詩詞概念世界的自律性。可是永福門院與上述歌人截然不同，包括她的外在秩序和內在熱情，全都死亡滅絕了。她活在某個世界的死亡之中，並且只對那個世界的死亡深信不疑。在那幅風景畫裡，沒有人物。我認為，但凡任何散發出人味的東西擋在她和赤裸裸的大自然之間，落下了影子，都會令她心生嫉妒。

106（九七八～卒年不詳），日本平安時代中期的歌人，越前守（中央派遣至越前國的行政官吏）之女、和泉守之妻，相傳戀愛經驗豐富，和歌風格較為激情。

107（一一四九～一二〇一），日本平安時代末期的歌人，後白河天皇的第三皇女，和歌風格較為中庸。

108 鎌倉幕府滅亡後，後醍醐天皇於一三三三年六月起親政，史稱建武中興。

109 日本最早的敕撰和歌集，以紀貫之為首的宮廷歌人奉醍醐天皇之命，於九一四年前後編纂完成，共收錄和歌一千多首，以短歌為主，歌風多為優美的貴族風格。

以下是我喜歡的幾首永福門院的和歌：

暗黑夜氣深　不見明月度碧空　拂曉透微光　但見簷下火蟲兒　忽滅又閃漏沉沉

麓下傳鳥鳴　破曉啼聲先喚日　日出升東山　晨曦灑落豔錦簇　花彩繽紛展柔媚

河畔巧鳥歇　月夜寒氣襲人重　輾轉難成眠　翩翩鳥語聲聲清　鈞天夢覺悠悠醒

密雲雨欲來　峻嶺連綿影縹緲　遮日蔽蒼穹　崟崟一株羅漢松　高岡峨峨立巍然

夕暮向晚空　二月寒時凍冷天　疾風如虎嘯　枝梢可憐花兒搖　捲起漫天落英飛

初夏夜習習　子規晝夜不停啼　嘹亮遍山巔　百折千轉入雲霄　劃破長空迎黎明

稻秧油油綠　世外山間見翠田　清新舒人心　杉林環繞又一村　陶然山居享野趣

山腳暗無光　蒼霧披籠灰茫茫　坡緩原野遼　曙光微現輕灑落　曉嵐薰染白朦朧

朝時大風起　窗外竹林影搖曳　擺盪難止息　流霞紛散繞繚亂　春寒料峭攏衣襟

霜風草萎靡　寒冬時雨添淒淒　把身憑欄望　吳竹月影兩相映　滿心惆悵誰人解

曠望郊野寂　幼松叢叢頂迴風　淒涼天地冬　亂雲紛紛低薄暮　驟雨急急紊湍流

昂首望山遠　但見白雲歇峽間　繞谷怡幽靜　誰知世間多變幻　轉瞬盡散現藍天

夕陽落海上　金燦餘暉點點浪　潮退現灘沙　淘蛤人兒歡笑語　清風拂礁向松林

七月十八日（星期一）

晴。今日有風，涼快宜人。

在東京會館空中庭園享用晚餐。

去看了一部名為《浪漫在里約》[110]的日本電影，因為很想回味一下片中的拍攝地里約熱內盧。我曾經住過的科巴卡巴那宮殿旅館的露台、開放式的路面電車、於科科瓦多山頂的大型耶穌基督雕像，以及馬賽克鋪石的道路，一切如同往昔。我不知道為什麼里約的風光景致竟能如此撼動心靈。記憶中的里約愈發光彩奪目，即便有機會舊地重遊，我也不願意再一次造訪現實中的里約了。

至於這部電影本身，拍得愚蠢到了極點。一旦有人物出現在鏡頭裡，我必定會打起大呵欠，打呵欠時就會流眼淚，流眼淚後就不得不擦拭，問題是，每一回擦拭時不巧總是碰上愚蠢的催淚場景，惹得鄰座的觀眾以為我是個多愁善感的男人，頻頻朝我投來打量的眼光。

七月十九日（星期二）

下過雨後放晴，又轉為陰。天色像是颱風即將來襲。兩位來客造訪。

四巨頭在日內瓦展開會談。東尼．谷的兒子遭到了綁架[111]。

---

110 由瑞穗春海導演執導，於一九五五年上映的日本電影，英文片名譯為*Romance in Rio*，全片拍攝地點為南美洲巴西的里約熱內盧。

111 東尼．谷本名為大谷正太郎（一九一七～一九八七），日本詼諧藝人，紅極一時。一九五五年七月十五日，其長男大谷正美（當時六歲）在放學途中遭到了綁架，綁匪要求兩百萬日圓贖金，東尼．谷召開記者會泣求歹徒放人，當時我們生活在「知識資訊」激增，但卻流於浮面片斷的時代裡。在巨人的時代裡，當他們看到世界變化如此之大，恐怕要感到驚愕萬分。現今，飛機的性能日新月異，通訊傳播無遠弗屆，就連太平洋也在轉瞬間就能飛越。倘使我們能夠擁有巨人般的視野，氫彈試爆看來也不過就像點燃一根仙女棒而已吧。

在比基尼環礁的氫彈試爆[112]後續補償問題的討論過程中可以感受到，在批判那種實驗是無人性、反人道云云之餘，我們的人性，已不再如同過去那般堅定。我以下的言論不帶有任何政治偏見，但是從事氫彈試爆的國家，對受害國的民眾賠償的行為，早已超越國際問題的層次、種族偏見的層次，而可以視為人類體內的某種機能，對人類體內的另一種機能施予憐憫。面對「知識性」概觀架構的世界局勢，人們就算對自己的一部分、與世界局勢無關的部分懷抱慈悲之心，又有什麼意義呢？我將這視為一般人內部發生的事件，而非人們彼此間的問題。

舉例來說，規畫氫彈試爆最初的動機，和我們一般人並不是完全無關。我們使用電動洗衣機，享有文明的便利，這和設計出氫彈試爆的動機是有所關連的。科學就是這樣發展而來的，這與希望改善人類生活的歷史沿革息息相關。自從火藥和鉛字雙雙發明之後，即聯手合作，打破了封建制度。

這個時代的人性，存在著可怕的不對等。較之廣島市原子彈爆炸的受害者，那個發射原子彈的人，應當更加強烈地意識到這一種不對等。受害者看到了火焰、閃光和死亡。他們根本來不及從知識性與概觀架構的層面去理解發生了什麼事。不論他們遭逢到的是原子彈爆炸，還是大砲轟炸，抑或是手槍射擊，受害者一律被還原成原始的個體，死亡則更進一步將其還原成物質。但是，那個發射原子彈的人又是如何呢？他絕對沒擁有巨人般的視野。他的肉體，單用小刀割劃就會流血，而那層薄薄的皮膚底下，更藏有容易受傷的內臟正在搏動。然而，他當時在有著一段距離的高空上，俯視著日本的一個小城市。人類平等的意識，已經被他掩蓋住了，甚至可以說是他刻意隱藏起來的。很可能這位具有某些技術與科學知識的發射原子彈者，對於自身那遠遠不如巨人般的視野被知識性概觀架構的世界局勢給壓得粉碎，早已心知肚明。而這種小小的掩飾、小小的壓抑，就這樣帶來了讓人極為鼻酸的結果。

現如今，原子彈發射者的意識，已經滲入我們生活中的每一個角落了，而我們之所以渾然不覺，完全是由於習慣使然。我們不僅是在看報紙和收聽廣播的時候，或者在碰觸到隱匿著些微政治問題的世界關係的時候，抑或在論及聯合國的世界國家夢想的時候，甚至就連在日常生活中做出判斷的時候，也會面臨到知識性概觀架構的世界局勢，與人類肉體制約之間的不對等，並且在那一瞬間習慣性地閉上眼睛，做出了「小小的掩飾」、「小小的壓抑」的錯誤決定。這一剎那，我們誤以為自己擁有巨人般的視野。我語帶諷刺所謂的巨人時代，就是指這種

不少不喜歡其戲謔演藝風格的人甚至認為這是他自導自演的鬧劇，最後由警察假冒他前往交付贖金時逮捕了綁匪，並且順利救出了人質。

112 比基尼環礁是一處屬於馬紹爾群島的堡礁，自一九四六年至一九五八年間，美國在此做過二十幾次氫彈和原子彈的試爆。

情形。

根據上一段闡述，關於方才提到的氫彈試爆賠償，我的腦海裡不自覺地浮現出一幅詭異的圖像：縱使同屬人類的範疇，一邊是含括氫彈試爆、太空航行、聯合國的知識性概觀架構的世界局勢，另一邊則是受到了肉體制約者們的白血球減少、日常生活窘迫、家人問題，以及勞動工作。我不認為光靠經濟學，就能摒除此兩者之間的障礙。這兩種狀態都是生活於現代的人類無可迴避的，任憑你是美國的富翁也好，是燒津的漁夫也罷，即便有社經地位的差距，都不能避免面臨相同的狀態。不過，在氫彈試爆賠償的時候，這分屬於兩種狀態的人會呈現出典型的處理方式，陷入典型的衝突模式，即便同屬於人類的範疇，卻有一方對另一方施予憐憫，付了賠款。若果施予憐憫具有侮蔑的意味，那麼這種現象就只能解釋為人類侮蔑人類，人類的某一種價值藐視另一種價值了。我早前說過，這是人類內部的問題，也就是這個意思。

自從「巨人時代」就這樣來臨之後，所謂的巨人精神，愈來愈不重要，逐漸衰頹，就連在政治領域裡提到的「四巨頭會談」這樣的用語，也變得讓人不解其義了。儘管對於那些搭乘飛機環遊世界各國的人們來說，他們有深刻的體會；但對我們而言，只覺得那種旅行是極度無機的，完全無法喚醒我們內在統一與綜合的心理狀態。我們只能透過把地表上的樣貌想像成一張地圖，並且忠實地遵循所賦予的概觀架構，才能夠掌握整個世界情勢。這個時代，恰恰如同經常搭乘飛機一樣，森羅萬象都從機窗外向後快速飛去。這種體驗是無機的，科學進步造成的精神嘔吐和精神暈眩，占領了我們的五官體感。

這時，我們不禁要問：那麼精神又在什麼樣的位置呢？所謂巨人的精神，是一個有機體，這個世界找不到任何空間能夠容納得下這樣的東西。所謂巨人的精神，是由精神遵從其自身的法則而形成了統一和綜合的結果，因此在其肉體制約和世界局勢之間，如同小宇宙和大宇宙般相互反映，並且還建立了堅固且有機的基礎。原本這就稱之為人類，無奈現在人性已經崩解了，於是人類的情感也從愛變成了侮蔑。為什麼這麼說呢？因為人類不再愛其他人，而是假裝自己再也不相信任何人，甚至可以說，人類變得自我蔑視了。

儘管如此，精神究竟在什麼樣的位置，這個問題仍舊一再以各種形式被人提出質疑。二十世紀初，研究學家已曾對我方才提出了兩種狀態之中的後者，在受到肉體制約的時候將精神囚禁在內，再從這種狀態出發的思考形式做過了各種的揣測。這樣的傾向，很明顯地是為了與另一種傾向，也就是為了和知識性概觀架構的世界局勢試圖形塑而成的時代預測相互抗衡，由此因應而生的。其結果不像在二十世紀時，精神以屈服於肉體、模仿肉體的樣態出現。因為精神固有的形態，早已在十九世紀末期崩解，重新回到希臘時代肉體與精神親密結合在一起的樣貌了。然而兩者根本上的差異是，不同於希臘時代，精神是從美麗的肉體中振翅高飛而去，到了二十世紀，精神則是嚇得渾身發抖，夾著尾巴逃進了肉體裡的。

另一方面，通訊與交通的無遠弗屆，勝過了精神那種緩慢的統一與綜合作用，而普遍性概觀架構的世界局勢，也超越了具有哲學使命的掌握世界脈動。今天，嶄新的哲學是在由訊息組成的掌握世界脈動基礎上建構而成的，早已不再像昔日必須藉助哲學這唯一的途徑，方能掌握世界局勢。這種更新與擴張世界局勢的過程，如今已由科學接手這項作業了。

精神到底是在什麼樣的位置呢？在二十世紀後半，精神僅僅是以人性分裂狀態的修繕工身分出現。它的職責是取代統一和綜合的技術，將那兩種狀態縫合起來。不論這項工作有多麼艱鉅，甚至有時候看起來「沒有人性」，精神仍會為了達成任務，挺而現身。有任何人能夠預測其縫合的結果嗎？假如人類信誓旦旦地再一次回到肉體的制約之中，否定科學的一切蠻橫暴戾的進步，難道就能一口咬定這是精神的勝利嗎？還有，萬一所有的個體離開了肉體的制約，亦即擁有了巨人的視野，難道就能一口咬定這是精神的失敗嗎？只要精神完成了縫合，想必遲早就會恢復原本的作用，不顧一切地朝向統一和綜合前進。

至於藝術，儘管被困在最頑固的有機體裡面，一旦精神向它下達命令，無論那是多麼令人毛骨悚然的領域，它肯定還是會依照命令，懷著孩子般的好奇心，勇敢地踏出腳步。

七月二十日（星期三）

晴朗。午後前往逗子，住進渚旅館趕稿，去海邊玩水。

將讓．拉辛[113]的《費德爾》與歐里庇得斯[114]的《希波呂托斯》做了一番比較。

如同拉辛自己說的，由於阿麗絲公主這個人物的出現，造成這兩齣戲劇出現了根本上的差異。阿麗絲公主的出現，造成依包利特（相當於《希波呂托斯》裡的希波呂托斯）的性格產生了極大的變化，使得故事的主軸從王子移到了王后身上，而戲劇的名稱也從《希波呂托斯》變成了《費德爾》。

歐里庇得斯的作品，一開始是由阿佛洛狄忒的預言揭開了序幕。年輕而直率的希波呂托斯沒把愛神阿佛洛狄忒放在眼裡，一心一意尊崇身兼處女神與狩獵神的阿耳忒彌斯，引發阿佛洛狄忒暴跳如雷，對他下了詛咒：「在這片特里真土地上的所有人民之中，唯獨他一個把我貶為眾神中最低賤者，並且侮辱了婚姻！我絕不容許他娶妻成婚！」阿佛洛狄忒於是運用神力，讓淮德拉對繼子產生了愛意。

113 **Jean Baptiste Racine**（一六三九～一六九九），法國劇作家，與高乃依、莫里哀並稱十七世紀最偉大的三位法國劇作家，擅寫古典主義悲劇作品，代表作包括《昂朵馬格》、《費德爾》、《阿達莉》等。後文提到的拉辛戲劇作品《費德爾》（*Phèdre*）於一六七七年上演，其故事原形來自於歐里庇得斯的《希波呂托斯》，內容是雅典王后費德爾以為丈夫忒賽戰死沙場，愛上了繼子依包利特王子，並在乳母厄諾娜的建議之下，向依包利特吐露了愛意，僅管依包利特愛的是阿麗絲公主，為了保護後母費德爾的聲譽，他沒有將此事張揚。忒賽王從戰場生還，誤信妻子與兒子有私情，憤而詛咒放逐依包利特王子，致使他喪命海神之手。後來費德爾在忒賽的追問下坦承實情，並且服毒自盡。

114 **Euripides**（**480 BC～406 BC**），古希臘劇作家，與埃斯庫羅斯、索福克勒斯並稱希臘三大悲劇大師，代表作包括《獨眼巨怪》、《美狄亞》、《希波呂托斯》、《特洛伊婦女》等。後文提到的歐里庇得斯戲劇作品《希波呂托斯》（*Hippolytus*）於西元前四二八年上演，雅典王子希波呂托斯是忒修斯王的兒子，十分崇拜貞潔的狩獵神阿耳忒彌斯，厭惡女人和愛情，引發了愛神阿佛洛狄忒的震怒。阿佛洛狄忒故意讓希波呂托斯的後母淮德拉瘋狂地向他求愛，卻遭到希波呂托斯堅定的拒絕，淮德拉於是羞愧自盡，臨死前誣陷希波呂托斯企圖玷污她。忒修斯得知後大為震怒，在海神的協助下殺死兒子，直到這時，阿耳忒彌斯才現身說出了真相。

對於拉辛改寫這部古老的作品，我認為有兩項未臻完善之處。在歐里庇得斯的作品裡，希波呂托斯是一個粗暴的少年，當他聽到淮德拉對他吐露愛意之後，毫不留情面地對繼母痛加斥責。從他這般粗野的憤怒和純粹正義感的反應，任何人都能預測出淮德拉必定會去向他的父王告狀，必須想出對策來才行。倘若此時沒有強而有力的應變之道，將會導致後來的悲劇。因此，拉辛筆下的依包利特，以十分優雅但不帶正面回應的態度，聆聽費德爾的告白，並且邊聽邊做好了脫身的準備，一等繼母說完就立刻離開現場了。這情景恰可套用一段厄諾娜的台詞：「只不過對他說上兩句，那個忘恩負義的傢伙馬上飛也似地逃走了！」依包利特是個知書達禮的青年，他會做這樣的選擇，唯一的解釋是比起害怕費德爾會去向父王告狀，他更重視的是維護其父王的名譽。每當我讀《費德爾》的時候，總覺得這處重大的情節轉折不大流暢，削弱了故事的力道。這是拉辛作品的第一個缺點。

其次，在歐里庇得斯的劇作裡，由於淮德拉並不是領銜角色，因此在這齣劇演到一半時就自殺了。她以死構陷希波呂托斯的讒言只留在遺書上，但忒修斯王不待向別人確認，就全盤相信了遺書上的讒言，我認為這個情節也顯得不自然。不過在拉辛的作品裡，費德爾既然是領銜角色，就非得讓她活到最後才行。相形之下，忒賽王徹底相信這種讒言的表現，可以說是極度天真又輕率，如此缺乏理性思考的人，實在不配身為一國之君。縱使忒賽王是因為深愛妻子而變得盲目，但連兒子的一句辯解都不願意聽，致使這位王者簡直像個愚蠢的小人物似的。這是拉辛作品的第二個缺點。

希臘戲劇的故事結構並不複雜，人物角色的側寫也很單純，但比較兩齣戲劇的閱讀流暢度之後（儘管整起事件居然果真依照那個奇怪的預言逐一兌現），仍以拉辛略勝一籌。雖然拉辛運用井然有序的幾何學結構、美麗的詩句，在同一維度中發展出劇中人物的力學關係，終究仍避免不了上述的兩項缺點。

拉辛在劇中增加了一個阿麗絲公主的角色，其創作心態，會否是希望透過相信人類生而有罪的冉森教派思想的介入，將依包利特的純潔，烘托成和希波呂托斯相同、如神一般的全然純潔呢？不過，在《費德爾》當中，依包利特的純潔只被當成了一件道具。換言之，費德爾先是認為依包利特不接受自己這份心意的理由是「他對所有的女人一視同仁」，由此對繼子產生了宿命般的憎恨，並且揚言「既然如此，不管面對任何情敵，我都不會輸」，可是當費德爾發現繼子愛的是阿麗絲時，卻又陷入了絕望的嫉妒。唯有利用依包利特的純潔特質，才能夠營造出費德爾這種起起落落的心理狀態。可以說，歐里庇得斯的希波呂托斯是一種超然的絕對存在，是一位不容許染上丁點塵埃的年輕又純淨的半神；然而在觀眾的眼中，依包利特從第一次出場時，已經失去那種超然了。

七月二十一日（星期四）

昨夜熬了一整個通宵。下午去讀賣新聞社查找小說寫作的資料。

七月二十二日（星期五）

晴朗。昨天氣象預報的小颱風已經消失，東尼・谷的兒子也順利找回來了。

由於受邀前往參加海上保安廳的閱艦式，早上六點半就起床了，八點半搭上從竹芝碼頭發船的宗谷號，恰巧與田中澄江女士同船。直到下午五點返航前，這一路上都不愁沒有聊天對象了。

上午十一點，閱艦式在橫濱港外舉行，參加閱兵的船艦約莫有十艘。

「第一艘船艦是ＣＳ一七山菊，第二艘船艦是ＣＳ〇五月，這兩艘皆為海上保安廳的小型巡邏船。」廣播聲透過麥克風傳來。

平行駛過宗谷號的巡邏船甲板上，身穿青灰色制服的海軍如同西洋棋子般排列，整齊畫一，挺立不動，只有胸前的深藍色領巾隨著海風翻飛。

其後，軍方又展示了直昇機的協助救難行動。遇難者零星漂浮在港灣裡，直昇機先從上方空投救生圈。今天非常炎熱，扮演遇難者的人看起來格外享受清涼。不久後，直昇機盤旋了一圈回來，把像馬戲團用的那種繩梯緩緩地垂降下來，一等遇難者坐上去後，便把繩梯往上收起，只見遇難者的兩條腿在空中晃蕩，身軀隨著繩梯旋轉上升，最後被吸進直昇機機體裡面。大家都在鼓掌，不過對這些擅於泳技的遇難者來說，這種訓練想必早已司空見慣，使得這一連串令人驚心動魄的語彙——意外、遇難、救助，像脫脂牛奶一般，失去了最精華的要素，成了一場乏味的表演。

……船頭的上層甲板，金色的吹奏樂器在耀眼的夏日裡閃閃發光，由海上自衛隊支援的英式銅管樂團開始了演奏。

……話說回來，我真不懂自己為什麼這麼喜歡船。

七月二十三日（星期六）

全日陰天。大概是因為在九號颱風和十二號颱風的雙重夾擊下，才會變得這麼悶熱吧。

晚上在二樓的窗前遠眺多摩川的煙火。紅紅綠綠的垂柳銀花十分美麗，還有彩球煙火迸炸開來，布滿整面天空。在煙火特別表演時，先是聽到聲音，接著從聲音傳來方向的天空下方，倏然亮起了裙襬狀的銀箔亮光，不久就籠罩在濃煙之中了。近八點左右，忽有雨點打在窗下竹葉的滴答聲，下起雨來了。

七月二十四日（星期日）

晴，有風，多雲。下午到國立第一醫院探視中村光夫夫人的病情。

六點起是文學座的最後一場演出。謝幕時我也走到台前，接受了獻花。回程和長岡女士與宮口先生等諸位到亞司多利亞餐館小酌了幾杯。

我在思考敘事詩這個文體時，覺得只有在「一切行動都像透明玻璃人一樣，外界得以清楚透視其想法」的唯一前提假設之下，才稱得上是真正的敘事詩。今日社會，事實真相總被埋沒在不可知論的觀點中，當社會範疇愈是擴大，這個謎團愈是不得其解。一起事件發生之後，相關人士的證詞經常相互矛盾，大家對此早已見怪不怪；而愈是引發社會熱議的事件，其中必定隱藏著永不見天日的祕密。然而，既然事件發生於人類社會，那麼事件的癥結必然與人類的想法有著密不可分的關連。「外界得以清楚透視其想法」的這個假設，在現代社會裡根本不成立。真要說的話，或許如同奧林匹克競技這種瞬間決勝負的狀況，可以算是其中一個罕見的例子，但是運動無法成為敘事詩的寫作素材。在古代的希臘，運動的最終目的是鍛鍊武藝，以便到沙場上一展雄威，可是敘事詩只需要描寫戰場的磅礴悲壯就夠了。

時至今日，我們讀誦敘事詩的時候會驚愕地發現，詩裡訴說的種種行為，絲毫沒有透顯出不可知論的影子。從古至今，不論是戰爭也好，犯罪也罷，人類一旦置身於某項行為狀態之中，其判斷就會變得單純，甚至簡單到外界得以清楚透視他的想法，這種思考模式始終沒有改變；但是，自從現代社會失去了對行為的信仰之後，人類的想法立刻變得隱晦而難解，以致於其行為最後造成的事實真相，也被埋沒到不可知論的觀點裡面了。現代法律學的問題不在犯行，而是犯意的有無；不在犯罪，而是犯罪構成的要件。同樣地，與其說運動是一項純粹的行為，更確切的說法是屬於無動機性的約定下，現代社會的各種遊戲之一。

對敵人揮出的一劍，可以推測出明確的敵意，敘事詩的心理法則全都由此衍生而來。不過，現代社會的心理主義終於發展到了極致，需要藉助敘事詩的格律挹注新意的時代來臨了。

這和古老時代的情形相反，因為人們的想法和行為，產生了極度若即若離的狀況。當一個人從遠方按下了足以毀滅一座城市的遠端遙控炸彈啟動鈕，請問他是否具有敵意呢？犯罪也有同樣的傾向。德國曾經發生一起案件，該名男子犯罪的手法是翻找電話簿，隨意選中一個人名，把炸彈郵包循地址寄了過去。人們要想阻止這種冷酷的行為橫行霸道，使之停留在人類層級的問題上，唯一的方法就是相信能夠透視行為本身的出發點非善即惡的前提假設而已。

談到從行為透視人們的想法，就不能不提到現代發明的一項擬制——社會，或者說社會機構。於是，當一項行為受到不停溯及其過往的責任時，就此消失在時間的洪流中了。敘事詩裡的人物雖然親自承擔起過去的英勇行為，到了多年後的今天，該項行為已經無從確認是否屬實，以致於連誰是真正的行為人也不得而知。與其面臨如此苦思不得其解的窘境，不如將行為人視為擬制下的社會機構，來得省事多了。

就這樣，到了今天——這個被譽為一切講究事實的世紀，人們不再追溯行為的真偽，而是對真相產生了濃厚的興趣。新聞報導絕不輕易呈現真相。在這個行為消融於事實之中的時代裡，往往很難掌握呈現的契機。當事實被埋沒在不可知論的範疇裡，新聞報導只能試著在幾件事實之間搭起一座橋梁，並在能夠傳達的範圍之內努力傳達，這樣就感到滿足了。問題是，呈現真相的真正機能在於傳達不能傳達的訊息。

敘事詩的行為，……或者說所謂真正的行為，在本質上與不可知論並不相關。當新聞記者目睹一項行為，卻失去了呈現真相的能力時，該項行為立即在他眼前崩解消失，他的心情頓時沉入內心的無盡深淵，而行為受到無止盡的溯及責任，就在這個剎那，新聞記者再也無法於事實的範疇中捕捉到真正的行為。這時候想要呈現真相，可說是難上加難。

「一切行動都像透明玻璃人一樣，外界得以清楚透視其想法」……，這種顯然一籌莫展的狀況，卻恰恰賦予藝術家表現的契機。因為嚴格說來，行為是人類的個人體驗。顯而易見，藝術家是相對於這項行為的他者，而敘事詩人不像現代的新聞記者，擁有能將一切還原成「我們共通的問題」的魔術技巧。為了把真正的行為流傳我們的後代子孫，這時需要將表現的法則、藝術的法則召喚出來，而敘事詩人的任務就此展開。他讓英雄的個人行為與經驗主義法則脫勾，改為遵循人類情感的普遍法則，於是，當他把情感賦予一般人時，就像把同樣性質的那段經驗加諸於英雄身上。在這個一切講究事實的世紀、一切呈現真相的世紀，真正值得去做的就是傳達不能傳達的訊息。而我們從敘事詩裡學到的教訓是，像這樣不能被傳達、但卻明確真實存在的，即是行為的本質；而藝術家的任務，就是掌握直接面對行為本質的關鍵契機。行為，還沒有完全消失滅絕。

七月二十五日（星期一）

晴朗。雖然風大，仍然悶熱。下午三點是《戰國妖姬》[115]的試映會。在悶熱的試映室裡，看這種油膩膩的義大利風格的愛情心理劇，更是熱得苦不堪言。放映結束後，《藝術新潮》雜誌委請庄野潤三[116]先生、山岡久乃[117]女士以及我寫影評。庄野先生體重增加不少，和中村光夫先生愈來愈相像了。

去東寶劇場的錄音室，看了中幕[118]的時俗諷刺劇《春夏秋冬》。

回到家，發現出門前擺在桌上的墨鏡，已被愛貓愛犬合力啃得體無完膚了。這副墨鏡的鏡片是合成樹脂材質，大概啃起來別有一番滋味吧。

七月二十六日（星期二）

酷熱。高溫到達三十四・五度。上午十一點起，前往演舞場[119]欣賞文樂[120]的出開帳[121]。戲碼包括《夏祭》、《春遊千株櫻・第四幕後半》[122]、《野崎》等。

---

115 *Senso*，義大利電影，導演盧契諾・維斯康提（Luchino Visconti，一九〇六～一九七六），一九五四年上映，描述在一八六六年的普奧戰爭中，伯爵夫人莉維雅愛上敵方軍官馬赫勒後發現受騙，於是憤而報復的故事。

116 （一九二一～二〇〇九），日本小說家。

117 （一九二六～一九九九），日本演員。

118 日本江戶時代末期至昭和時代初期的歌舞伎，第一齣第二齣劇目之間表演的一幕短劇。

119 亦即劇院。

120 日本江戶時代末期的大坂開設了一家固定表演「人偶淨琉璃」（日本傳統表演藝術的人偶劇）的劇場「文樂座」，之後就成為人偶淨琉璃的代名詞。

121 原意指寺院神社祕藏的佛像或珍寶，暫借其他寺院神社供信眾參拜或機構單位展示，此處指演出。

122 完整名稱為《義經千株櫻》，簡稱《千株櫻》，人偶淨琉璃與歌舞伎的重要劇目之一，敘述源平會戰後源義經逃往外

《夏祭》最早就是人偶劇的劇目，但這是我頭一次看到以人偶形式的演出[123]。不過，現在這部人偶劇，應該受到了後來發展的歌舞伎形式的諸多影響。不管看多少次，這齣戲碼總是一樣簡單明快、節奏不拖泥帶水，格局開闊又有意思。

《春遊千株櫻》則是二十一挺、二十枚[124]的豪華陣容，而阿靜的人偶是由文五郎操控的。至於第二齣上演的《第四幕後半》，奇怪的是，每當唱到阿靜在河連邸敲鼓的那一段：

「柔荑輕點如珠落玉盤」

我的脊梁總是不由自主地打顫。我想，應該就和英國人聽到莎翁戲劇的某個段落，或是法國人聽到拉辛戲劇的某個詩句時，感受到的那股戰慄是一樣的。

這樣的剎那，耳中聽到的日語，彷彿是有生命般的語彙，令人喜悅。我身為日本人，早在兒時已聽過了狐狸化為人形的故事，此時輕描淡寫的一句，恰似召喚靈魂的梓弓[125]的弓鳴聲。就是這一聲呼喚狐狸的鼓音，使得古老的記憶和音韻之美兩者化為神祕的複合體，縈繞心頭久久不去。在「柔荑輕點如珠落玉盤」這句話裡母音 i、a、u 之間巧妙的應和下，甚至可以感覺到阿靜在下定決心毅然擊鼓之前，那份戒懼謹慎、猶豫不決的哆哆嗦嗦。

像這樣語意不明，但偶爾會在我的記憶中浮現盤旋，隨後升起一股近似恐懼的莫名感動的話語，並非只有這一句。

比方在〈百石讚歎〉[126]的古老偈文裡，就有令我同樣深銘肺腑的一句：

「受乳一百石　再受八十石　累母憂念

望今報母乳房恩　非也　報恩務於今朝
今日不報　何以為人
唯歲歲年年如水流逝」

當我第一次讀到這首古老的偈文時，不同於其表面上的字意，「報母乳房恩」這一句帶來的可怕感覺，使得我多年後依舊對整首偈文有著奇怪的感受。我沒參閱過任何注釋，一看到「報母乳房恩」這句話，立刻聯想到賽河灘[127]那片陰森的情景。於是這手原本立意光明的宗教偈文，在我心底卻烙下了鮮血淋漓的母親子宮、對於吾兒不再需要的孤伶伶的泛黑乳房之悲嘆、孩子們必須承受的罪愆、陰濕而黑暗的陰慘罪業等等的鮮明影像，幾乎等同於詛咒。

「……累母憂念……報母乳房恩……」

古時候的母語由於語意不明確，對我們現代人造成的特殊影響，往往是超乎預期的。再加

地，與幾位隱姓埋名的平家武將之間發生的故事。第四幕後半的《河連法眼邸之段》經常單獨演出。
123 完整名稱為《夏祭浪花鑑》，人偶淨琉璃與歌舞伎均有這齣劇目。
124 演出人偶淨琉璃時，三弦琴的計數單位稱為「挺」，說台詞者或唱歌者的人數單位稱為「枚」，通常一齣戲只有一挺一枚，亦即由一人彈奏三弦琴、一人說台詞。
125 日本神道祭祀儀式中，用於降魔伏妖的法器。
126 全文大意是從出生到長大成人，蒙受了母親賜予一百八十旦的乳汁，而今盼能報答養育之恩。
127 冥界與凡間的分界河川，比父母早逝的子女，必須在這處河灘上堆石塔為父母祈福，但過程中會屢遭到鬼魅的阻撓破壞，遲遲無法完成，直到贖償罪業之後，才由地藏菩薩領往冥界。

上歷代傳承時發生的謬誤，在民族性使然之下，賦予了扭曲的意象解讀，更造成該語彙具有不同於原意的意涵。例如將「瀉無」寫作「片男波」[128]，很明顯地是以同音別字的形式流傳下來。即便是這樣的情況，把失去了意義的語彙，只保留其音樂性的要素，假借其他語意，成為全新的意象，更加豐富了語言，這與中世紀以後雙關語的流行，一同成為日本文學史上神祕又不可思議的一個傳統支流。從附會和假借衍生出語彙形義的轉換，乃是東洋的一門藝術，而且比歐洲的超現實主義形成的時間更為久遠。

舉個例子，中文文字是一字一音一義，但是刻意透過重複同字的「疊詞」、上下兩字聲母相同的「雙聲」、上下兩字韻母相同的「疊韻」這些技巧，創造出各種成語，甚至純粹為了追求對偶之美，進一步發展出華而不實的駢文。

東洋既沒有發展出絕對的音樂和純粹的繪畫，也沒有像歐洲那樣分化出不同的藝術領域，卻在近代欣然接受了來自音樂、來自繪畫的要素融入語言之中。某些時候語言扮演著音符般的角色，某些時候語言也接下了顏料與畫筆的工作。語言這種異於其原意的越權行為儘管由來已久，我們迄今仍為語言這種奇特的魅力深受吸引，並且這樣的時刻，通常都是受到古語如上所述的越權作用所吸引，感覺到語言呈現出如精靈般的生命力。

在此，我從伴信友的《鎮魂傳》[129]中引用一首古怪的〈鎮魂歌〉[130]，讓讀者一起感受語言的神祕吧。

「a-chi-me　o-o-o-o　o-o-o-o　o-o-o-o　a-chi-tsu-chi-ni　ki-yu-ra-ka-su-ha　sa-yu-ra-ka-fu ka-mi-wa-ka-mo ka-mi-ko-so-ha ki-ne-ki-yu-u ki-yu-ra-ka-su

a-chi-me o-o-o-o o-o-o-o o-o-o-o i-so-no-ka-mi fu-ru-no-ya-shi-ro-no ta-chi-mo-ka-to

ne-ka-fu-so-no-ko-ni so-no-ta-te-ma-tsu-ru

……………………。

a-chi-me o-o-o-o o-o-o-o o-o-o-o mi-ta-ma-ka-ri i-ni-ma-shi-shi-ka-mi-ha i-ma-so-ki-ma-se-ru ta-ma-ha-ko-mo-chi-te

---

128 原文為「潟を無み」及「片男波」，二者日語發音相同。「潟」指退潮後露出的海灘，「潟を無み」出自歌人山部赤人的代表歌作，形容和歌山冬天的海邊，漲潮後淹沒了海灘的景象。後來有相撲力士取同音的「片男波」作為名號。

129 伴信友（一七七三～一八四六），日本江戶時代的國學家。《鎮魂傳》成書於一八四五年，內容為鎮魂祭的相關考據。鎮魂祭是為了幫天皇安魂定魄、添福增壽，於陰曆十一月的第二個寅日舉行的祭典儀式，二戰之後擴大祈福對象範圍，包括皇后、皇太子、皇太子妃等貴族。

130 歌名又稱〈阿知女作法〉，為皇宮與神社舉行儀式時的神樂歌之一，亦用於鎮魂祭。原文以日文假名記寫如下：「あちめ　おおおお　おおおお　おおおお　あめつちに　きゆらかすは　さゆらかふ　かみわかも　かみこそは　きねきゆう　きゆらかす／あちめ　おおおお　おおおお　おおおお　いそのかみ　ふるのやしろの　たちもかと　ねかふそのこに　そのたてまつる／……………………。／あちめ　おおおお　おおおお　おおおお　みたまかり　いにまししかみは　いまそきませる　たまはこもちて／さりたるみたま　たまかやしすやな」

sa-ri-ta-ru-mi-ta-ma　ta-ma-ka-ya-shi-su-ya-na」

伴信友於此處加注：「此歌初始唱曰『アチメ　オ』，乃是神樂歌之詞。古書之神樂譜載為阿知女作法。」

七月二十七日（星期三）

晴朗。酷熱。昨夜胃痛沒睡好。午後去海邊，十點過後返家。

邦雅曼．貢斯當的《阿道爾夫》[131]是一部值得反覆耽讀的小說。

最近，他另一部塵封已久的小說《賽茜爾》由窪田啟作先生翻譯完成了。我前些時候分身不暇，遲遲沒空拜讀該譯著，現在終於抽出時間讀閱，並且藉此機會重溫了一遍《阿道爾夫》。

這樣的類比雖然很不恰當，但阿道爾夫的懦弱和太宰治的軟弱，是何等的不同！我特別鍾愛阿道爾夫的懦弱，是由於與其性格恰恰相反的強韌文體，亦即那表面看似懦弱，卻始終不向內在的那種孱弱病菌低頭、絕不承認一切弱點、並且分分秒秒提防自己流露出一絲怯弱的精神。這和太宰治那種蒼白無力的文體所暗示的意涵，是何等的不同！不過，我一批評起太宰治就沒完沒了，這裡不再多費功夫從比較文學（！）的角度做無益的分析了。

《阿道爾夫》——一位忙碌的政治家書寫的小說，況且作者並未特別看重，而是由於後世的讚譽才提升至經典地位的這部小說，給人一種是在重重偶然之下誕生、流傳於世的印象。這部小說剛好勉強搆上藝術作品的最低標準，倘若阿道爾夫再稍微聰明一點、再更為無能一點，我認為它可能永遠無緣被歸類在藝術作品當中，難怪蒂博代會聯想到阿米埃爾[132]。不過，人們懷疑，貢斯當之所以寫下《阿道爾夫》這般的傑出作品，或許原本就帶有些許對於阿米埃爾那樣的孤獨予以救贖的意味。雖然蒂博代曾寫下一段貼切的評論：「這位宛如偉大的愛倫・坡[133]筆下的人物，在這部著作裡呈現出絕望地守望著自身內在的智力與虛弱的複合體。」但我認為《阿道爾夫》和《賽茜爾》這樣幾乎可以算是著作、日記，乃至於備忘錄的赤裸裸的小說根本是空前絕後，任何小說家和貢斯當拿來比較，肯定一律難望項背。

話說回來，在讀完《阿道爾夫》和《賽茜爾》後，那種難以言喻的哀傷、沒有絲毫的快

---

131 邦雅曼・貢斯當（Henri-Benjamin Constant de Rebecque，一七六七～一八三〇），法國思想家、文學家與政治家，法國古典自由主義思想的代表人物。知名的政治論著包括《政治原則》、《論宗教》、《古人的自由與現代人的自由》等，文學作品則以提到的《阿道爾夫》、《紅色筆記本》、《賽茜爾》著稱，尤其是於一八一六年出版的《阿道爾夫》（*Adolphe*），堪稱其代表作的心理主義小說，更被譽為法國的《少年維特的煩惱》，內容描述一位貴族青年阿道爾夫，與一個伯爵的情婦、年紀大他十多歲的愛蕾諾爾相戀，後來卻厭倦了這段愛情，此時，一封來自阿道爾夫的父執輩的勸離信，導致了愛蕾諾爾抑鬱而終。至於《賽茜爾》（*Cécile*）則是一部沒有完成的小說，於一九五一年發現文稿並且出版，推測在一八一〇年前後完稿。

132 Henri Frederic Amiel（一八二一～一八八一），瑞士哲學家與評論家，崇尚自然主義，專精德國哲學，死後出版的《阿米埃爾日記》引發廣大的迴響。

133 此處根據日文原文的姓氏拼音，推測可能是愛倫・坡姓氏的法文發音。

樂，雖在小說當中實屬罕見，只是大致上還不到特別古怪的地步，就和閱讀拉羅什富科[134]或萊奧帕爾迪的難受感覺相去不遠。奇妙的是，為何如此缺乏夢想的分析性文章，沒有以隨筆或箴言式的體裁呈現，反而成了一件藝術作品呢？不論在當時或今日的時空背景下，《阿道爾夫》的珍稀之處在於，它詮釋了以一般方式難以呈現出來的觀點，打個有些失敬的比方，就像是一個始終沒有受到法律制裁的大盜，在死前寫下坦承了一切犯行的那份自白書。《阿道爾夫》大概屬於文學史上隨性而非主流的一件作品，只是恰巧在後世時興另一股風潮時，宛如一種象徵反動的典範，重新受到了矚目，並且被簇擁坐上了經典小說的寶座而已。儘管如此，《阿道爾夫》依舊是一個就方法論而言不可能出現的產物，它足以將同時代的夏多布里昂[135]甩在身後，在今天看來，仍然是一件經典之作。這個殊榮，來自於貢斯當自身固有的病態性格，投射至阿道爾夫身上的結果，而時至今日，這樣的人格特質還是放諸四海皆準——就像哈姆雷特對照阿道爾夫。

《阿道爾夫》也好，《賽茜爾》也罷，在愛情中不斷遭到背叛的打擊深深印在讀者的腦海裡，這樣的小說恰好滿足了十九世紀末期的悲觀主義潮流。只是貢斯當本身，或者說阿道爾夫的優柔寡斷，在不同於傳統小說的逆轉情節當中十分明顯，這從作品中不時出現加注的字句「人們會相信嗎？」即可窺見一斑。舉例來說，在《阿道爾夫》第九章的尾聲即是如此，還有從《賽茜爾》譯本的第七期，書中人物的「我」對於賽茜爾冒著風雨前來距離貝桑松[136]四公里之遙那處地點時的態度，亦可看到這種逆轉的戲劇性效果。在反覆讀閱貢斯當的著作之際，我逐漸了解到貢斯當是刻意運用這種戲劇性效果的。不得不說，這又是一種「在小說裡對於小說的批評」。《阿道爾夫》和《賽茜爾》裡的兩個男主人公反浪漫的態度讓讀者失望了，他們忠實而神聖地面對自己的真實情感，就在即將完成宿願的前一刻，竟出現了令人大呼意外的一百八十度轉變，然而就是這一切，塑造出這兩部作品的傳奇。而且這樣的懸疑性，完全是主人公的性格使然，因此在書中可以儘管濫用。對於主人公驟然改變主意、突然打退堂鼓的舉動，雖然能透過縝密的分析歸咎於宿命，但至少對其當下的判斷是無法分析的，如同作者自身加注的字句「人們會相信嗎？」，已經超出了分析的極限。阿道爾夫突然拂袖而去的身影，讓人感覺到這是某種行為（這與斯湯達爾筆下主角的行為是何等的不同！），某種並非出於自由意志的行為，而是同樣基於人性本質的屈從意志所呈現出來的行為，這就是這部小說想要傳達的訊息。更加弔詭的是，從他拂袖而去，到他馬上回心轉意，拜倒在那擁有鋼鐵般意志的女人裙下，在這段時間當中，至少在這短短的期間之內，阿道爾夫這位悖論的行為者是全然的自由之軀。

貢斯當的小說對於讀者的關懷，出現在第十章愛蕾諾爾臨死前拚命尋找自己寫下的那封

---

134 François VI, duc de La Rochefoucauld（一六一三～一六八〇），法國箴言作家，代表作為《箴言集》。

135 François-René de Chateaubriand（一七六八～一八四八），法國作家與政治家，代表作有《基督教真諦》、《墓畔回憶錄》等。

136 Besançon，位於法國東部鄰近瑞士邊境的城市。

信，並且央求阿道爾夫在她死後直接燒掉別看的那個段落裡，完全展現出十八世紀小說家對讀者的體貼。試想，倘使貢斯當如同梅里美[137]那樣（就氣質而言，貢斯當和梅里美真像一對孿生子），打造出一個完美的故事世界，帶給讀者某種程度的慰藉，那麼貢斯當筆下的男主人公就不會是阿道爾夫，而是《古瓶恨》裡的聖克萊爾了。然而，縱使面對的是自己親手寫下的故事世界，貢斯當心中的那位評論家亦會毫不留情地予以摧毀。他必定會站在圍牆外，從第三者的角度對作品射出犀利的目光，然後揮下批判的鐵鎚。

《阿道爾夫》一書最後附錄的〈編輯的回信〉裡，有這麼一段話：

「此外，我憎惡某些人的自以為是，他們認為可以把自己的解釋作為託詞。我憎惡某些人的虛榮，他們在講到自己造成的傷害時只想開脫自己，講到自己時就想力圖博得同情；他們毫髮無傷地在自己製造的廢墟中徘徊，用自我分析來取代自我反省。」[138]

再進一步討論《賽茜爾》，貢斯當一位信奉敬虔派的堂兄，曾經對《阿道爾夫》和《賽茜爾》做過一句最為簡潔有力、一針見血的評論：

「你真正需要的是將自己的意志貫穿於事件的始末。」

這一句話，甚至可以視為《阿道爾夫》和《賽茜爾》在文學評論上的自我否定。

在還沒有閱讀《賽茜爾》之前，我覺得關於《阿道爾夫》那些不痛不癢的分析，既是對於具有政治影響力的作者某種客觀評價的擴大解釋，同時也讓作者藉由這部虛構的自傳，陳述其坦率的自我分析。正因為如此，所以在愛蕾諾爾死後，阿道爾夫仍然繼續過著無所作為的生活，而作者則搖身一變，以「自由主義的使徒」身分度過了一生。其原因在於，阿道爾夫身上欠缺了一項最重要的品性──堅持到底。即便聰明如阿道爾夫，對自己的這項缺點也刻意逃避反省。就連面對最尷尬的告白時刻，阿道爾夫還是秉持著平靜的矜持，爾後無論怎樣激烈爭吵，一旦發現女士感到難堪，他便會發揮騎士精神。阿道爾夫總是自己的缺點，但是這個缺點卻不帶有絲毫的卑鄙，因為相形之下，女人才是一個弱者。……隨著翻過一頁又一頁，我算不清有多少次懷疑過阿道爾夫是否故意用這個缺點，藉以彰顯自身的男性美德。貢斯當使用極度簡潔的文字，滿足人們高談闊論時的虛榮。尤其從貢斯當寫下的這行文字裡：「我們決鬥了。我使他身受重傷。我自己也受傷了。」我愈發感受到那股賣弄與炫耀。

但是，當我讀到《賽茜爾》裡敘述「我」的心底一方面報以輕蔑，一方面為了求得精神上的平靜而幾乎自詡為敬虔主義者的段落時，一道明亮的光線倏然射了進來，讓我立刻推翻了阿道爾夫唯一的盲點。

這一次，我對貢斯當有了一個新發現，那就是他充滿十八世紀風格（《阿道爾夫》成書於

---

137 Prosper Mérimée（一八〇三～一八七〇），法國作家、劇作家與歷史學家，代表作包括《馬鐵奧．法爾科內》、《卡門》等。後文提及的《古瓶恨》（*Le vase etrusque*）為其中短篇作品，描述一對上流社會的男女──聖克萊爾與瑪蒂爾德兩人相愛，瑪蒂爾德十分鍾愛一只來自追求者餽贈的伊特魯里亞花瓶，聖克萊爾為此十分嫉妒與猜疑，瑪蒂爾德得知後毅然摔碎了花瓶，兩人不再有芥蒂，可惜造化弄人，終究未能白首偕老。

138 節自邦雅曼．貢斯當《阿道爾夫》（*Adolphe*），譯者劉滿貴，上海人民出版社，二〇〇七年。

十九世紀初的一八〇六年）的黑色幽默。這種幽默是，他絕不單獨說「愛情」，而是寫成「像愛情般的興奮」。再譬如於《賽茜爾》一書中，一八〇四年十二月二十八日，「我」和賽茜爾重逢的那個段落，貢斯當同樣寫的是「我沒有想像中那麼感動」，令我們忍不住嘴角上揚。「沒有想像中那麼」這充滿幽默的一句，一而再、再而三地出現在《阿道爾夫》和《賽茜爾》裡面。

蒂博代是這樣寫的：

「遑論（《阿道爾夫》的）作者和拿破崙屬於同一個時代。我之所以這樣說，是因為《阿道爾夫》是在雙方同時達成隸屬意願的小說，這是對於擁有天賦自由的人們在隸屬情境下的分析。」

《阿道爾夫》成書的時空背景是法國大革命和拿破崙時代，而一般認為愛蕾諾爾是斯湯達爾夫人[139]的小說化形象，斯湯達爾夫人的父親是實質上改革法國舊制度[140]的內克爾[141]。而在《阿道爾夫》成書的六年前，拿破崙在參議院發表了以下這段話，為法國大革命劃下了句點：

「我們結束了革命的浪漫。關於革命的諸項適用原則，我們必須只看現實的、具有可能性的事物。」

拿破崙在人們對革命的幻滅中現身了，但自由主義者與君主立憲主義的貢斯當，則從拿破崙身上嘗到了自由理念幻滅的苦澀。一七九九年，拿破崙成為首席執政官後，一度任命貢斯當為護民官，不久，貢斯當即由於反對拿破崙的專制政策而遭到了免職。

曾在《阿道爾夫》中出現過上百次的「自由」一詞，事實上暗藏著汙衊自由的觀點。貢斯當的性格和當代政治之間，存在著這種奇妙的巧合，使得《阿道爾夫》這部樸實無華的心理小說，和福樓拜的《情感教育》的時代背景，同樣百病叢生。貢斯當比斯湯達爾年長十七歲，這微不足道的時代差距（當然不單單是因為時代的差距），造就了《紅與黑》裡的于連生長在一個拿破崙呼風喚雨的時代裡。

和阿道爾夫相比，于連更為天真，于連的心靈更有活力。或許貢斯當即便一輩子努力，都無法擁有這種屬於真正藝術家特質的天真（Naivität）。

七月二十八日（星期四）

晴朗。熱。昨天半夜，雨一陣陣下。

在東京會館的空中庭園晚餐。

我不認為有低潮這回事。

之所以這麼說，並不是我覺得自己有才華或沒才華，只是依照我的診斷，所謂藝術工作出

---

139 Germaine de Staël（一七六六～一八一七），法國女性作家，與斯湯達爾結婚多年後結識貢斯當，兩人之間有過一段情，名噪一時。

140 法國從文藝復興末期到大革命之間延續數世紀的貴族制度體系。

141 Jacques Necker（一七三二～一八〇四）瑞士日內瓦銀行家、法國路易十六的財政總監，其代表作之一《致國王財政報告書》對法國大革命具有重大的啟示。

現低潮，原因十之八九出在生活上。出現在那種無聊的電影和小說裡的藝術家角色總是頂著一頭亂髮，成天嚷嚷著寫不出來，稿紙、畫紙或空白的五線譜扔得滿地都是。關於靈感的迷信，關於獨創性的迷信，關於浪漫派天才的迷信是如此的根深柢固，深植於大眾的腦海裡，實在令人咋舌。想知道藝術家慵懶墮懶的刻板印象來自於何處，可以從泰奧菲勒．戈蒂埃[142]那篇〈浪漫主義的歷史〉的文獻找到答案。多說一句，再沒有比「慵懶墮懶的藝術家」這個刻板印象，更能鼓舞那些熱愛藝術，或者說熱愛藝術家的婦女們了；再沒有比刻意讓這些婦女們誤以為自己是藝術家靈感的泉源、是創作的鞭策者，更為惡劣的了。像阿納托爾．法郎士[143]那樣刻意灌輸這種錯誤認知、多年來占盡好處，儘管百般不願，仍在卡亞菲夫人[144]的敦促鼓勵下持續在創作之路上走了四十餘載的男人，太狡猾了。

好了，把話題拉回到「低潮」上。我推測這個語彙的起源，大抵出自運動領域。連在那麼重視身心健康的運動領域也會產生低潮，不能不說低潮這種東西簡直像是一種宿命。從另一個角度來說，很明顯地，也唯有在那樣謹慎小心、分外講究肉體條件和心理條件的場域裡，愈是難以避免陷入低潮。打個相反的比喻，假使運動選手在堅定理性的集中管控下注意身心健康，費心調整外在和內在的狀態，結果仍會陷入低潮，這和藝術家經過腦力的精密計算後，得到某種靈感的狀況，不是相當近似嗎？

我們愈是了解運動選手的作息，就更有能力思考這個問題。從他們在比賽前幾週那種神經質的禁慾主義可以想見，有時候肉體比心理更難對付，更難馴服。如此看來，透過理性控制肉體，比透過理性控制心理，肯定更需要借助一些技巧了。

由上可知，相較於運動的身心健康之道，所謂藝術上的低潮，絕大多數都是基於難於矯正的蔑視肉體的想法。蔑視肉體與蔑視生活完全是兩回事，與生活上的輕忽、放縱、聽其自然的態度是結合在一起的。因為毫無理由的生活不規律、飲酒過量、濫用興奮劑而陷入了低潮的藝術家，不勝枚舉。除此之外，生活上愈來愈奢華，只好為了賺取暴增的生活費而工作，最後不得不放棄藝術家的志業，這或許也可以算是某種低潮。不過，前述和後述這兩種情形，與運動選手那種純粹的低潮相去甚遠，充其量只是軟弱造成的罪愆而已。

藝術家的生活，如同一頭奔馳的馬。簡而言之，那是藝術家的必要之惡（das notwendige... notwendige Übel）[145]，無論遇到什麼樣的狀況，都必須貫徹到底。不過，如此掌控生活的方式是為了藝術，而不是為了人生。這和運動選手一樣，這種掌控生活的方式是為了創新紀錄，而

---

142 Pierre Jules Théophile Gautier（一八一一～一八七二），法國詩人、作家、戲作家與文藝評論家，作品有詩集《琺瑯與玉雕》、小說《莫班小姐》等。

143 Anatole France（一八四四～一九二四），法國作家，於一九二一年獲頒諾貝爾文學獎，重要作品包括《波納爾的罪行》、《當代史話》四部曲、《苔依絲》等。

144 Madame Arman de Caillavet／Léontine Lippmann（一八四四～一九一〇），原為法國劇作家卡亞菲（Gaston Arman de Caillavet，一八六九～一九一五）夫人，其後與常至其沙龍的作家法朗士於一八八八年結為連理，並對其文學創作多所鼓勵。

145 此處原文寫為（das notwendige Übel）。

不是為了維持紀錄。以結果來說，作品達到的目標是一種均衡，但這種創作的行為卻是打破舊有的均衡。藝術家的生活，於是在實現均衡的那一刻暫時死去，但從這種死亡中復甦的就不再是藝術家，恐怕只能作為一個凡人活下去了。當藝術家為了人生而掌控生活的剎那，他已經死了。能夠完美演出這齣戲的人，正是那位志賀直哉[146]。志賀直哉那永久的沉默，同樣不能算是一種單純的低潮，從藝術的眼光看來，不過是一種強烈的罪愆罷了。

我們不能期望一切問題都能從運動這個例子的類推得到解答。關於如何保有健康的藝術創作心態，無法單從禁慾主義得到解釋，而是更加微妙、悖論的答案。運動領域保健身心的方法，只是讓我們有所警惕。

藝術創作所謂的良好狀態，既複雜又不穩定，更是因人而異；不過，如同世間萬物，不管多麼紛雜的巧合，次數多了總有一種規律，而唯有藝術家的生活智慧，方能通曉這種規律。要注意的是，適用於創作A作品時的規律，未必能適用於B作品的創作。我認為一位睿智的藝術家，需要有以下三項要素：第一是充分了解與熟知素材（也可以說是主題），第二是完全精通創作方法論，第三是站在充分掌握心理和肉體的各種條件基礎上行事。這樣的睿智也是藝術家應有的品德，也唯有堅持這三項要素，才能使作品達到全方位的質量均衡。這讓我想起了詩人濟慈在撰寫詩作《恩底彌翁》時，要求自己每天用完早餐後到下午兩三點鐘的這段時間，必須寫出五十行來。……況且上述列舉的三項要素，如果只是在思想上理解與接受，那就沒有任何意義。對於藝術家，這種睿智必須成為一種抗力。如果這種抗力薄弱，就只能做出常見的通俗作品了。所以，也可以把這三項睿智的要素換個說法，置換成三種必要的抗力：第一是對素材（主題）的抗力，第二是對創作方法論的抗力，第三是對調整各種生理性條件的抗力。……之所以這麼說，是因為藝術創作多多少少是賭上未來的行為，而再怎麼睿智，都必須朝向自我懲罰的方向邁進，才是真正明智的作法。

如此一來，第三種抗力就成為藝術家陷入低潮時最大的推託之詞了，這也成為調整狀態時最大的難處。

我只騎過幾次馬，但騎完之後那種身體健康與暢快的感覺，令人覺得有百利而無一害；可我明白，那種舒暢的疲勞，尤其是得到釋放的愉悅，確實有礙創作。運動帶來的快樂，其無償性、勞力消費和釋放能量的愉悅，確實都和藝術非常相似。大概沒有其他領域，比藝術和運動更為相似的了。假使經歷了這樣的過程，其後的創作都僅僅是一再重複而已。

創作不僅需要肉體的健康，也需要某種肉體和心理的不健康。清朗的時候需要抑鬱，擺脫煩惱的時候需要另一種憂鬱，覺得寧靜的幸福時需要怒火中燒，感到平淡的喜悅時需要另一種悲傷。單憑一個人的力量，能夠和藥物一樣巧妙地調整身心狀態嗎？然而哪怕只是接近一步，努力都不會白費；如果完全放棄努力，空等靈感出現，就會變成一輩子以爪子倒掛在樹上睡覺

146（一八八三～一九七一），日本小說家，白樺派的代表作家之一，擅寫小說，知名作品包括《到網走去》、《暗夜行路》、《在城崎》、《赤西蠣太》等。

的「樹懶」。

不想陷入低潮，就絕不能忘記工藝的精神，這占據著藝術創作非常重要的部分；亦不能忘記德文中「每日的工作」（Tagewerk）的公民原則。如同藝術的素材總是取材自公民，藝術家的生活也必須從公民身上汲取優良的養分。還有，每天持續工作將會得到意想不到的效果，使藝術家的心靈機制產生一種自動作用，把現實生活中的悲傷轉化為去蕪存菁的悽愴，把強烈的苦惱轉化為理性的創作衝動；或者相反地，把日常生活中微不足道的喜悅，變成創作力道強勁的主題，營造出極大的喜悅，使我們習慣於一切情感的奔流都被水壩堵住，抗力的能量沒有絲毫的減損，全部轉變成電力。

……話說回來，藝術的困難在於遭到這種心靈機制的阻撓，使得現實生活中的感動恐將被磨滅殆盡，關於這一點，只得聽從眾神的安排。眾神有時候會加深藝術家原先對於肉體的擔憂，或者看準時機把藝術家扔進悲慘的命運裡，而藝術家別無他法，唯有靜待著這所謂的「藝術家的聖寵」了。

關於低潮，最貼切的老生常談是：

「不盡人事，勿待天命。」

七月二十九日（星期五）

晴朗，酷熱。下午客人來訪。前往銀座服部鐘錶店取回修妥的鐘錶。在東京會館的空中庭園晚餐。

我在拙作《潮騷》中大量運用自然寫景，試圖描繪出「我的阿卡迪亞[147]」，可是最後卻寫成了特里亞農宮[148]風格的人造自然景觀。

說得更極端些，在荷爾德林的《許佩里翁》[149]裡可以看到最具觀念性的**印象式**自然寫景。此處摘譯開頭的幾句：

「親愛的祖國大地又帶給我歡樂和哀痛。

我現在每天清晨登上哥林多地峽的高處，猶如花叢中的蜜蜂，我的心靈常常在海域之間翻飛，而左右驚濤拍岸，為我那灼熱的高山浸潤著雙足。」[150]

他又在長詩《愛琴海群島》的第一節裡，寫下對海神俄刻阿諾斯的呼喊：

「白鶴重又飛回你身邊了嗎？船兒依然

147 Arkadia，古希臘的地名，位於伯羅奔尼撒半島，在古羅馬的田園詩裡被譽為世外桃源。

148 法國凡爾賽宮裡的兩棟皇家建築：大特里亞農宮（Grand Trianon）及小特里亞農宮（Petit Trianon）。

149 Johann Christian Friedrich Hölderlin（一七七〇～一八四三），德國詩人，古典浪漫派的先驅。二十八歲時為情神傷，開始出現精神問題，病況愈發嚴重，至三十七歲那年精神完全錯亂，直至離世。在世時，作品未受重視，直到二十世紀才得到關注，知名作品包括小說《許佩里翁或希臘的隱士》（有時簡稱《許佩里翁》，*Hyperion oder der Eremit in Griechenland*），以及詩作《愛琴海群島》（*Der Archipelagus*）、《麵包與美酒》（*Brot und Wein*）等。

150 節自荷爾德林《荷爾德林文集》，譯者戴暉，商務印書館，一九九九年五月。

沿著航道駛向你的港灣嗎？是順風
拂起你那柔緩的浪紋嗎？從深海泅泳而出的
海豚在享受著清新的陽光嗎？
愛奧尼亞正值繁花簇放嗎？恰逢花季嗎？春回大地
總會喚醒生者的心臟，人們的初戀和
黃金時代的記憶亦會醒來。
一片寧靜，我來到你的跟前致敬。老翁啊！」（拙譯）

⋯⋯⋯⋯⋯⋯。

大概沒有什麼比得上在海風輕拂中，閱讀荷爾德林的詩作更舒心愜意的了。我曾經站在衛城的山崗上，由於沒攜來《許佩里翁》而深感懊悔。

當我假設的前提是與印象完全無關的自然，亦即物質性自然的時候，便以荷爾德林的詩作當成反面的例子。

有一首有趣的詩可以作為佐證，那就是蘇佩維埃爾[151]的〈陌生的海〉：

「誰也不看的時候
海不再是海
變成和誰也不看的時候的我們
相同的東西。

不一樣的魚兒棲息
不一樣的波浪騰起。
那是為了海的海
正如我此刻所做的
化身為夢想之人的海。」（堀口大學先生譯）

但是，若由古人來翻譯這首詩，想必不會寫成「為了海的海」，而會立即予以擬人化。對古人而言，「誰也不看的時候的我們」也好，「誰也不看的時候的他們」也罷，都屬於天開異想；一旦予以擬人化，無論藏有多少未知的神祕力量，那片大海就和一般的人類一樣，成為某種已知的存在了。

不單是古希臘，古代的各種民族所信奉的多神教均將大自然予以擬人化，繼而形成了唯心論式的自然觀。這是因為古人的唯心論具有共同體的意識。柏拉圖不但認為，當這個世界還是一片混沌的狀態（chaos），乃是透過某種超自然的力量（psyche[152]）將它開闢出來的，甚至連宇宙由混沌變成井然有序，也由一股至善的精神力量運作而成。由此可見，既然自然環境的擬

151 Jules Supervielle（一八八四～一九六〇），法國詩人、小說家與劇作家，知名作品有詩作〈萬有引力〉、〈遺忘的記憶〉；小說《盜童者》、《藩帕斯草原上的人》；劇作《睡美人》、《羅賓孫與擊蕾拉扎德》等。

152 Psyche 源自古希臘語，意指氣息、超自然力、精神、靈魂、心靈。

人化過程是把「心」給了大自然，於是大自然立刻就被納入人類的唯心論式的秩序裡了。而創造出混沌和宇宙的超自然力，也就與人類的靈魂屬於同樣性質的東西了。

吉爾伯特・默里[153]在《希臘宗教的五階段》裡，曾經這樣寫道：

「綜觀所有古代思想的最大弱點——蘇格拉底的思想也不例外——就是不訴諸客觀的實驗，而訴求於某種主觀的適合度，這是澤勒說過的至理名言。」（第四章）

自然的威力十分強大，在那個人類畏懼大自然的時代，人類與自然的對立，更有必要融合進「主觀的適合度」之中了。

譬如一場地震發生了。房舍倒塌，死傷無數。人們雖是死於自然因素，但從唯心論的自然觀看來，並不承認屬於物理性的死因，而是超自然的力量殺害了靈魂。就這點而言，戰爭也好，地震也罷，沒有絲毫本質上的差異，全都是災難，一樣是超自然的力量殺害了靈魂，這種死法於是同樣符合大自然的規則。

將大自然客觀地視為一種物體，亦即承認了自然與人類之間存在著可怕的對立，但是古人無法承受這樣的恐懼。一直到人類發展出科學、手中握有能夠對抗自然的武器之後，才承認了兩者相互對立。所謂征服自然的觀念，其前提就是把自然視為物體、視為征服對象，而人類與自然之間的對立，就由科學承擔起化解的責任了。從人類的觀點解釋自然科學的人類主義，到了十八世紀，終於發展為成熟的啟蒙主義了。

我們今日思考的「人性」乃至於「人類主義」，希臘並沒有這樣的思惟。但根據科爾夫的觀點，希臘文化裡對於「生」的觀點，「是自豪於逐漸提升的人格本質（Menschentum）的自我意識，是對自身能力的信賴，是對一般人的信仰」。他還認為「人性」的概念起自於羅馬的西塞羅，不過，這時的人類主義沒有反抗基督教的意味，因此與文藝復興時期之後的人類主義完全不同。至於基督教的教義，「絲毫沒有容許『人性』的理念和理想融入其中的空間，即便有，也只有最外圍的空間而已」。

我這樣對比人類主義的自然觀，並不是想指出古代希臘那種納入世界式的自然觀，與基督教那種逃避世界式的自然觀，僅有相似的唯心論的觀點。基督教一方面逃避世界和人類，於此同時也逃避了自然。基督教的根本信念是把最反自然的東西稱為「精神」。問題是啟蒙主義式的人類主義，屬於一種徹底唯物性的人類主義。基督教認為，只有自然科學能夠教導這種思惟的人類主義，將自然視為物體，要征服自然，把自然解構成工具，……並且透過這一連串的誘導，達成將人類視為物體的最終目標。因為先把自然視為物體，接下來，人類也會被視為物體了。

人類把人類視為物體。而且不單是把別人視為物體，連在別人眼中的自己，同樣視為物體。到頭來，人類只有在任何人都看不見的時候，亦即處於蘇佩維埃爾描寫的〈陌生的海〉的狀態下，才會是他自己。

153 Gilbert Murray（一八六六～一九五七），英國古典學者，作品有《希臘宗教的五階段》、《希臘史詩的興起》等。

現代人想擺脫這種孤獨，可以考慮採取以下兩種方式：一是依循基督教的教義，再次逃避自然、逃避世界、逃避人類；二是重新沉湎於古代希臘唯心論的自然觀裡。荷爾德林選擇了後者，可是希臘早已死絕，所以他只剩下一條浪漫派風格的狹窄之路了。這位憤世嫉俗者為了擺脫自我的孤獨，選擇了唯心論的自然觀，最後卻仍是在這種思惟的孤獨中發狂了。

我在《潮騷》中描繪的自然，試圖仿效《達佛尼斯和赫洛亞》[154]的意境，而那種希臘風格的自然，亦即由共同意識所佐證的唯心論的自然，確實足以造成如同《許佩里翁》裡的孤獨景況。我不惜一次又一次將自然予以擬人化。儘管如此，《潮騷》裡仍是存有根本的矛盾。那種自然，不是共同體內部的人看到的自然，只是從我孤獨的觀照產生的自然而已。另一方面，可以從書中人物身上發現，他們雖然生活在現代，卻不關心政治，也沒有社會意識，甚至對所謂「封建性」各種秩序的殘存，亦不曾投去批判的視線。但我在現實中，在那一座當成故事背景的島上，親眼看到了許多活潑又帥氣漂亮的青年男女，對這一切漠不關心。依照沿襲至今的共同意識那種對於自然的看法、對待自然的方式，確實會美化了這些青年男女的盲目。假如我說服自己接受這種意識，並用同樣的眼光來看待自然，那麼這則故事就絕不會產生任何內部矛盾了，可惜我辦不到。結果，在映入我眼簾的孤獨的自然背景裡，出現的那些貌似完全不知孤獨為何物的書中人物，看起來只是一群傻子罷了。

七月三十日（星期六）

晴。三十四度。今晚應邀出席於兩國地區舉辦的夏日河畔煙火晚會，但我覺得從近處欣賞煙火，很是殺風景，於是作罷。我不怎麼能夠體會一般人喜歡邊鬧著酒、邊看那種虛無之物的心態。

社會應該對稻垣足穗[155]先生的工作致上更高的敬意。我和武田泰淳[156]先生聊談之際，提到稻垣先生，武田先生給了他相當高的評價。那種隨筆風格的小說，或者說小說風格的隨筆，可說是從昭和文學綻放出最神奇的花朵之一。

七月三十一日（星期日）

上午八點五十分，前往羽田機場為從美國回來的中村光夫先生接機，在那裡遇到了吉田、大岡、神西、福田和吉川等幾位先生。

我常覺得自己有個毛病，老是懷疑遭別人笑話，乾脆不時自我解嘲。這種習慣得戒掉才

154 古希臘晚期（西元二世紀後半至三世紀前半）作家朗戈斯的愛情小說，充滿田園詩意。
155（一九〇〇～一九七七），日本小說家，代表作包括《一千零一秒的故事》、《少年愛的美學》等。
156（一九一二～一九七六），日本小說家，代表作包括《司馬遷》、《風媒花》、《富士》、《快樂》等。

好。這個社會，本就該讓彼此的弱點呈現出來，並且允許相互取笑，大家才能夠生活在一起。縱使這麼做，會使整個社會猶如充斥著弱者，也是無可奈何的。敏感的人特別介意，對其尊嚴傷害最重的舉動，莫過於別人嘲笑了他自己沒察覺到的糗事了。所以，這種人養成了一種毛病，一旦發現了自己的新缺點、新糗事，為了顯示他早就知道了，便會刻意把那項瑕疵當成笑點公諸於世，這樣他才放心。

別人對我唯一感到興趣的，的確只有我的缺點，這是不爭的事實；然而，過度的自我膨脹，導致誇大了事情的嚴重性，往往忘記了另一件同樣重要的事實，那就是「別人根本沒把我的問題放在眼裡」。在這種前提下寫成的自白文學，簡直再醜陋不過了。

為了讓人能夠開懷地嘲笑我，我也不得不時刻自我提醒：要從客觀角度觀察自己，以便和大家一起哈哈大笑。在各種自我欺騙的情況之中，自嘲是最惡質的一種了。那是討好別人。為了讓別人覺得我很幽默，我必須把自己出賣給別人的判斷。當社會上稱讚某個人「人品好」的時候，那種人大抵賣笑成性。

敏感的人容易犯下的錯誤是，認定自己像個玻璃水槽，可他畢竟不是玻璃水槽。這種錯覺具有相當複雜的成因。實際上，大概沒人比得上敏感的人那般相信真實的自我，卻又在某個情緒的臨界點，忍不住反過來向別人炫耀其善於自我分析，並以妥協作為面對這千變萬化世界的最佳防身術。因此，敏感的人身上一定會掛著一塊招牌，一塊精心打造而成的八面玲瓏的招牌。他絕不會一時疏忽，讓人覺得他是個敏感的人。這塊最為顯眼的招牌，是由自嘲、自虐聚合而成的。我還不曾見過哪個敏感的人演活了真傻子的角色。

心靈容易受創的人，愈是會為自己編出一件護身用的鐵環鎧甲，這種鐵環鎧甲往往會刮傷了自己，但傷口又絕不能教人瞧見了。因為當你想掀開讓人看到傷口的剎那，或許對方正想讚揚你「所向無敵」呢。

敏感的人唯一保持心理健康的方法，就是用大笑的方式來取笑別人。尼采也說過：「年輕朋友們，如果你們想當個徹底的厭世家，就得學會笑！」（《自我批判的嘗試》）

八月一日（星期一）

天晴。微風。昨天搭S社派來的克萊斯勒．帝國牌的豪華轎車往返羽田機場，車裡溫度極冷，我一下子就鼻水直流，不過吞下兩顆抗組織胺的藥就沒事了。

祖母出身御林軍門第，用字遣詞十分嚴謹。比方「不得了」這句話，只能用於家中發生重大變故的時候，若是區區打翻茶杯就嚷著「不得了、不得了啦」，肯定要挨祖母的訓斥。祖母還很討厭「真是漂亮」、「真是高興」這種現代常用的形容詞，她認為「真是」應當用於負面的語境裡。睡衣稱為「寢衣」，晚上睡覺時要向丈夫說「請就寢」。「很開心」這種話是大辻司郎表演單口相聲時用的，必須說「頗為愉快」才可以。女佣人要稱為「女侍」。「一點也不」這句話太不入流，她非常厭惡。

都市人在用字遣詞上，多半都是頑固的保守主義者。當我看到某些作家在小說裡隨手寫上了流行話，不由地想起萊奧帕爾迪的對話錄《流行與死亡的對話》。那裡面提到，流行與死亡是姊妹關係，而這對姊妹的共同傾向、共同的作用是「不斷地讓世界納入新規則」。

八月二日（星期二）

暑氣猛烈。我恐怕中暑了，腸胃狀況不太好，感覺很不舒服，可是傍晚一出門就病氣全消。

以下翻譯一首尼采簡樸而美麗的小詩，誤譯之處在所難免。

新的哥倫布[157]

愛侶呀！——哥倫布說，——
你別再聽信熱那亞人！
他永遠凝視著一片藍色——
遠方已攝走了他的魂！
最陌生的，於我最貴重！
對於我，熱那亞已沉入海底。

心要冷靜！手握舵輪！
前方是大海，何處是陸地？
讓我們站穩腳跟，堅持住！
我們絕不能再回頭！
看，唯一的死亡、榮譽和幸福
正在遠方向我們招手！
（Der neue Columbus）

八月三日（星期三）

午後去海邊。下午四點，東京下起了大雷雨。一個小時內，氣溫從三十四度降到二十四度，下降了整整十度。

我從戰時[158]就開始閱讀《葉隱》[159]，現在也偶爾瀏覽幾頁。這本書不是犬儒式的悖論，而

157 詩歌翻譯家飛白翻譯。
158 此處指第二次世界大戰時期。
159 講述日本武士道言行修養的經典典籍，中心思想為武士應為主公果敢地捨身就義。江戶時代中期，當時的肥前國佐賀藩藩主為鍋島光茂（一六三二～一七〇〇），其下的藩士田代陣基（一六七八～一七四八）抄錄前輩山本常朝（一

是由充滿智慧與決心的行動所激發出來的悖論。這是一部人間罕見的絕妙道德講義，是一部洋溢著無比的氣魄、清朗，以及人性的書冊。

閱讀《葉隱》時，若是帶著封建道德的固有觀念眼光，恐怕無法體會到這股淋漓痛快。全書俯拾皆是生活在社會某種既定倫理之下的人們，心靈的自由奔放。並且那種既定的倫理，是在社會與經濟的種種苛細法令之下所形成的。它被賦予一個大前提，在這個大前提下，毅力與熱情博得最高的讚美——活力充沛就是善，有氣無力便是惡。它教導人們的處世智慧，絲毫沒有犬儒主義的成分，令人欽佩。這與拉羅什富科的作品帶來的不舒服感覺，恰好相左。

我幾乎沒看過哪本書如同《葉隱》一般，能夠教人從道德層面摒棄自我尊嚴的束縛。人們不能只承認毅力，而拒絕認同尊嚴。這裡不存在所謂過度要求的問題，甚至連高傲（《葉隱》尤其不把抽象化的高傲視為問題），也屬於道德的一部分。「所謂武勇，須有『吾乃日本第一』之至高至傲。」、「武士者也，武勇自當至高至傲，置個人死生於度外。」……人世間確實有這種「合乎情理的瘋狂」。

《葉隱》裡的生活道德，可以說是行為人的方便主義。關於流行，書裡輕描淡寫地提到：「既是如此，當依時代之異，妥善行之。」方便主義者只不過是異常講究倫理潔癖而已。他必須是個「怪傑」，因為「自古勇士多怪傑。行舉不凡，力強有勇。」

正如一切藝術作品都是出自於對時代的反抗，山本常朝的這本紀聞錄，同樣誕生於元祿寶永[160]年間的華美風潮中。書中提到：「三十年來，風紀嬗變，年輕武士聚而泛談金銀傳聞、利弊得失、營生之道、衣裳講究、色欲雜談云云，否則舉座冷清。此風令人興嘆。」

當山本常朝論斷「武士道，乃視死如歸之道」，他闡述的是烏托邦的思想，自由與幸福的理念。由此，我們今天才會把它當作一部理想國的故事讀閱。我也敢肯定，如果這個理想國能夠完全實現，那裡的住民一定遠比現代的我們來得幸福而自由；無奈真正留存於世的，只有山本常朝的夢想而已。

《葉隱》的作者思考了如何針對時代的病症下一帖猛藥。他預言了人類信念的分裂，並且警告了這種分裂將會招致不幸。他認為「同求二道，有害無利」，必須喚醒人們再次信奉單一、讚美單一。山本常朝熟知熱情的法則，在所有種類的熱情中，必須認清真正的熱情。他說道：

「此前對聚集眾人提及，情愛極致當為暗慕。相見而戀，有損思慕之情。一生隱於心至死，方為情愛之本意。」

「星野了哲乃吾國男色之祖。雖弟子眾多，皆逐一傳授。枝吉氏得其道。枝吉氏隨從主公前去江戶之際，特向師尊拜別。了哲問曰：『對好男色者有何見解？』枝吉答曰：「既喜又厭。」了哲喜曰：『有此體會，實屬不易』。其後，人向枝吉究意，枝吉答曰：『捨命乃龍陽之

六五九～一七一九）口述的內容，成書於一七一六年。

160 日本年號，元祿為一六八八至一七〇三年、寶永為一七〇四～一七一〇年。

極致，然此為恥，捨命自當為主也。是謂既喜又厭。』」

另舉一段，恰與伊壁鳩魯[161]的哲理不謀而合：

「恕直言，而今唯此一念，別無他想。一念復一念，以為此生。倘得此理，再無外務，亦無他求，謹守一念度日矣。」

這位行動主義者不相信所謂的自白。以下列舉的兩段，想必現代讀者會對後面的那段感到錯愕，然而這兩段來自相同的思惟，同樣都是出於行動主義者對於人類外在行為的信賴。換言之，山本常朝只相信發自內心的行動原動力，其他一概不理。不過，倘若發生外在行為背叛了內心的狀況，那麼與其刻意自白，不如擦脂抹粉來得正確。

「武士不言懼，雖不言懼，仍當時刻警惕。須臾不慎，立見本心。」

「懷揣脂粉可矣。宿酒醉眼，氣色欠佳，以備萬一。略施脂粉為宜。」

人類的育成和完結的終極目標，到底是自然死亡，或是像《葉隱》裡面提到的斬死、切腹，我覺得沒有太大的差別。對於行動主義者來說，在等待行動的狀態時，人們必須經得起「時間」的考驗，而這種準則是絕對不容調整的。山本常朝認為，「性命交關之二者擇一，當取速早死為上」，而做出犧牲自我的選擇，是為了在任何狀況之下都要保有最低限度的武德，這才是明智之舉。只是這種「性命交關之二者擇一」的時刻，並不容易遇到。山本常朝特意舉出了「當取速死為上」的決定，而在做出這個決定之前，當然隱含面臨著「性命交關之二者擇一」的狀況。他阻斷了攸關生死的猶豫不決，透過一次次的情境訓練，暗示著行動主義者必須時時刻刻維持警戒與精神集中。他不停地在行動主義者的面前，示範著那個只缺最後一筆就能完美勾勒的圓。他快如閃電地扔掉那個只缺最後一筆就能完成的圓，又迅如疾風般出示了另一個圓。相形之下，藝術家和哲學家擁有的結構則是圍住自己的同心圓，並且一圈圈朝外盪開。但是，當死亡到來的時候，行動主義者和藝術家，誰的成就感比較強烈呢？依我的想像，添上最後一筆瞬間就能完整了世界的死亡，這樣的成就感應該比較強烈吧？

行動主義者最大的不幸，莫過於完美地劃下最後一筆，結果居然死不成了。那須與市射中了扇靶之後，又活了很多年。《葉隱》裡關於死亡的教訓，其實不是行為的結果，而是教導行動主義者何謂真正的幸福。至於懷抱著如此幸福夢想的山本常朝本人，四十二歲時原本要為主公鍋島光茂殉死，由於鍋島光茂親自下令禁止陪殉，使得山本常朝無法就義。後來他剃髮出家，無意間給世人留下了這部《葉隱》，直至六十一歲於榻上離世。

八月四日（星期四）

和昨日一樣涼爽。

到今天為止，我在日記裡探討過的各種主題，全是信手拈來，自由發揮，但看在有心人士

161 Epicurus（西元前三四一～西元二七〇），古希臘哲學家，秉持無神論，創立伊壁鳩魯學派，其宗旨在於達到不受干擾的寧靜狀態。

眼裡，恐怕正是現代日本文化混亂的最佳範例吧。我純粹是就自己感到興趣的部分探討，但連個人的嗜好，同樣免不了被捲入這種混亂和矛盾的撞擊。對社會現象不感興趣的我，對於曼波舞的流行風潮、小鋼珠取代了彈珠台等等社會現象的變遷，從來不曾放在心上，儘管如此，如此赤裸裸的文化混亂，任誰都無法予以掩飾。我會讀一讀《阿道爾夫》，接著出門欣賞文樂的《出開帳》；有時候參觀完法國美術展後，順道去看職業摔角比賽，或是去跳個曼波舞，回家後說不定還來一碗拌入鹽醃海帶乾的茶泡飯呢。

各種矛盾不斷出現在我們的日常生活，甚至連社會矛盾都可以視為其中的一種了。這早已是那些難伺候的社會評論家們談膩了的議題。

生於現代，假如擁有一雙鷹眼能夠鳥瞰一切，恐怕映入眼簾的混亂樣態，依舊和在地面上目睹的情況毫無二致。這種被稱為文化混亂的現況，只不過是享受從古至今，來自東方和西方諸多文化產物的一種態度而已；只是已創作的作品、已形成的思想，對我們起了許多作用和反作用的矛盾撞擊的樣貌罷了。有個笑談，一位外國文學家來到日本一處偏遠的農村，被一個農村青年問及存在主義，頓時目瞪口呆。我們基於知識優越，認為農村青年的生活根本用不上存在主義，所以覺得這則軼聞好笑，這是一種文化政策的思考模式。既然存在主義是一種思想，誰又能一口咬定生活中有哪種思想是毫無用處的呢？

誠然，我們應當避免輕浮。不過在某些時候，輕浮卻是某種文化形成過程中的母胎，是尚未系統化的能量。或許在我們還沒有察覺到的地方，生產性（亦即歌德所說的produktiv）的文化在汲取混亂的養分之後誕生出來，逐漸長成一種前所未見的樣貌。

我把所謂的文化混亂，定義為享受性的文化混亂。由此引發的弊病，其實將開創出另一番局面，而不像人們原先所擔憂的那樣。也就是說，人們無法避免受到這種混亂的禍害，也躲不過已然成形的思想魔力。在我們過去談論的思想，全都具有邏輯性的秩序、完備的法則、足以解釋任何細微現象的一貫體系，以及適用的普遍性。在這些項目的洗禮下，我們喪失了預見未來的能力。我們誤以為正在形成的思想、正在形成的文化，同樣必須具備一貫的體系才符合標準。可能有人會說，當我們身處於單一的、已然成形的文化之中，同樣會面臨這種弊病。這種看法是錯的。就像羅馬的基督教一樣，身在單一的、已然成形的文化裡的住民，對於尚未完成的、尚未形成體系的新東西，其敏銳度要比我們來得高多了。

由於文化採取了截然不同於以往的形式，朝向全新型態的目標飛奔而去，使得身處於漩渦中的我們很難察覺出來。或許那種文化沒有任何一致性的理念、沒有規律性、沒有救贖性的象徵，舉凡我們稱之為「文化」的所屬特質一項都沒有，而這正是它的特質。我們可能再也不會看到某種新文化挾著堅固的結構和理念出現了。

不過，可以肯定的是，現代日本文化正暴露在一場空前絕後的實驗當中。這樣的一個小國，居然容納如此多樣性的異質文化雜然共處，堪稱罕例。只是有個問題懸而未決，亦即人們沒有發覺到日本文化的另一項特徵——日本文化當真稱得上具有異質性嗎？也許日本文化在本質上就缺乏這種異質性。我無意像個躁急的啟蒙家，說什麼日本文化完全沒有獨特性，最擅長的只有模仿。因為日本文化恐怕只有罕見的感受性稱得上是特質，並且與其他民族的文化屬於不同的範疇，在本質上並沒有任何共通性，從而也不具有在共同性中產生的異質性。

日本文化在孕育的過程中，完全沒有受到任何宗教性臍帶、思想性臍帶的束縛，其特色在於人們經常提到的無思想性、無理念性。日本人的一切道德準則，都被還原成美學的判斷，即便貌似為了思想而活，其實只是依憑著自身感受性的確切度而活。長久以來，他們把美學帶進生活裡，把生活帶進美學中，怡然自得。前者是滲透到一切藝術的裝飾主義，後者則是滲透度相等的寫實主義。如同女性的肉體與精神並沒有分明的界限，於相同的維度裡連結在一起那樣，美填補思想的不足，思想填補生活的不足，生活再填補美的不足，就連在這無盡循環中彰顯卓越的哥特式精神，以及生活自身的合理主義精神，亦不曾有過任何成果，想必今後也絕不會有任何成果。

然而，日本文化的感受性是世上罕見的。這才是真正獨特的、甚至是在任何民族裡都找不到的特色。我忽然想到，第二次世界大戰的戰敗，可說是日本文化的包容性特質的宿命，好比一個人絕不會刻意選擇不幸，日本的戰敗，難道不是親手選擇了最吻合這種特質的命運嗎？因為失敗具有包容性，而勝利必須是理念、是統一的法則。我懷疑日本文化能否一肩挑起這種勝利的、理念性的責任；但又覺得日本的戰敗，並非理念敗給了理念，而是其一貫的感受性招致了失敗。談到這裡，我認為納粹德國的敗北，完全敗在理念上，這與日本戰敗的成因全然不同。納粹的敗北是從勝利的理念和法則，墜入了敗北的感受性和無規律性的地獄深淵。這是日本所難以想像的。

至於日本文化罕見的感受性，總是由從外而內的運動，以及從內而外的運動，交互或同時奮力不懈地作用。從外而內的運動，表現在對美的探索，與極致的向心性上。這種感受性，在從前既不了解、亦不需要普遍性方法論的時候，僅透過感受性本身不斷的錘鍊，便攀上足以成為文化核心的具體理念之一的地位。日本文化之美，已是一個非常具象的存在，堪比西歐文化的文化金字塔頂端上的某種理念了。當它到達了那般崇高的地位之後，便再也不需要理念了。因為這種精神不必借助抽象能力，它走在相反的道路上，不是從個別走向普遍，而是從普遍走向個別，只一再做體驗式的探究而不創造方法論，並且同樣朝向絕對（這裡的「絕對」一詞，一樣是比喻用法）前進。這種取代了理念的精神，不得不與某種等值的具體存在相互衝撞。我把這種精神稱之為美，只因為找不到其他的名稱，暫時借用西歐的概念來代稱而已。我在其他文章裡也時常提到，日本之美非常具體。當世阿彌[162]將它稱為「花」的時候，我們不可以把這個「花」的比喻解釋成一種理念，因為它的確是肉眼能見、手能碰觸、色香俱全的東西，亦即是一朵如假包換的「花」。

至於日本文化從內而外的運動，出於政治考量的鎖國政策，致使其感受性的包容力完全導向日本與中國的古典和現實風俗，時至今日，卻被誤稱為「日本式的」，以偏頗的特質形成了

162（一三六三～一四四三），日本室町時代初期的能劇演員與劇作家，代表作包括《葵上》、《鍾馗》、《敦盛》等。

似是而非的獨特性。感受性具有的不道德性，原本該是能夠把其他各種民族的異質性消融於內，較之任何放浪的娼妓更為放蕩不羈。江戶文化就這樣制約了感受性從內而外的運動，使其被迫在日本內部進行離心力和向心力的作用。前者的代表人物是井原西鶴[163]，後者的代表人物則是松尾芭蕉[164]。

如今，世界思潮風起雲湧，日本文化已不再以這般赤裸裸的樣態暴露出來。我認為現代日本文化的混亂，來自於感受性之離心力的終極呈現。

羅馬人泰倫提烏斯[165]曾寫過一句名言：「我是人，舉凡符合人性之事，皆可接受。」如果模仿他的語法，可以把這句話置換為「我是感受性，舉凡能感受之事，皆可接受。」，因此包括希臘思想、基督教、佛教、共產主義、實用主義、存在主義……，以及莎士比亞的戲劇、杜斯妥也夫斯基的小說、瓦雷里[166]的詩、拉辛的戲劇、歌德的抒情詩、李白和杜甫的詩、巴爾札克的小說，還有托瑪斯．曼的小說等等……，不論以上哪一項，都能接受這種罕見而無私的感受性。我之所以把乍看一片混亂的不道德的享受，稱為前所未有的實驗，是基於我認為從這種極限的坩堝中，將會孕育出日本文化的未來性。因為這種從容不迫地承受矛盾及混亂的能力，並非毫無知覺，而是更進一步，與其相反的無私且敏銳的感受性相互結合，所以這種能力不容小覷。在世界愈見逼仄、思想愈形對立的現代，即便說日本文化正在孕育世界精神之一的試驗原型，亦不為過。假使不躁急於尋求指導精神，或許這種多樣性本身將被塑造成一種廣博的精神。保存古老的事物，鉅細靡遺地吸納新觀點，坦然忍受各種矛盾，不誇大，不屈服於任何宗教的絕對性。在走入相關文化的多樣性狀態的過程中，只要不失去平衡，或許就會孕育出一種世界精神來。

文化的內容與形式是不可分割的。希臘文化嚴謹地捍衛著希臘的內容與形式，基督教文化亦是如此。但我在這裡所說的文化形式，指的不是那種規定與選擇了內容，及至自身乾涸死亡的形式，而是能夠豐富內容、不斷吸納一切的生存形式。恐怕只有日本文化罕見的感受性，才是具有多種絕對主義的精神世界，所尋求的唯一容器、唯一形式。因為西歐人確實在思考現代不祥的特質，對於過去的文化混亂、文化歷史性的喪失、統一性的喪失、呈現型態的喪失、生活的背離等等現象，他們無計可施；但對於日本文化而言，自從進入明治維新時期以後，這些現象已經不言可喻，日本人早已擁有昔日的歷史性、統一性和呈現型態，也擁有融入生活的文化體驗，而為了連結這兩者的歷史斷層，一方面辛苦努力，一方面活用樂天知命的天性，終於

163（一六四二～一六九三），日本江戶時代的俳人、浮世草子與人偶淨瑠璃作家，浮世草子的文體為其所創，代表作為《好色一代男》。

164（一六四四～一六九四），日本江戶時代前期的俳諧師，創作了許多傑出的俳句，被譽為日本的「俳聖」。除俳句外，另有一部在弟子協助下完成的旅遊日誌《奧之細道》亦相當知名。

165 Publius Terentius Afer（西元前一九五或一八五～西元前一五九或一六一），羅馬共和時期的喜劇作家，知名作品包括《婆母》、《兩兄弟》等。後文的名言引自其喜劇《自責者》。

166 Paul Valery（一八七一～一九四五），法國詩人，詩作以象徵手法寓意哲理，知名的詩作包括《年輕的命運女神》、《海濱墓園》等。

使新舊文化或可並存和、融合的狀況，得以被認為是世界精神的新風貌，不能不說這給予我們某種啟示。

當然，前述傾向甚至還稱不上是預言，我們在往後的幾十年歲月，大概都得在摸索中度日，總而言之，我們必須堅定地站在相對主義的立場上，防範宗教及政治唯一至上的命題，警惕幸福而毫無保留的深信不疑。現代社會有個奇妙的特徵，那就是比起感受性，理性（儘管是錯誤的理性）更容易將人們帶向深信不疑。

重症患者的凶器

我們這個年代的人不管去到哪裡，總會惹來不尋常的眼光，被當成珍禽異獸看待。我雖誇口絕大多數的強盜都出自我們這一輩的，但這樣的調侃是基於一種內斂的情感，不適用於其他世代的人，要是誤以為一概通用，那可不行。

不過，這在某種情境之下倒是說得通。比方有個重症患者住進了療養院，病情比同院患者們還要嚴重。如此一來，較早住院的患者們立刻覺得自尊受創，比看到一群四肢健全的人七嘴八舌地走進來還要難以承受。於是，他們每一個人原先爭相較量誰病重的虛榮心，瞬間變成比較誰健康的虛榮心。原本炫耀自己體溫每天上升零點二度的人，從那一天起，反而輪到聲稱自己體溫每天下降零點二度的人洋洋得意了。這種價值觀的轉變，唯一的解釋是為了集體漠視那位重症患者所採取的非常手段。他們從此得以安心地嘲笑死亡了。可是萬一那位重症患者的病情是醫師的誤診，不到一星期就好端端地出院了，那麼較早住院的患者們，接下來又該如何自處呢？

在精神的世界裡，這種荒唐的事件屢見不鮮，還落得糟蹋了寓言式說明的結果。

值得慶幸的是，我們這一輩人——也就是奇怪的重症患者——還沒有住進療養院裡。但是，假如我的直覺沒錯，一位無敵重症患者（套句維利耶·德·利爾-阿達姆[1]的口頭禪，「更好」是「好」的敵人）即將住院的流言，已經在療養院裡傳得滿天飛，而且這種不祥的推測也開始逼使患者們一個兩個地改變價值觀了。毫無疑問地，價值觀改變的因素，默許的約定要比明示的約定更容易落實執行。只是，在這群聰明的病患裡，會否有任何一個人能夠猜到，這位即將到來的重症患者在住院一週後竟能完全康復，比任何人更快出院呢？

每一個年輕世代都帶著其特有的時代病症，逐一來到世間亮相。這病症在他們一生當中必定會痊癒。（話說回來，單靠攝取鈣質，只會讓病灶愈難根治而已。）如果這時有某個世代挾著不治之症登場了，恐怕會立刻中斷原有的循環。這個不治之症的病名叫作「健康」。

舉個例子。假設我屬於這個年代的人，並且提出以下的理論：

「苦惱會殺死人嗎？——不會。

思想上的煩悶會殺死人嗎？——不會。

悲哀會殺死人嗎？——不會。

從古至今，全世界唯一會殺死人的，只有『死亡』這件事而已。這樣一想，人生立刻變得簡單明瞭了。我願意用一輩子的時間相信這麼簡單明瞭的人生。」

我覺得這就是「健康」的理論。或許有人從這個理論中，嗅出了逃避或自我放棄的味道。可是，難道沒有人從這一連串信誓旦旦的「不會」之中，看見那些堅決相信自己的病沒救了、完全沒體會過痊癒的喜悅的人們身上，隱藏著某種淺白得令人心酸的想法嗎？

二戰開打時，我們正在讀小學。原以為戰爭的事只是報紙上的新聞，沒想到有天早上到了

---

1 Auguste Villiers de l'Isle-Adam，（一八三八～一八八九）法國詩人、作家與劇作，作品常具有神祕氛圍，代表作有《未來夏娃》等。

學校，聽到大家義憤填膺地嚷嚷著和戰爭相關的口號，可我仍是一頭霧水。一進中學，軍訓課程的時間增加了一倍，不多久，學生必須打綁腿才能走進校門，每天也都得操練刺槍。在做突刺動作時，原本應該伴隨一聲殺氣騰騰的怒吼，可是從我們正值變聲期的喉嚨發出的吼聲卻滿是稚氣，使得校園裡充斥著一股異樣的陰森氛圍。

由此可見，把我們這個世代喚作「受傷的世代」是錯誤的。若要在精神上留下滴淌著稠黑膿液的空虛的傷口，就必須生長在一個更為乏味的時代才行。不乏味，心裡就不會留下傷疤。這場戰爭絕對沒有造成我們的精神受創。

不僅沒造成我們的精神受創，還使我們的皮膚變得更加強韌了。包括面部的皮膚在內，我們全身上下的皮膚統統變得更加強韌了。強韌的皮膚包裹著心靈，使其不受傷害，宛如不死之身；又像神社祭典時出來示範的修行者那般，即使尖刀刺入了胸膛和手腳，也不會流血。那些受到一點小傷就會流血的人們痛罵我們是冷血漢，根本不去想一想那些擁有不死之身的人連尋死都辦不到，有多麼不幸。他們毫不理睬那些靈魂得不到「活著的不安」的慰藉，是世間少有的不幸。

——我並不是為了找尋自己的文學存在的理由，才提筆寫下了這篇文章的。但走筆至此，我已經耗費了一半的篇幅在解釋自己的世代。不是因為我奉行「文學是環境下的產物」的學說，只是想表達，我們基於某種意義，早在度過成長期的那個戰爭時代開始，就已經準備好要瞄準這個時代的凶器了。這就像年輕的強盜們，從軍隊奪走了搶劫時需要的手槍一樣。他們把自己的生活託付在那柄手槍上，我們大概也只能把自己的文學寄託在這件不法的凶器上了。所謂盜賊也有三分理，指的是盜賊殷切努力的三分道理，足以掩蓋另外七分的無理。也就是說，打從一開始就擁有十分道理的人們，無法體會到盜賊們努力過程的悲哀。這也意味著盜賊對於秩序、對於倫理、對於平靜，有著多麼無恥而悲哀的嚮往。

前些時候，評論家指摘我的文學脫離生活，明顯唱高調。對此，我欣然接受。暫且不談那個。「藝術」這個令人害羞的語詞，這個對於作家和評論家尤其形同禁忌的語詞，他們就這麼理直氣壯、大模大樣地說出來，這種本領，想必是從我們這個厚臉皮世代開始的吧。因為作家害羞、評論家世故，所以諸如藝術啦、藝術家啦這一類語詞，根本不敢輕易出口。他們由於太害怕單純的觀念會讓人們赤裸裸地呈現在世人面前，於是逆向操作，故意散播相反的學說，告訴大眾越是單純的觀念，越是掩飾人們天然裸體的偽裝。

「藝術」是人類為了記念精神活動具體化使用的「方法」，所賦予的最單純的觀念。一旦這個語詞成了禁忌，就被「生」或「生活」或「社會」或「思想」之類的種種語詞替代了。但是，這些語詞會讓人赤裸裸地呈現在世人面前嗎？不會。因為他們沒有察覺到，在這些場合裡，這些語詞僅僅具有代用的字義。在日本，只有寥寥數人發現到這件事，並有勇氣選擇真正的字義詮釋。

我沒信心自己能夠走在那些傑出人士行走的道路上，所以必須藉助不會受傷的心靈和強韌的皮膚的力量，相信「藝術」這個單純的觀念，把它擺在比「生活」更高一層的位置上。因此對我而言，藝術目前還屬於他者。我像在談論別人似地呼喚藝術之名。這樣做是因為，人們為了講述自己而踏入謊言的泥沼，結果在說別人的閒言惡語時，不巧卻讓自己變得赤身露體。為了避免講述自我，我故意反向操作那種反效果的心態，將藝術視為他者，不停呼喊著藝術之名。這其實是模仿中世紀西洋童話故事裡的祕密訣竅：想要以弓箭射殺魔法師的時候，不能直接瞄準他的身體，應該瞄準離他兩三步的蘋果樹，這樣一定可以射中。——直率地說，這就是我的想法（我希望把事情想得非常單純）。換句話說，唯有思考層次高於生活層次的文學，才能闡明生活的真正意義。

綜上所論，文學和藝術，在我都是一種比喻，亦是一種託寓。講得如此直白，未免煞風景，該怪這個時代逼我這樣說的。人們把解說混淆成評論，將祖述誤認成文學精神，在這個彷彿變裝舞會的奇妙時期，大大小小各種雕刻展覽會辦得好不熱鬧，丈餘高的大雕刻品背面必定架著一道祕密梯子，旁邊還刻著一行拉丁字：「歡迎評論家自由登爬」。看得懂拉丁文的只有評論家，不必擔心一般大眾會爬上去，麻煩的是一時忘了該架上梯子，還逞強說何必架梯；更糟糕的情況是，為了避免人們爬上去，故意把青銅雕刻的表面打磨得光滑鋥亮，說不定會被參觀者笑話：「哈哈，有一尊羅漢像錯擺到這裡啦」。不過，如果真有人誤認，這位創作者應該感謝神明和他自己——他一個人親手打磨而成的雕刻品，竟能被誤認成由千千萬萬無知、純潔又迷信的可愛民眾一雙雙手撫摸得發亮的羅漢像（這可是幸運且光榮的誤會）。

尚・惹內

謹借朝吹三吉先生苦心孤詣譯成的《小偷日記》，將尚・惹內[1]介紹給日本讀者。

惹內此人渾身上下揉合著猥瑣與崇高，卑劣與高貴。父不詳，母親在接受治療的婦產院裡生下他後不久就棄他而去。他在感化院長大，在監獄和陋巷之間顛沛漂泊。這個孤兒後來成為二十世紀最偉大的神祕主義者之一。惹內永遠保有少年的純真，令人聯想到有著猙獰獸面的天使。伊曼紐・史威登堡[2]是這樣描述天使的：

「在天界，夫妻不是兩位天使，而是一位天使。」

「天使在天界的一切奉獻盡皆憑著照應。」

「天使總是面朝著東方。」

……正是如此。惹內做的就是單性繁殖。他總是在與大自然的相互照應中，為了他所謂的「竊盜、男同性戀、背叛」的聖三位一體而奉獻。而他的臉孔，也總是朝著光明，亦即往陽物的方向看去。

他身處最低劣的環境，卻成就了最高的文學創作，簡直不可思議。日本的私小說即使描寫最低賤的貧窮，頂多只是帶有十九世紀浪漫主義所發明的那種古老藝術家的矜持作為襯裡的貧窮。可是文化真正的肉體性滲透力，是甚至連無法以藝術表現的領域，都能透過獨特的型態呈現出來的強大力量。世界上每一個晦暗的存在，藉由他的文字力量，逐一走到了讀者的面前。成熟的文化，並不只是會生出知性的怪物，也會生出野獸來。我們見證了歐洲生下的兩頭會講話的野獸：一頭是尼金斯基[3]，從野性本身揮灑出野性的創作；另一頭是尚・惹內，由邪惡本身迸射出邪惡的創作。沙特說得對，惹內並不是寫下關於邪惡的事，而是邪惡本身在振筆疾書。

惹內雖然幾乎沒受過正規教育，但我們可依憑那不可思議的照應，在《小偷日記》裡讀到西歐惡漢小說的傳統、D・H・勞倫斯在《啟示錄》[4]裡敘述的形象思想家的異教式自然觀、初期基督教的精神、法國倫理學者的傳統、卡謬在《反抗者》中列舉的虛無主義者和反抗者的系列……，甚至可以看到帕斯卡、波特萊爾的影子。

惹內服刑的監獄不是專關思想犯的。如同擁有音樂才華的男孩，理所當然地成了音樂家一樣，惹內也擁有被關進監牢的才華，所以監牢主動張開了雙臂，歡迎他的到來。

---

1 Jean Genet（一九一〇～一九八六）法國小說家、劇作家、詩人、社會活動家，前半生是棄兒與慣賊，在獄中展露驚人的文學天分，獲得當代作家尚・考克多與沙特等人慧眼識才，從此踏入文壇，作品包括詩集《苦役》；小說《繁花聖母》、《小偷日記》、《布列斯特之爭》；劇作《嚴加監視》、《陽台》、《黑奴》、《屏風》等。《小偷日記》（*Journal du Voleur*）出版於一九四九年，是一部虛實兼有的自傳體小說，後文提到的阿爾芒（更生人）、貝爾納蒂尼（警察，書中主角的「我」的愛侶，暱為貝爾納）、史蒂利達諾（斷手流氓）皆為書中人物。

2 Emanuel Swedenborg（一六八八～一七七二），瑞典科學家、神學家、哲學家與神秘主義思想家，主要作品包括《天堂與地獄》、《真正的基督教信仰》、《詮釋啟示錄》、《契合的愛》等。

3 Vatslav Nijinsky（一八九〇～一九五〇），波蘭裔俄羅斯芭蕾舞者與編舞家，國際知名的頂尖男性舞蹈家。

4 D. H. Lawrence（一八八五～一九三〇）英國作家，因作品大量描述情色而頗具爭議性，創作範疇極廣，包括詩歌、散文、書信、遊記、小說、戲劇，最知名的代表作為《查泰萊夫人的情人》。此處提到的《啟示錄》（*Apocalypse*）為一九三一年的散文作品。

或許有人覺得惹內的作品十分晦澀，究其原因，在於對暗語的不熟悉。過去巴爾札克在《煙花女榮辱記》的第四部裡，曾經披露了他對於賊盜暗語的淵博知識，但他用作小說素材時有些微妙的變質，應該歸類為客觀性暗語。惹內是第一個在小說裡使用主觀性暗語的作家。

我認為由於惹內受辱的本能和受辱的經驗，是一種絕無法用普通想法替代的純粹體驗，他於是放棄以普通的方式敘述，而改用自己的血肉化成的暗語，達到了表現孤獨的純粹度。從自己設定的人類悲慘中「復權」，是惹內永遠的夢想，既然他企圖借用語言藝術來復權，可見他在成為小說家之前，早已是個詩人了。

惹內從那些苦役囚被迫以一雙雙粗大的手，嫻熟地裁製出精巧卻可悲的紙花邊上，看到了被激起的復權野心的悲哀，直教人目不忍視。

巨大魁梧的體貌特徵完全顯露出「他是苦役營最能說明問題、最著名的代表人物」[5]的阿爾芒，憶及自己居然曾用這雙笨手熟練地剪紙花謀生，不由得強忍著無法抑遏的屈辱感，囁囁說道：

「如果你認為人無所不能，那你才是小蠢蛋一個！」

惹內曾在牢獄中看到有個囚犯作了一首甜美但蠢傻的愛情詩——就像阿爾芒可悲的剪紙花一樣——博得了其他囚犯的讚美，從此激發出惹內「復權」的野心，《死刑囚》這首長詩便是在這個時候寫成的。毫無疑問地，或者說出乎意外地，總之，其他囚犯看不懂《死刑囚》這首詩，非但看不懂，還說了不少冷言冷語。

在詩中用上血肉化成的暗語、主觀性的暗語，一般大眾當然無法理解箇中巧妙，可是連囚犯們也看不懂，這是怎麼回事呢？這一刻，惹內嘗到的孤獨，和一般所謂「藝術家的孤獨」並不完全相同。當一個人處於某種情境當中，會有什麼樣的創作行為呢？是超脫當下的情境，還是與足以啟發該情境本質的思想合而為一呢？關於詩的定義，惹內的看法如下：

「小偷一詞確指其主要活動是偷盜的人。當他被稱為小偷時，明確的定位將一切非小偷的東西統統排除在外了。小偷也就被簡單化了。詩就孕育在他對自己的小偷品格的最大感悟上。對別的品格的感悟，如果也能基本上達到為您命名的程度，那麼這種感悟也一樣可以是詩。」

既是行動者，也是創作者；既是被創造物，也是創造之人；既是受審者，也是審判者；既是死囚，也是行刑者。波特萊爾曾經嘗試衍繹，可惜未竟其功，直到二十世紀，馬爾羅[6]才在小說〈行為〉中，奠定了其中一種典範。這便是今日文學面臨的真正難題。

三個惡棍並肩而行之際，惹內很是感慨：

「我就是他們思想意識的反映。」

這是一句機微玄妙的反話。惹內的藝術行為從初試文學卻不被理解的《死刑囚》出發，直

5 以下內文引用段落均節自讓．熱內（尚．惹內）《小偷日記》（*Journal du Voleur*），譯者楊可，海天出版社，二〇〇〇年。

6 **André Malraux**（一九〇一～一九七六），法國作家、政治家、冒險家，知名作品包括《人類的命運》、《勝利者》、《王家之路》等。

到今天廣受世人的了解，他始終聽從自身性慾的號令，不顧一切地朝向以藝術克服藝術的那道界線狂奔而去。現在，他已經完成了復權的第一階段，接下來的目標就是取得神聖性了。惹內說，神聖性是人神合一，是當審判者和受審者合成一體時，「我」應該就不會既是被告又是審判者了。

惹內對此目標深感滿意。不知不覺間，他晉升為聖惹內。

不過，他的作品，還留在這個物質世界裡。

當波特萊爾察覺到，自己同時扮演死囚與行刑者這兩個角色時，他已經預知創作這種行為遲早會陷入相對性的地獄裡。不單如此，他還有一股預感——一個充滿悖論的時代終將來臨。屆時，創作這種形同自殺的行為，將會成為文學乃至於藝術行為唯一的救贖。

惹內筆下的男同性戀具有象徵意義。在《小偷日記》裡描繪的愛情是在精神和肉體之間、不同種類的人之間萌生的愛意，它超越性別，它等同於萬有引力。伊曼紐．史威登堡提出的「天使結婚」論述是在天使這同一個體中的結合，而惹內與相愛的男人歡好的時候，也達到了近似於「天使結婚」的境地。史蒂利達諾的肉體屬性，其實全都是「我」創造的效果，史蒂利達諾並不存在。在這裡，精神創造肉體時的創造作用，恰好以性慾的型態呈現出來，因此這兩種類型，一種是從幻影的投射而來，一種是得自於幻影的賦予，可是兩者絕不互相侵犯，成就了一個形而上的結合。面對這樣的結合，世人只能在相對性裡無為自化了。接下來摘錄的片段，對話的小偷和警察是一對情侶。這個男人版的卡門故事，最能將周圍社會還原成相對性的存在。

「『假如有人命令你逮捕我，你會執行嗎？』我問貝爾納。

他感到有些為難，但這種為難持續不到六秒鐘。他皺起一道眉毛，回答道：

『那我就不必親自動手了。我會交給我的一個同事去辦。』

這數不清的卑鄙勾當與其說激起了我的反抗，倒不如說加深了我對他的愛。」

這兩人的結合是一種假設。我們從這裡段落裡，讀出惹內把這本書稱為一部追求「無法達到的無價值性」作品的原因，並得知他的創作行為就是依此成立的假設。惹內十分巧妙地從那個相對性的地獄裡孕育出創作，這種技術與他以人工合成性慾的技術是相同的。警察和小偷的愛侶關係含有理所當然的違背邏輯，就連每一次對同夥的共犯導入性興奮時，惹內便會賦予對方可能會對他做出種種背叛的不可預知的性格。這種不可預知性，或者說無法到達的性質，正是除去性慾的條件，將追求的無價值性當作前提含括在內的。史蒂利達諾藏放在他褲襠裡的那串假葡萄，就是這種色慾構造的完全象徵。

惹內運用這種讓人聯想到十八世紀作家的寫作結構來創造書寫對象、創造物質。物質世界最初的驚人顯現，發生在史蒂利達諾的魅力暫時衰退之後，這個明確的發現，惹內稱之為聰明才智。

「……我好像記起來了，根據我所說的不屑一顧，注意到忘在鐵絲上的一件內衣還夾著一枚別針，我因此揭示了一個完整的知識。這個盡人皆知的小玩意兒，既雅致又奇特，我卻熟視無睹。」

很明顯地，這枚別針正是史蒂利達諾自身的蛻變。

「後來，我被一個漂亮的小夥子所傾倒，我採取了同樣超然的態度。我承認我很激動，但我不承認激情有指揮我的權力。我同樣清醒地加以審視，我懂得什麼是我的愛；我從我的愛出發，與世界建立起聯繫：聰明才智應運而生。」

唯有在藝術上，「觀視者」才可能與「愛慕」產生密切的交集。

惹內偏執的即物主義，就此搖身一變，成為一種神祕主義。在那些與普魯斯特作品呈對照性的自然描景，甚或堪稱二十世紀文學中數一數二的自然描景段落，我看到了從加的斯[7]礁石叢間升起的太陽、看到了一頭出現在捷克斯洛伐克與波蘭邊界的廣闊農田上的獨角獸，這些片段可以說是惹內對異教世界自然景觀的嶄新詮釋。

這位朝聖者的足跡遍及歐洲，如同昔日哈德良大帝時代「縱令季節嬗遞、氣候變化，他終年帽盔不覆，於喀里多尼亞的雪地徒步，在上埃及酷熱的平原行軍」（摘自愛德華．吉朋《羅馬帝國衰亡史》[8]），展開一場風土巡禮。好比泳者游水時看到的海、伏在地面的人從草叢間望見的曠野，只要稍稍低頭，映入眼簾的世界就會截然不同，歐洲所有的小偷就是這樣視國境為無物。這種廣大的無秩序世界，可謂前所未見。

惹內把自己的作品、把自己愛上的那些男人的裸像，鑲嵌到他目睹的都市底層裡，而那座都市是由大海、岩石、森林、裸麥田、石塊等等自然秩序所形成的。蛻變從未間斷，從受毆的年輕士兵太陽穴上流淌下來的鮮血，化為一叢櫻草花。肉體，成為泛神論式自然裡的一個細節。

如今，我們距離那個情感訴求[9]的時代已經很遙遠了。惹內讓孕育著語言真意的可悲的作物，再一次復活了。

不同於巴爾札克和斯湯達爾大力鼓吹的那種主動式熱情，原初帶有被動式性格的崇高情操的情感訴求，在惹內的作品裡重新甦醒了。如同亞里斯多德闡述的，這種情感訴求與人格訴求[10]互成鮮明的對比。

那些暗藏於一切悖德底層的沉痛，惹內不喚作罪惡，而稱為「崇高」。惹內是悲痛的。在那一段從感化院被位於法國中部的一戶農家領養的歲月裡，他曾是一個成熟、體貼，洋溢著宗

7 Cádiz，位於西班牙西南部的一座濱海城市。
8 英國歷史學家愛德華・吉朋（Edward Gibbon，一七三七～一七九四）的歷史巨著，含括羅馬帝國全部的歷史。
9 此處為「pathos」，即亞里斯多德提出的修辭學說服理論中，說者應具備的三項要素：人格訴求（ethos）、情感訴求（pathos）和理性訴求（logos）。
10 此處為「ethos」，同上一則譯注。

教情懷的少年。直到後來他染上了各種惡癖，甚至陶醉在竊賊卑俗的歡喜裡，他才尋到反覆精煉而成的悲哀。在他作品裡的每一個角落，都可以窺見那透著哀傷的愉悅神情。

古代的戲劇只由神話人物承擔悲劇，現實中的人們則活在喜劇裡。其後很長的一段時間，悲劇裡的人物都由貴族獨占，直到小說時代來臨，巴爾札克創造出一個特別腦聰體壯的囚犯伏脫冷，終於史上首度賦予悲劇應有的熱情。時至今日，那種熱情雖然已不復見，但悲劇性已由惹內在社會底層的人們身上定影了。這裡完全看不到普魯斯特描寫的布爾喬亞式滑稽。惹內安排的所有狀況，無不幫助《小偷日記》裡的人物們逃離滑稽的窘境。

這種悲愴，這種加深悲愴感受的那道神祕光束，究竟來自何方？這種悲愴，會否只是他們置身的環境形成的呢？是的，那個環境並不缺乏種種抒情式的背景，不缺「悲涼的碼頭叫人好不傷心」，不缺為了哀悼受刑伙伴之死而去墳場偷花的小偷們的同儕意識，不缺設下仙人跳騙局的少年為了挑撥對方而依次插入自己身上各處凹孔穴洞裡的那朵康乃馨，不缺讓兩個同居的年輕人的心靈和肉體都得到溫柔感動的晾在房間牆上胡亂繫拉著繩子上的內衣。然而這種悲愴，並非單純由環境造就而成的。

悲愴，來自於書中人物們某種共通的屬性。他們披著以悲愴裹身的鎧甲。他們擁有強悍的樣貌和不道德精神的澄明。儘管惹內自身幾乎沒有否定性的契機，但他愛的卻是否定者。他們的悲愴，藏躲在為了否定之用的龐大的肉體能量裡，而否定者的行為，比方竊盜、背叛或殺人，則被嚴密地關在肉體的牢籠裡，於是到最後，否定以失效收場。至於那些行為的能量和肉體間的對立，則成為悲愴的本質。

惹內雖然崇敬燦爛的肉體能量，到頭來，他愛的卻是肉體能量的疲軟無力。事實上，他心目中的肉體，既是現代人類存在的無力感的比喻，也是復權的神話。

出身良好的讀者乍見惹內對納粹的讚譽有加，想必無法處之泰然。「只有希特勒時代的德國員警能夠真正做到警匪一家。這一威力無比、相反相成的綜合體，這千真萬確的龐然大物，實在令人望而生畏、膽戰心驚。它的強大磁場，長期把我們吸引得神魂顛倒，攪得驚恐萬狀。」

惹內真正著迷的不是納粹主義的權力意志，而是從那姑且不論好壞的獨創性政治型態中，以危機的形式露顯出來的德意志精神裡遐邇聞名的「悲劇性」。我是這麼想的：納粹原本是虛無主義式藝術理念輕率的現實化或政治化，到最後走上無力與破滅，終究成為肉體崇拜的宗教了。納粹的破滅，和理念的破滅並不相似，因為它不具有讓人聯想到體力充沛的青春肉體的破滅。

納粹主義具有極度唯美的危險性。男同性戀丹尼爾曾在納粹占領下的巴黎街頭獨行時，喃喃說道：「美，我的宿命。」（出自沙特《邁向自由之路》）。沙特透過丹尼爾，必然地將納粹主義與邪惡、殺人劃上等號。這裡可以看出小說家狡猾的小聰明。

我還沒有論及惹內幻覺性的一面。

惹內認為苦役犯身穿紅白相間的淺色條紋囚衣，而簇簇鮮花與眾多囚犯存在著一種密切的聯繫。說起囚犯的烙印，就像談一朵花，更確切地說是百合花，因為王朝時代，囚犯的印記就是百合花圖形。然而百合花遲早會復權。倫理層次上的悲慘的復權。那種悲慘，也就是「官方社會對尋歡作樂的津津樂道便具有道德貧困的屬性。」

藍色刺青處的天空露出了第一顆星星，抒情式的奇蹟。精緻建築總稱的奇妙宮殿，肉體的高貴，與岸上各種華麗儀式緊密地融為一體。鑽石。紅衣。血。精液。花。錦旗。眼睛。指甲。皇冠。項鍊。武器。淚水。秋天。風。幻想。水手。雨。……崇拜。儀典。降靈。連禱。王權。魔法。……

這些形成了惹內世界的秩序。

再沒有比他喜歡用的「使恥辱變得高貴起來」這句話，更能如實呈現出瘋瘋病人傷口上結晶的膿血寶石的璀璨絢麗了。

當惹內聲名鵲起時，他尚未服刑完畢，經過一群友人的大力奔走，總算得以合法赦免了。號召文壇人士向法國總統請願的特赦計畫核心人物，正是那位高瘦頸長的伏脫冷——尚・考克多。

華鐸〈西堤島巡禮〉[1]

1

這幅畫作右側的樹蔭掩映中，佇立著一座飾有鮮花的古代風格雕像。一棵大樹下，一個像極了邱比特的孩童揪拉著身邊優雅的貴婦裙襬，帶著滿是好奇的眼神仰頭望向貴婦。再過個十年左右，這個孩童大概就會長成那個愛上了愛情的童僕凱魯比諾[2]吧。坐在孩童旁邊的那位貴婦，不若魯本斯[3]粗略筆觸下的仕女那般豐滿，而像中國明末清初的纖巧美女，貌美似人偶。她摺扇半闔，眉眼垂落，側看著孩童。不過，她的視線其實沒有落在孩童身上，迷濛的目光洩露出她的一門心思早撲在了身旁的騎士上，卻故意別過臉去，試著抵抗耳畔的呢喃。騎士的低聲訴說，想必和一七〇〇年初上演的弗洛朗．當古喜劇《三表親》[4]裡，村姑們歡唱的歌詞意境十分相近。

……………
我們來到西堤島上
遊歷美麗的風光
……………
島民們善良親切

過著悠閒安樂的生活
……
你若想到那裡旅行
不用繁瑣的準備
只需記得帶著

---

1 Jean-Antoine Watteau（一六八四～一七二一），法國畫家，洛可可藝術畫風的重要人物。其少年時代曾師事一位從事劇院裝潢的畫家，並隨這位畫家老師去到巴黎參與歌劇院的裝修工程，這段經歷對其後來的畫風有不少影響。在巴黎經過幾年艱苦的奮鬥後，終於以知名代表作〈西堤島巡禮〉入選為法蘭西藝術院院士，躋身畫壇大家。〈西堤島巡禮〉（*Pèlerinage à l'île de Cythère*，又譯〈西堤爾島巡禮〉、〈航向西堤島〉、〈舟發西苔島〉、〈朝聖西苔島〉、〈向愛情島出發〉等）創作於一七一七年，現藏於法國巴黎羅浮宮。其他重要畫作包括〈小丑吉爾〉、〈獵人行〉、〈夏〉、〈狄安娜入浴〉、〈音樂會〉、〈法國的喜劇演員們〉、〈熱爾桑的畫店〉等。

2 莫札特歌劇《費加洛的婚禮》（*Le Nozze di Figaro*，一七八六年）裡的童僕（Cherubino，又名Cherubin）。

3 Peter Paul Rubens（一五七七～一六四〇），生於德國的弗蘭德畫家，巴洛克畫派早期的代表人物，畫作多為宗教神話題材，重要作品包括〈三美神〉、〈瑪麗．德．美第奇組畫〉、〈強劫留西帕斯的女兒〉、〈上十字架〉、〈下十字架〉等。

4 Florent Carton Dancourt（一六六一～一七二五），法國演員與劇作家，風俗喜劇的創始者，代表劇作包括《當代騎士氣質》、《自詡為貴族的民女》等。有些研究者認為華鐸畫作〈西堤島巡禮〉發想自弗洛朗．當古的音樂喜劇《三表親》（*Les trois cousines*，一七〇〇年），其中一幕是村莊青年穿扮成朝聖者前往西堤島祈願。相傳愛神維納斯出生於海面浪沫間，乘著貝殼漂到西堤島登陸，因此這座島嶼在古希臘時代被稱為愛神維納斯之島。

……………

這位騎士的朝聖杖已經擱在一旁的軟土上。他在上船前唯一需要的準備工作，只餘下向愛情一揖，許下溫柔的諾言了。

至於左側的第二對男女，騎士已不再殷勤作態，直接握起身穿墨綠色上衣的貴婦雙手，急急趕著搭船前往西堤島。

位於金字塔型人物構圖頂端的那對男女，昂然站在畫面的中央，他們背後是受到李奧納多．達文西畫風影響的綠色遠景，幽邃而神祕。已然得到了首肯的騎士，心不在焉地摟著女子的腰背，邁步走向棧橋。

然而，這位貴婦卻回頭向後方投去最後的一瞥。那不是猶豫。她已經接受了騎士的求愛。朝她迎面而來的是醺然陶醉和「重要的逸樂」（Grande affaire des amusements），在她背後的則是平和的貞潔與安寧的無為。她已決定選擇了前者，只是帶著一絲惋惜，與身後的平和與無為做最後的訣別。

走在前方的五對男女，踩著喜悅的腳步，迫不及待地奔向逸樂，他們的樣態如同華鐸的另一幅畫作〈淡泊〉[5]中那個身著藍衣的人物，充滿音樂性的律動。停靠在畫面左方那艘閃耀著燦然金光的船隻正要起錨，彷彿催促著人們快些上船。

那個裸身的年輕水手據說是取材自蘇特曼的版畫〈魚類奇蹟似的牽引〉[6]，他在一片光亮中高高舉起右臂，那柄抵在水面下的櫓棹正蓄勢待發，即將航向愛情島。

畫中的邱比特們十分忙碌，有幾個趕著把裝備搬上船，其他的身上發出光芒，在空中翩飛嬉戲，準備領著這艘船航向愛情島西堤。他們迎著融入憧憬與希望的金燦天光，飛向那終日流洩出悅聲妙樂的地方。於是，這艘船或許不會在水面上留下航跡，就這麼在金濛的空氣中一路擺盪到西堤島。

2

普魯斯特在〈畫家與音樂家的肖像〉中，如此歌詠安東尼・華鐸：

……………

現在是黃昏時分，我帶著藍色外套，天空如戴著冷漠的面具，

5 *L'Indifferent*，創作於一七一六年，現藏於法國巴黎羅浮宮。

6 Pieter Claesz Soutman（一五八〇～一六五七），荷蘭畫家與版畫家，擅長宮廷畫。版畫作品〈魚類奇蹟似的牽引〉（*Miraculous Draught of Fish*）現藏於美國紐約大都會藝術博物館。

團團樹蔭把我的面孔罩上陰影。
所有的人都已疲憊，只在唇邊留下吻痕……
天色變得柔和，時而近在眼前，又時而渺遠而去。

遠方的風景似乎盈滿哀愁，如眾多面具的依依愛戀，
它們雖然多藏虛偽，連憂傷都如此奇魅。
詩人向來喜新厭舊——正如墜入情網中的男人。
愛情若要巧妙裝飾的話——
這裡有小船有午後甜點，正如這裡靜謐又有樂音。

…………

雖然普魯斯特詠歎「所有的人都已疲憊，只在唇邊……」，但在〈西堤島巡禮〉這幅圖裡，沒有一絲一毫官能的疲累和逸樂的倦怠。如同華鐸另一幅名為〈甜美的生活〉[7]的畫作，一群人正聆聽著一名樂手演奏，後方是一片美麗的風景，可謂畫如其名。不由得讓人想到，或許唯有純潔、無瑕、沒有疑慮的靈魂，才能畫出如此閒適安樂的作品。

為什麼在這樣的靈魂畫筆下描繪的快樂、愛情裡的欲擒故縱、虛情假意、義大利喜劇等等主題，既是畫家唯一誠實的表現，也是詩賦的具體呈現呢？

人工化的愛情，經常成為宮廷生活的主題。要成就拉克洛《危險關係》[8]那般猜忌的藝術、真正悖德的藝術，必須擁有能夠洞察人性，並且已經陷入絕望谷底的自尊心。這一連串的演進過程是從十七世紀的拉羅什富科，通過十八世紀的拉克洛，最後才到達薩德侯爵[9]的境地。根據帕斯卡信奉的詹森主義[10]所衍生出人性本惡的研究，以及人類的明哲保身對於極度人工化的人際類關係的認知，到了十八世紀的薩德侯爵和卡薩諾瓦[11]，刻意忽視盧梭的啟示，而主動從其對立面躍進至對於自然泛神論的認知。

洛可可藝術便是在這樣的時代背景下孕育而成的。華鐸生於路易十四在位末年，於一七〇二年十八歲時到了巴黎，鑽研工匠技術權充生計，隨後繪製迎合當代時尚的華貴畫作，就此揭開了洛可可藝術的序章，其本人亦聲名大噪，直至一七二一年七月十八日因肺結核宿疾撒手人

7 Les charmes de la vie，創作於一七一八年，現藏於英國倫敦華萊士收藏館。

8 Pierre Ambroise François Choderlos de Laclos（一七四一～一八〇三），法國小說家，《危險關係》（*Les Liaisons dangereuses*）為其代表作，發表於一七八二年。

9 Donatien Alphonse François Sade, Marquis de Sade（一七四〇～一八一四），法國貴族，寫過一系列色情與哲學書籍，文字帶有性虐待的色情幻想，知名作品包括《索多瑪一百二十天》、《香閨侯爵》、《閨房哲學》等。

10 由詹森（Cornelius Otto Jansen，一五八五～一六三八）創立的學說，強調人類的原罪與宿命論，影響了十七世紀的羅馬天主教。

11 Giacomo Girolamo Casanova（一七二五～一七九八），義大利冒險家與作家，一生充滿傳奇色彩，代表作為《我的一生》。

寰。

直到十九世紀以後，畫家才養成了提著作畫工具箱到戶外寫生的習慣。因此華鐸當時採用了和普桑[12]一樣的方法——將日常生活中各種物體的素描組合成一幅畫作。華鐸的畫架上，擺放著某種純粹概念世界的草稿，圖裡難以捕捉的透明情感在穿上衣裳、戴上面具後，於人工化的自然景致悠然漫步。

「這裡有小船有午後甜點，正如這裡靜謐又有樂音。」

早在普魯斯特歌詠華鐸之前，深受龔固爾兄弟[13]「十八世紀藝術」著迷的魏爾倫[14]，已將華鐸的「雅宴」（Fêtes galantes）世界幻化為文字，以憂愁與倦怠為其閑雅增色添香，寫下了這首詩：

……

你的魂是片迷幻的風景
斑衣的俳優在那裡遊行，
他們彈琴而且跳舞——終竟
彩裝下掩不住欲顰的心。

他們雖也曼聲低唱，歌頌

那勝利的愛和美滿的生，
終不敢自信他們的好夢，
他們的歌聲卻散入月明——

散入微茫，淒美的月明裡，
去縈繞樹上小鳥的夢魂，
又使噴泉在白石叢深處
噴出絲絲的歡樂的咽聲。[15]

……

---

12 Nicolas Poussin（一五九四～一六六五），法國畫家，巴洛克藝術的重要人物，但屬於古典主義畫派，代表作包括〈阿爾卡迪的牧人〉、〈摩西的發現〉等。

13 愛德蒙・德・龔固爾（Edmond Huot de Goncourt，一八二二～一八九六）、儒勒・德・龔固爾（Jules Huot de Goncourt，一八三〇～一八七〇），法國兄弟檔作家，重要作品包括《龔固爾日記》、《翟米尼・拉賽特》、《少女艾爾莎》、《親愛的》等。愛德蒙為紀念亡弟，死後捐出全部遺產成立龔固爾文學獎，成為文壇的一大獎項。

14 Paul Marie Verlaine（一八四四～一八九六），法國詩人，象徵派大家，重要詩集包括《明智》、《無字浪漫曲》、《憂鬱詩章》、《死亡》等。

15 詩名〈月光曲〉，梁宗岱先生翻譯。

魏爾倫又在一篇名為〈半獸神〉的詩作裡，寫下了一尊半獸神的陶像正高聲嘲笑著指引愛侶走向哀愁的朝聖之行，以及靜待著他們通往災厄的未來。

不過，華鐸的畫作〈義大利小夜曲〉、〈交談〉、〈田園舞會〉、〈愛情課〉、〈田園奏樂〉、〈消遣〉、〈聚集在某座公園裡〉、〈愉快的舞會〉、〈一同狩獵〉、〈義大利戲劇之愛〉，乃至於這幅〈西堤島巡禮〉的主題，總是同樣在黃昏時分、同樣聚於樹蔭、同樣錦帛華服、同樣笙歌滿園、同樣纏綿曲纏綿，那裡看不到可怕的預感與不安，時光停駐在世界即將崩潰的前一刻，人們輕鬆地稍事休息。

在這些畫作的背後，儼然隱藏著一種快樂的法則。我方才提到「透明的概念世界」，指的就是這個。畫布上的快樂具有某種預定和諧[16]。就在數十年後，拉克洛創作出悖德小說的同樣場域中，華鐸打造了另一個完全可視性的偌小世界，那裡不單是光線，連空氣也清晰可見。

當詹森主義走到盡頭，人們掙脫了必要之惡的枷鎖後，便沉浸在摒除熱情的純粹快樂法則之中。這種帶有音樂性的企圖，應當就是洛可可的精神所在。後續的古典主義與浪漫主義繪畫，不但赤裸裸地暴露出必然性，畫面也訴說著一個必然的結果——是悲慘的收場也好，是幸福的結局也罷，終歸是某種戲劇性的結果。然而，華鐸的畫作總是凝結在某個偶然支配下的瞬間，一切搖擺不定；當然，他對人生的關心也僅聚焦於某些事物上，畫筆下的主題永遠只是追求愛情的嬉戲。

永不停歇的音樂，以及不知幻滅的愛慕。這兩件相同的事物，前者只能存在於音樂裡，由音樂本身造就而成；同樣地，後者也只能存在於某個起心動念的剎那，在那一瞬間虛構的環環相扣中得到滿足。我認為這就是華鐸所畫的洛可可的快樂，或者稱為快樂的法則。

不過，應該就是那些無瑕且單純的東西，使得華鐸清明而澄澈的內心世界，告誡自己不要嘗試風俗畫。畫面上的人物，也隱約流露出躊躇、誘惑、猜疑、誹謗等種種情感。事實上，那些只是偶爾落在園子水塘上的雲影，而真正具有支配性的，總是情感的和諧，以及眾多人物相同的心境。儘管人們同樣沐浴在傍晚的光線下，卻幾乎沒有對話。就連義大利的喜劇演員，甚至是那幅名為〈交談〉作品中的人物，也沒有相互攀談。欣賞華鐸的畫時，最好要豎起耳朵仔細聆聽。雖然能聽見音樂和歌聲，但是絕對聽不見交談的聲音。畫中人常懷著萬般思緒，默不作聲，男人凝視著女子，女子則別開臉凝望他方。華鐸沒有畫出言語。因為這一位和小克雷比永[17]同時代的人物，非常明白言語可以欺瞞扯謊。

16 萊布尼茲（Gottfried Wilhelm von Leibnitz，一六四六～一七一六，神聖羅馬帝國哲學家、數學家）提出的「預定和諧」（Pre-established harmony）哲學理論，認為在上帝創造世界之初，即在心和物之間確定了一種和諧。

17 Claude Prosper Jolyot de Crébillon（一七〇七～一七七七），法國作家，作品多為情色小說，為與其父區分，通常簡稱「小克雷比永」。父親為古典悲劇作家普洛斯普．喬伊特．德．克雷比永（一六七四～一七六二），代表作為一七一一年年上演的悲劇《拉達米斯托與澤諾比亞》。

「容我再三提醒，我們踏入了人間的極樂仙境。」（拉法耶特夫人[18]一語道破了洛可可的享樂主義。）

3

…………

在這個藝術素材自身已經完全藝術化的時代，在這個戲劇不再侷限於舞台而將日常生活的一切全都包納其中的時代，當被大量繪製的人物已有了既定的人工化樣態的時候，畫家究竟該畫什麼呢？當作畫對象想模仿時下慣見的圖像，但畫家既想創造自己的作品，又不願淪為扭曲的諷刺畫時，到底該怎麼辦呢？從華鐸傑作之一的*L'enseigne de Gersaint*[19]可以嗅出一些訊息。

那幅圖是畫廊做生意的場景，後方的牆面掛著許多待售的畫，登門光顧的仕紳、貴婦，還有店員們皆採用鮮明的色調，在模糊的背景襯托下顯得更為清晰。不過即便是背景，華鐸仍然一點都不嫌煩地細心描繪每一幅待售的畫，而那些畫，彷彿是一首首平庸無奇的詩。

舉凡所有與藝術沾得上邊的事物，以及出現在生活中的低俗藝術，華鐸在處理這些素材時始終保持清明而澄澈的態度。這樣的態度在這幅畫作中尤其明顯，並且連一點惡意的諷刺都沒有。

創作者和鑑賞家看法一致的幸福的古典主義時代，已經隨著十七世紀的結束一同離去了。

進入洛可可時代以後，鑑賞家淩駕在創作者之上，思想採以喜好導向，十七世紀的各種理念盡皆淪於風習之中。華鐸就在這個時代的面前擺下了畫架。人們的情感處處滲入了矯揉作態，這一切看在華鐸的眼裡，恐怕都隱含著某種真情的寓言。直白地說，這永無止境的調情嬉戲，甚或縱情吶喊，或許也只是一種生命的寓言。

華鐸的許多畫作，包括美麗的〈甜美的生活〉[20]和〈一群人在公園裡〉[21]，看起來都像是隱含寓意的寓意畫。十九世紀浪漫主義畫派的某些作品，比方傑利柯那幅載著漂流者的筏子[22]，讓我們覺得看了一齣令人不快的戲劇，但在華鐸的〈義大利喜劇之愛〉[23]裡面，卻毫不掩飾地洋溢著生命的光彩。那是因為華鐸謙虛自牧，只願意傳遞生命的寓意。

---

18 或指 Marie-Madeleine Pioche de La Vergne，一般慣稱 Madame de La Fayette（一六三四～一六九三），法國小說家，代表作《克萊芙王妃》被譽為法國第一部心理小說。

19〈吉爾桑的招牌〉，創作於一七二〇至一七二一年間，現藏於德國柏林夏洛滕堡宮。

20 *Les charmes de la vie*，創作於一七一八年，現藏於英國倫敦華萊士收藏館。

21 *L'Assemblée dans un parc*，創作於一七一六至一七一七年間，現藏於法國巴黎羅浮宮。

22 Théodore Géricault（一七九一～一八二四），法國畫家，浪漫主義畫派先驅。此處提到的作品即是其代表作〈梅杜薩之筏〉（*Le Radeau de la Méduse*），創作於一八一八至一八一九年間，現藏於法國巴黎羅浮宮。其他重要作品包括〈艾普森的賽馬〉、〈皇家衛隊的騎兵軍官〉、〈女精神病患者〉等。

23 *Amour au théâtre italien*，創作於一七一七至一七一八年間，現藏於德國柏林國立博物館。

另外還有一幅美麗的畫作*La Leçon de Musique*[24]，畫面的右側有個身穿暗褐色服裝的男子，高舉著一把曼陀林在演奏，左方則有個胸前別著一朵玫瑰的白衣女子，正將手中的歌本翻過一頁。這幅畫其實和畫面左邊站著一個演奏樂器的男子、右方其中一個女子正在翻閱歌本的*La Leçon d'Amour*[25]是同樣的題材。也就是說，〈音樂課〉和〈愛情課〉代表同樣的寓意。那些都是從別人那裡收到的人造事物，譬如樂譜、歌詞，還有愛情。這和出現在〈義大利戲劇之愛〉畫面中的演員朗誦別人給他的台詞，都是同一回事。

在這樣的時空背景下，描繪音樂、歌唱和舞蹈，與直接描繪人類的情感，是同樣的意思。再也不需要言語了。因為唯有由透過藝術呈現的真情，才是真正的情感；而只存在於音樂中的情感，應該足以代為展現人類的一切情感了。我就是因為不曉得該怎麼表達華鐸繪畫世界裡的這種雙重結構，所以才稱他的畫為寓意畫。

4

古典主義時代追求普遍性，試圖描繪從個性中抽離一切情感的情感本身。後來，有位天才畫家聰明地掙脫了這種抽象精神的枷鎖，開創了洛可可時代。令人意外地，直到又過了一個世紀後的拿破崙時代，雅克–路易．大衛[26]才將十七世紀的主知主義[27]在美術領域裡發揚光大。

華鐸應當和道德家同樣相信世上有所謂純粹的情感，或者可以稱為人類的組成元素。不過看在畫家眼裡，那些情感總會披上紅紅綠綠、雪白如銀的絲綢華服，或香扇輕搖，或奏彈樂器，或戴上面具，在樹下玩樂逍遙。

他將這些映入眼簾的幻象編排位置後，在畫布上定影下來。他畫下沒有特徵、纖瘦而可愛的女子臉蛋，他畫下一心嚮往愛情、看起來有些蠢傻的男子面龐，他仔細勾勒從葉隙間灑落的陽光，在他們炫彩閃耀的綾羅綢緞映下忽明又暗的細碎影子。於是在定影的剎那，隱身在華服下的各種情感倏然煙消雲散——因為畫家專注如一的心神，已經總結了這些情感。

唯獨在畫布上，洛可可的世界才得以免於分崩離析。因為像華鐸這種依附於輝煌外在的精神，能夠自主發起運動，躲過了逐漸崩塌的內在危機。就在他畫下最後一筆的瞬間，各種情感隨之揮發消逝，留下來的只有像音樂那樣具有可視性的東西。

這位畫家親手從華貴的服飾下、從沉重的假髮下消弭情感後餘留的空白，接著由畫家懷著一顆總結了各種情感的詩心，改以詩賦填滿了所有的空白。那些可以稱為畫裡的畫，詩裡的詩。華鐸絕對不是為賦新詞強說愁，而是以畫家的目光，畫下了詩，畫下了如光一般透明的藝

24〈音樂課〉，創作於一七一九年，現藏於英國倫敦華萊士收藏館。

25〈愛情課〉，創作於一七一六年，現藏於瑞典斯德哥爾摩國家博物館。

26 Jacques-Louis David（一七四八～一八二五），法國畫家，新古典主義畫派的奠基人，代表作有〈馬拉之死〉、〈荷拉斯兄弟之誓〉等。

27 人類的精神包含理性、意志和情感三種，主知主義重視的是理性，亦即講究人類的道德主體意識。

術作品。十九世紀末的象徵派詩人之所以會對華鐸感到共鳴，原因就在這裡。

5

各種不同的藝術領域，具有各自的創作功能與任務。假如華鐸身為畫家，卻畫出了像詩或音樂一般的畫作，那就不是什麼值得拿來讚揚的事了。關鍵在於他畫的不是如詩一般的畫作，正確的說法應該是他畫出了詩的本質。塞尚[28]畫作中的蘋果是常見的蘋果，符合蘋果的既定觀念；可是華鐸畫筆下的洛可可風習，卻不是像蘋果那樣確實的物象。他必須從定義模糊的被畫物體中，創造出屬於他自己的蘋果才行。華鐸的蘋果是一種不可視性的蘋果。

實際上，在這位畫家打造出具有可視性的黃昏夕照下的偌小完整世界裡，可以感覺到巧妙的構圖指向某種看不到的核心價值。圖中的人物，誰也沒有察覺到這位畫家的祕密計畫。他不曾放下手中的畫筆，思慮周到而縝密，沒讓任何人起疑心。唯一可以隱約窺見其企圖的，正是〈西堤島巡禮〉這一幅畫。

以西堤島為題材的畫作，並不是華鐸的慧眼獨具。事實上當時有一位名為德富羅的畫匠，已經以歡樂的愛情島西堤作為版畫的主題了。不僅如此，航向這座愛情島的誘惑，也是當時的喜劇經常採納的重要情節。

華鐸耗費了一段嘔心瀝血的歲月，終於完成了這幅傑作。他曾為這幅作品中的情侶試過多張素描，目前分藏於大英博物館與各地的收藏館裡。他還畫過同樣主題的〈西堤島〉和〈西堤島的逸樂〉。多數習作都是這幅完成於一七一七年的〈西堤島巡禮〉草稿。〈西堤島的巡禮〉的畫面構圖，主要聚焦於航向金色霞光彼岸的西堤島。

邱比特引路前往的那一方，正是西堤島的所在地，可是現在還看不見。

在那座黃金暮靄遠處的島嶼上——但凡深愛華鐸的人應該可以斷言——應該不存在幻滅，也沒有逝去愛情的怨懟，而有著鞏固這個偌小世界不致破滅的力量泉源，既不可思議又滿盈喜悅，源源不絕。可以確定的是，在那座島上，除了「秩序、美麗、奢華、靜謐，以及快樂」之外，別無他物。

---

28 Paul Cézanne（一八三九～一九〇六），法國畫家，風格介於印象派與立體主義畫派之間，代表作包括〈玩紙牌的人〉、〈聖維多利亞山〉、〈穿紅背心的少年〉，與多幅以水果及杯盤為主題的靜物畫。

我的小說創作論

一

這篇文章並不是要賣弄我對小說的相關學識冠絕古今，只是出版社希望我透露一些小說寫作的竅門，因此我將在這裡毫無保留地與諸位分享自己的創作心得。

大致而言，近代藝術的特徵，甚至可以說是流弊，即是不再具有共通的形式，而是基於不同的創作規則意識孕育而成的。直到十九世紀以後，小說的演進才進入成熟期，從此而後，似乎可以認為小說已經發展為一種具有完備創作理論的藝術了。像戲曲那樣已有某種典範形式和規則的藝術，即便是不拘形式的近代戲曲，嚴格說來，也不能稱之為具有完備創作理論的藝術。我之所以醉心於戲曲多年，即是受到其不同於小說的近代特性所吸引。在此暫且不談戲曲，總之，「具有完備創作理論的藝術」這句話其實有語病。我已多次引用以下這段蒂博代的名言，想必讀者們都看膩了，但這段話最能完整表達將小說歸類為藝術的不確定性。

「必須先『否定』小說，才能創作出真正的小說。……《唐．吉軻德》是寫在小說之中的小說評論。」

小說由此進入了孤獨的狀態，使得小說全然異於繪畫和音樂那種類型的藝術——那一類從不出錯的藝術。色彩組成了繪畫，聲音形成了音樂。不知不覺間，我們已理所當然地對日常生活中的色彩和聲音做出藝術性的選擇了。可是小說當中只有文字、文字、文字，而且那些文字既不受到詩賦的音韻節律的綑綁，也沒有受到戲曲的結構法則的束縛。

因此，小說十分自由，無拘無束，恣意任行。可以盡情書寫下流的粗話、俚俗語、外國文字，也不需要遵循一定的規則。在這裡，我刻意避開「人為什麼要寫小說？」這個大哉問，但誰都可以寫小說，想要寫成什麼樣亦是悉聽尊便。如果想寫長篇小說，可以洋洋灑灑五千張稿紙（真要出版大概有些難度）；假使想寫短篇小說，也可以只用三張稿紙完結，一切全交由執筆者決定。不過，由於小說沒有所謂的典範模式，所以在摸索寫作方法的過程中，批判精神扮演著很重要的角色。如同《唐．吉軻德》是一部批評昔日的騎士道小說的作品，依據創作理論的本質批判現有的小說，正是小說家寫作時最重要的必備條件。

然而，就如我從前提過的，「批判↓創作↓藝術」這一連串步驟執行起來並不容易。好比繪畫時要考慮的是色彩和光線，小說該如何克服創作理論的結構問題，關鍵就在文學的必要素材——文字。

小說要成為藝術，可以說完全繫於「文體」一詞之上。雖然本講座的名稱是「文章講座」[1]，其實我不怎麼喜歡「文章」這個語彙在日文中含混不清的用法。

我依照自己定義的用法，將「文章」和「文體」這兩個語詞分開來思考。舉個例子，我同意「志賀直哉先生的文章很精采」這句話，但對於「志賀直哉先生的文體相當出色」卻有些異

1 本文出處為河出書房於一九五四年出版的《文章講座》系列。

議。若按照我的邏輯做反向思考，那就是「森鷗外這位作家不但文章精采，而且文體也相當出色」，以及「巴爾札克的文筆糟糕，但是文體足以成為典範」。

文體具有普遍性，文章則有獨特的個性；文體具有理念性，文章則有不同的特徵。依照日本傳統文化對於「技藝」的定義，唯有獨特的個性和不同的特徵，小說才能成為藝術。不僅如此，文章就像一個人的行為舉止，不但十分具體，更只能透過直覺式的學習傳承下去。日本的藝道都是以這種方式歷代傳承的，從來不曾建立一套完整的創作理論。所以，如果單純只以文章作為小說的成立要件，既說不上是具有完備創作理論的藝術，也稱不上是真正的小說。

文體有其普遍性和理念性。換言之，要符合文體的定義，不能僅止於侷限的環境、侷限的感覺以及行為面向上恰當適宜，大凡與人類相關的一切都必須妥帖完善。恰如其分地描寫一家位於淺草的日式煎餅店，只能說它是一篇文章，要想成為文體，光是這樣還不夠，探討的範疇必須擴及大型工廠、政府內閣會議，甚至北極航海等等，諸羅萬象皆須面面俱全。文體，是小說家解析這個世界的基礎。

必須說，小說家絕不是採用禪宗的「不立文字」[2]那種具體、直覺的方式來解析世界，小說家必須先以語言、文字作為基礎，再透過文體來解析這個世界。

我方才對照了文體和文章，提到文章擁有獨特的個性和不同的特徵，這當然只是語感表達上的差異，應該說文體的獨特個性和不同特徵，在普遍性和理念性的萬丈光芒之下相形失色了。由此推論，構成法律學或哲學文章的術語，原本就是為了呈現普遍性與理念性而創造出來的，不具備獨特個性和不同特徵，因此與小說的文體截然迥異。設若有一位文字功底深厚的哲學家，能夠在通篇哲學用語中融入極具特徵的文字，那麼與其說他「文體出色」，應該讚譽他「文章精采」才恰當。

關於文體的問題談到這裡，接下來當然必須討論小說的主題了。

既然小說家是透過文體與這個世界對決，他這一生書寫的小說，所有的主題自然都脫離不了文體的框架。諸位讀者應該知道，有某一類小說特別強調中心思想，主題非常明確。雖說人體的核心是骨骼，但是一張美人的X光片上顯影的骨頭可不算是美人。小說的主題會依隨小說家從青年時代逐漸自我覺醒，在自我和世界的對決步步進逼之下，根據對決的結果展現出不同的改變。儘管主軸只有一個，隨著小說家寫作時的年齡，探討的主題亦會呈現多姿多采的變化。前文提過，小說主題的基礎在於文體，然而，使主題滲透到整部小說字裡行間的，同樣也是文體。

文體如果失去了普遍性和理念性，主題就無法滲透到整部小說的每一個角落。假設文體沒有具備相當的普遍性和理念性，想當然爾，由此衍生而來的主題必定是模糊不清的。這時候，小說家雖然可以根據自己過去的涵養，啟動哲學性的思惟，思考出其他獨立的普遍性和理念性的主題，卻會造成小說的某些部分出現帶有具體特徵的文字的修補痕跡，導致小說整體的均質

---

2 禪宗宗旨為「不立文字，教外別傳，直指人心，見性成佛」，亦即悟道不依經卷，而是傳法授受。

性失去了平衡。小說若是通篇講大道理的露骨主題，以及全憑感覺的具體描寫，就像油水互不相溶一樣，只會淪為一鍋爛稀稀的燉菜罷了。

因此，在這裡也必須談到文體是小說的結構乃至於構造的問題。沒有文體，就不會有主題；沒有文體，也不會有結構。為了要讓細節彼此之間、細節與整體之間產生連結的作用持續進行，必須仰賴文體活躍的運作。

不單是小說，一件作品要達到上述目標，首先必須成為一個完整的個體，所有的細節也都必須生動逼真才行。為了創造出這樣的作品，我們這些小說家首先要將創作理論帶入其中，從寫上第一個字，到劃下最後一個句點，自始至終都必須依循創作理論的道路前進。倘使細節沒寫好，覺得綁手綁腳的無法施展開來，或者是心有旁騖，這件作品就會變得支離破碎了。

二

在上一節中，我已經從原理面向論述了理想中的小說，但不是遵循這個理論，就一定能寫出一部具有完整的世界、細節詳盡的傑作。

小說的文體並非依照理論創造出來的，而是經由不斷訓練語言的使用技巧之後產生的。為此，小說家需要的訓練，和畫家能夠熟練地運用顏料、作曲家能夠熟練地運用音符的訓練，完全相同。我曾經聽聞，畫家遠赴法國進修回國後出現了飛躍式的進步，不一定是由於欣賞了許多傑出西洋畫作，或是在海外接觸了新事物的結果，其實單純只是在國外自然養成了每天早上必定在固定的時間坐到畫架前面的習慣（無論有沒有作畫的心情），而歸國後也繼續保持同樣的習慣，這與其他沒有這個習慣、隨心所欲拾起畫筆的畫家相較之下，進步相形顯著。

事實上，寫作小說的正確方法只有一個，那就是一而再、再而三地鍛鍊技法。在談小說的寫作方法時遺漏了這一項，一切無疑是空談。

不過，世上有些人是音痴，也有些人天生欠缺靈敏的語感。這種人最好不要寫小說，問題是語言是日常生活的一環，許多人篤信誰都能夠運用自如，於是洋洋灑灑寫了五百張稿紙，自詡為曠世巨作，其實既不成文章更稱不上文體，白白糟蹋了稿紙。

語彙各自的比重、音韻的悅耳、象形文字的視覺效果、節奏的緩急等等，天生擁有這些語感的人，只要多加訓練，最終就會創造出自己的文體，可以寫出值得一讀的小說。僅憑靈感和人生歷練就嚷著要寫小說的人之所以絡繹不絕，就是如同前文提過的，誤以為任何人都能夠得心應手地操控文字，對語言缺乏敬意。造成這種錯覺甚囂塵上的罪魁禍首，正是日本的自然主義文學。在自然主義文學出現之前，日本的文學界向來敬愛語言，維持著「語言的神威帶來幸福的國度」[3]的傳統。直到今天，法國人始終對語言懷有敬意。

3 日本自古認為每一個文字都有神靈，其靈力會影響現實中的人事物，若能尊敬語言將會帶來幸福，並以這句話作為日本的美稱。

我實在無法理解，究竟是什麼原因使得現代日本人的腦海裡，至今依然把「質樸的真實性」當成對自然主義文學小說的刻板印象。目前的現狀是，作者自身的經驗在故事情節裡占的分量，與這部小說的「以假亂真的程度」有極大的正相關。

我認為真正受到自然主義文學及其衍生的末流私小說荼毒的受害者，不是小說作家，而是讀者。小說已經失去理性的讀者了。換句話說，現在的讀者不再把小說當成是純粹的小說來閱讀了。

本文的主題是小說創作論，若是深入探究前述問題，恐怕會離題，所以諸如近代小說與自白之間的關係、私小說和近代小說的自白性之間的關係等等大哉問，煩請參閱伊藤整[4]先生的大作；至於有關日本的小說讀者的閱讀品味受到「質樸的真實性」極大影響的現象討論，已是多如牛毛，此處就不再贅述了。

關於我的小說創作理論，由於小說是不折不扣的近代藝術，更是由國外引進的藝術，因此我希望從強調小說與西洋畫、西洋音樂、新話劇這些藝術完全相同的觀點談起。強調這項特色的想法來自於我把近代小說視為藝術史的其中一種類型。目前強力主張這種見解，亦是致力於推展理論的評論家是中村光夫先生。

我認為面對西歐文化輸入的問題，日本人最疏於關注的是西歐文化的體系性。在日本的哲學與法律領域，西歐文化的體系性已被徹底承繼並且充分消融了，但是在藝術領域，這個觀念卻遭到置之不理。

大體而言，日本的藝術史演進至今，其領域的歸屬幾乎一直是混淆不明的。最早期的故事是由和歌的序言演化而成的。戲曲則遲遲沒有成為獨立的文學，始終被放任在繁多且豐饒的戲劇性裡游移。諷刺的是，儼然自成一派文學的近松[5]戲曲，與其說是戲曲，更接近說唱曲藝。音樂始終從屬於歌詞。至於小說（此處刻意擴大小說的定義），更是連短篇小說和長篇小說的分界都不明確，既有像《堤中納言物語》[6]和後世的《雨月物語》、《春雨物語》[7]那樣的短篇集，也有如《源氏物語》這種由多達五十四帖軼事組合而成的長篇小說，更有像井原西鶴那樣一系列的長篇續作。

但是在西歐，希臘雖然沒有小說，不過在那個敘事詩、抒情詩、悲劇、喜劇的時代，各自開創出一片天地，散文也在阿提卡地區[8]發展成熟。不同文學領域早在古代已經明確分類，並且藉由亞里斯多德猶如百科全書般的廣博研究，建立了古代文化的體系。

4（一九〇五～一九六九），日本詩人、小說家、文藝評論家與翻譯家，知名著作包括《得能五郎的生活與想法》、《氾濫》、《變貌》、《日本文壇史》等，譯書有《查泰萊夫人的情人》等。

5 或指近松門左衛門（一六五三～一七二五），日本江戶時代前期的人偶淨琉璃與歌舞伎劇作家，享有江戶前期元祿三文豪之一的美譽，知名作品有《曾根崎情死》、《冥土的信使》、《國姓爺會戰》、《心中天網島》等。

6 根據研究，應該是日本平安時代後期之後彙集的短篇故事集，編者不詳。

7 這兩本小說集的作者都是上田秋成（一七三四～一八〇九，日本江戶時代後期的歌人與國學家），《春雨物語》是短篇小說集，《雨月物語》是傳奇小說集，更是近世日本文學的代表作。

8 Attica，古希臘地理名詞，現今希臘首都雅典所在的行政大區。

你可以說這叫構成文化的力量，也可以說這是在歷史中運用知識和理論的力量。假如沒有這種分類的精神，絕對無法產生綜合的精神。既然小說也是誕生在西歐的藝術，用個概略性的講法，必然會被囊括在文化理論的構造之中。此時的小說具有自成一家的能力，憑靠著分類的精神，從其他領域中獨立出來成為單獨的派別。每一部小說的誕生，都像世上新落成一棟大樓，而被稱為擁有「長篇小說結構」的作品當中，其本質也潛藏著西歐文化的性格。

因此，當我論述日本的情況時，在做出「小說就像《唐．吉軻德》一樣，是一部『寫在小說之中的小說評論』」的結論之前，必須先從「何謂小說」這個問題寫起。這種原理性的思惟，實際上將會成為我們寫作小說時的基本要件。與此同時，這樣的思惟，也會促使日本現有的自然主義末流小說，成為如同蒂博代所言的「寫在小說之中的小說評論」。那麼，接下來的問題就是，「我們為什麼要寫小說？」

三

眾所周知，在日本，從插花老師、三弦曲老師，乃至於一些老八股的小說老師，每每開口，就要學生回到初衷，檢視自己的心態。所以在此，我故意避而不談精神主義式的論述，因為那已是老掉牙的議題。

小說家非得誠實不可嗎？——這個提問太過愚蠢，但凡是人，豈可不誠實呢！不過，容我進一步大膽地延伸推論：在某些場合中，正直是美德，可是在某些場合中，虛假才是美德。這個準則同樣適用於小說家身上。倘使有人認為，小說家的賣點在於誠實，那就叫偽善。各種領域的藝術家，其道德標準都不容易定義，至於小說家最高的道德準則，應當是誠心誠意、竭盡全力做好工作。一位小說家如果私生活規矩得像一本倫理教科書，在寫小說時卻缺乏職業道德，那根本是個騙子。

我在開篇時寫過，這篇文章並不是要賣弄我對小說的相關學識冠絕古今，而是在這裡毫無保留地與諸位分享自己的創作心得。想必讀者們一路看到這裡，肯定對我早前的承諾大表不滿。然而，我前文陳述的原理原則，都是自己在寫小說時，必定會在腦海裡盤旋的問題。這個問題的複雜性和困難度，向來令我費心傷神，疲憊不堪。因此，在我與諸位分享自己的創作心得之前，一定要先談談這些問題。

每次開始寫小說時，我總是倍感為難，可以說為難到了極點。甚至有時候覺得，我想在日本東京一隅開始寫一部小說，根本是件不可能辦到的事。老實說，我都是先與不可能達成部分妥協，才開始提筆寫小說的。就這點而言，恐怕我也是個騙子吧。

我覺得為了要提升小說的可看性，必須讓寫作素材在很長的時間裡持續保持熱度。想必所有的小說家都有同樣的看法。想要從鳥瞰的角度審視寫作素材，時間的醞釀是必要的。當寫作素材與現實密不可分時，很不容易解析其所含成分占有的比重、結構與走向，這時候必須將現實狀況重新組構成小說，讓第二種現實狀況躍然紙上。

對我而言，創作小說時最重要的是等待某個影像清晰地浮現在眼前，短篇小說是最後一幕，長篇小說則是關鍵場面，這就是這部小說的腹案。那個影像不可以只是呈現某一幕情景，還必須帶給我非常強烈的震撼。用個象徵性的形容，亦即當某個視覺性的一幕浮現在我眼前時，帶給我的不單是視覺性的，還有音樂性的感動。我於是細細品味那段樂音。這部小說的文體，通常就是在那段時間裡決定下來了。這樣形容，或許讀者會誤解每個小說家的作品能夠隨意變換文體，事實上如同我們無法脫離自己的肉體，文體也不可能完全擺脫小說家獨特的性格。儘管不可能，但是小說家多半覺得創作是自由而不受拘束的，不怎麼在意自己的極限。

當眼前看到的影像已經帶給我非常強烈的震撼後，接下來就該決定主題了。我心急如焚，深怕那個主題會一溜煙地消失，我盡己所能將它緊緊握在手中，盡己所能緩慢地細細品味。於是那個主題開始讓各個情景浮現出來，每一幕與出場人物的輕重比例，也愈來愈清晰分明。

我沒辦法耐心等到所有的細節逐一如實浮現，彷彿整部小說已經在我腦海裡完稿。暫且不論偵探小說，如果我等到那時候才提筆，不但創作欲望會減退，也會疏忽很多細節。這樣做的好處是能夠理智地掌握整體的走向，當然後續或許還需要修改，甚至必須全面改寫，總之，整體的藍圖已經完成了，細節可以留待稍後再處理。……這種狀態，使我寫作起來更加愉快。

話說回來，一旦開始埋首寫作以後，這種愉快的心情頓時煙消雲散。每一行文字都堅硬如牆，宛如大理石一般頑強地抵抗雕刻家手中的那把鑿子。這樣的勞作是逐朝每日的訓練，是德文中的 Tagewerk（每日的工作）。以士兵來說，訓練就是實戰，實戰也是訓練，假如只有訓練而沒有實戰經驗，不可能成為一個優秀的士兵，同理可證，只在腦海裡勾勒大綱而不實際動筆寫下小說，絕不可能成為一位真正的小說家。每創作一部新小說，就是接受一項全新的訓練，堅忍和意志都是不可或缺的。

為了作者本身，也為了讀者著想，長篇小說需要掌控節奏，在一幕扣人心弦的情節之後，通常會安排一段讓人緩過氣來的輕鬆場面。這時候必須仰賴文體的力量，才能使輕鬆的場面不至於太過鬆散。文章每個細微的部分都各具輕重緩急的不同語感，但是文體仍然必須貫穿所有的細節，維持其均質性才行。

當長篇小說的每個章節和每個段落都能收在最恰當的地方時，總能帶給作者無以倫比的喜愉。通常以暗示性的對話告一段落最是容易，也最有效果，這是我經常採用的寫作技巧。不過，在敘述部分暫且打住的手法雖然難度較高，相對地也可展現作者的經驗老道。

長篇小說的結局該怎麼寫，是作家的一大挑戰。像泉鏡花[9]這樣浪漫派的作家，就曾經用了一個令人大呼意外的方式讓故事落幕。他的《風流線》[10]雖被歸類為通俗小說，但是在短促

9（一八七三～一九三九），日本小說家與劇作家，部分小說被視為「觀念小說」的代表作品，知名小說包括《夜間巡警》、《外科室》、《婦系圖》、《歌行燈》、《高野聖》等，劇作則有《天守物語》、《棠棣花》、《戰國新茶漬》等。

10《風流線》為泉鏡花的長篇小說，於一九〇三年十月至翌年三月在《國民新聞》連載。故事背景發生在金澤加賀鞍嶽山，鐵路局技師水上規矩夫委請好友村岡不二太協助帶領一群粗獷的鐵路工人「風流組」在深山中興建鐵路。村岡不二太曾輕生未遂，立志為世上剷奸除惡，甚至不惜以惡制惡，他的女友小松原龍子不顧自己貴族千金的身分，遠

的最後一章〈大水牛〉，卻猶如希臘悲劇的集大成，故事裡絕大多數人物如落花流水一般接連死在他的手裡。奇妙的是，多虧這種另類大團圓的手法，使得讀者在看完《風流線》之後，心中油然升起一股肅然起敬。

諸如德國的勵志小說，向來都是採用開放式的結局。縱觀古今東西的小說巨擘，曾經寫過了多少結局不是賜死主角，就是安排主角離俗修行（比方《帕爾馬修道院》）。我認為長篇小說與其瀟灑地用暗示性手法寫下最後一幕，不如豪放地以一個大時代的結束畫下句點，這樣才符合長篇小說的中心思想。這也是長篇小說和短篇小說結局的相異之處。

到此，作者寫完小說了。書寫最後一章時的激動與幸福，筆墨無法形容。可是寫完以後，度過激動的一夜，到了天明時分，一股難以言喻的空虛陡然襲來。這種情緒的起伏可謂司空見慣。人們常拿懷胎生產來比喻小說創作，可是世上絕不會有任何一個母親在生完孩子以後，感到一股難以言喻的空虛。這種空虛的感覺，反而和男性在性交之後的感受更為相似。於是，作家舉杯一飲而盡。就這麼過了幾天。然後，為了再一次嘗到同樣的空虛，作家重又在桌上攤開了稿紙。

從東京來到山裡表明願意和他廝守終身，兩人於是在「風流組」裡待了下來。當地有位被譽為活菩薩、其實暗地貪婪無厭的地主巨山五太夫，其妻子美樹子是當地企業家的女兒，水上規矩夫愛上了這位美麗的人妻，展開了一段淒苦的愛情。最後村岡不二太巧妙用計，揭發了巨山五太夫的真面目。該故事的續作《續風流線》接著於一九〇四年五月至十月，同樣在《國民新聞》連載。

新法西斯論

現今，瘋狂的力量之所以取得勝利，是因為它兼具著現代性的特色，而這種型態的瘋狂特質，全出於它對權力的渴求。

——（英）伯特蘭・羅素[1]〈論權力〉

我的看法

我開始對法西斯主義予以關注，起因於某左派雜誌批評我是「法西斯主義者」。對於左派人士而言，把對方扣上「法西斯主義者」的帽子，就是最惡毒的攻擊了，把它譯成通俗的說法，如同「混蛋至極」或「愚蠢之徒」的意思。不過，有人這樣罵我是「某某主義者」，還是頭一遭，為此我還有些飄飄然的虛榮。我有個朋友措辭比共產黨徒更毒辣，他對我說：「之前，外界只是把你當成『性喜男色者』，一旦被抹上『法西斯主義者』的稱號，你終將晉升為ist啦，恭喜你啊！」我生性懶惰，一向不讀原文，有關法西斯主義相關著述的日文譯本也沒有收藏太多。我從讀過了寥寥數篇之中，舉例幾個段落，權充我對此批評的看法。

在我看來，法西斯主義的現象只侷限在西歐國家，尤其以義大利和德國納粹為始作俑者。按英國共產黨領袖拉賈尼・帕姆・杜特[2]說，西歐的法西斯主義掌握權力的過程都有固定的路線，幾乎不超出這個框架。

由於杜特的《法西斯論》是出自共產黨員之手，難免有徹底抹黑「法西斯主義者」為「暴徒們」的嫌疑，但究其思潮的歷史必然性，以及它多麼吸引知識分子的共鳴，這個論述卻被忽略了，主要是因為他以僵化的唯物論辯證法的觀點寫成的。這本書初版於一九三四年，具體地寫出法西斯主義的興衰，可謂是經典性的著作。共產黨一貫的手法是把對手抹上「神祕主義的色彩」，這本書同樣不時以此角度看待法西斯主義，但當我讀到希特勒《我的奮鬥》一書，發現他也把法西斯主義視為神祕主義時，我禁不住苦笑起來。

根據杜特指出，法西斯主義試圖以被追得窮途末路的資本主義作為自己最後的救命繩。最具代表性的是它在掌握權力的過程中，先讓共產黨在議會占有過半的席次，然後策動全國總罷工，可就在要爆發革命的前夕，社會民主主義者們陣前倒戈，因而導致了革命的挫敗。法西斯主義者抓住這個絕佳機會，藉由資本家的援助開始全面展開反共運動，另一方面，又偽裝成社會主義的面貌拉攏民心。然而，當他們一旦取得政權，社會主義的理念只是徒具虛名，而且有其獨占資本充當後盾，更可以為至今所謂無思想的暴力行為，給予神祕主義的法西斯思想的哲學，並做事後的理論建構。

至於，將此型態套用在日本的身上是否恰當，容我稍後再述，但法西斯主義這個「世界

1 Bertrand Arthur William Russell（一八七二～一九七〇），英國哲學家、數學家與邏輯學家，代表作為《西方哲學史》，並以此書獲頒諾貝爾文學獎。

2 Rajani Palme Dutt（一八九六～一九七四），英國共產黨理論家。

觀」的確在那個時代被吵得震天價響，而且這個狂暴的政治型態還深深影響到現今二十世紀，在日本能探究其本質也是好事。

近現代的日本法西斯主義

我把現存的政治型態略分為兩種：技術性的政治和世界觀[3]的政治。前者即民主主義的議會制度，有其長久的歷史傳統，可謂是半自然建立的制度。在法國大革命之前，甚至在古代的雅典就曾有此民主政治。這是那個時代的產物，認為政治乃管理的技術，站在相對主義的立場上，近代以降，所有以此為職業的政治人物都認為這就是社會分工的必然。政治不再只是世界觀，自從政教分離以來，道德掌握在教會手裡；政治也不屬於科學，在文藝復興時期，狂暴的城市國家統治者的掌控下，甚至不給政治任何藝術的名位。政治是一種高度的生活技術，民主思潮和社會主義，只不過是其技術性政治理念的變種而已。

其次，前述世界觀的政治，到了二十世紀，已開始處理技術性的政治無法解決的問題：共產主義和法西斯主義。前者信奉科學，後者以神話為依歸，顯示出兩者冰火不容的本質。提到科學就會喚起我們先驗的認識能力，而神話則喚醒我們潛在意識的記憶。而由人類製造出來的政治理念，通常取其各自的源頭作為擋箭牌，掩飾其虛空的內容。《資本論》和《我的奮鬥》僅只是個人的著述，就連伏爾泰的論述也沒有登峰造極。在以意識型態世界觀而言，每個人的思想或觀念都只是現實中的顯現，權力不是技術性的東西，而是一種體系性的東西，政治理念包括宗教道德科學藝術，因此，乍看之下，它具有文化主義的型態。換言之，從其產生的型態來看，亦可把它當成個人主義的極致。此外，從更具藝術創造的意義上來說，如果共產主義試圖把政治科學化，乃至把科學政治化的話，那麼法西斯主義就是試圖把藝術政治化。

在此，我沒時間論及共產主義，只能聚焦在法西斯主義的議題上，持平地說，日本的法西斯主義者們，與出現在二十世紀的法西斯主義，其實扯不上什麼關係。眾所周知，二戰前日本的右翼人士，幾乎是天皇的擁護者，他們的思想完全沒有那種人為的意識型態的體系，總之即採取民主議會的政治型態，在欽定的憲法之下，容許若干的矛盾而發展起來的。照理說，法西斯主義即出自人為的世界觀的政治型態，與自然產生的天皇制是相背的。依我看來，在戰爭時期日本被批評為法西斯的作為，包括其箝制言論自由和所有的納粹化，無疑是技術性政治的理論帶來的混亂。從歷史上，我們看見軍部的獨裁幾乎不足為怪，其統制經濟和控制言論，只不過是其試圖對於用意識型態操控政治的模仿，比起法西斯主義的罪行，他們顯露的是人性醜陋與對權力的迷狂。而人性之惡終歸還不及法西斯主義的狂暴呢。（我這種論調，恐怕又要惹來共產主義者的嘲笑哩。）

順便提一下，日本的法西斯主義者無法得到知識分子的支持，這些新潮的知識階層，從來

3 意指「意識型態」。

不頭綁日章旗，不吟詩作對，不穿繡有家徽的傳統禮服的。然而，西歐的法西斯主義是由小資產階級掀起的革命。杜特把法西斯主義視為中產階級興起的運動，看出自由主義者的迷惘，並將其本質歸咎於資產階級的獨占，但不可否認的是，法西斯主義也得到多數的自由職業者和專家們的回應，並拉攏到知識分子的支持。

為何如此？這個問題很重要，因為法西斯主義在諂媚虛無主義。

虛無主義的救贖

墨索里尼反對十九世紀的實證主義，主張「法西斯主義就是宗教的觀念」。根據其理論大師喬瓦尼．秦梯利[4]說，義大利的法西斯主義發源於十九世紀義大利的國家統一運動，這是由詩人和思想家以及少數的政治著作左右著歷史的發展，他並且闡述法西斯主義的特點，認為所謂的法西斯國家，完全是憑空想像出來的。此外，法西斯主義又是反理性的，沒有任何思辨性的思想體系，亦不依循特定的政治綱領行動。因為思想與行動是不可分割的，但是法西斯主義不尊重精神即純粹的行動。

二十世紀初，西歐的虛無主義的反理性風潮蔚為流行，佛洛伊德和法西斯主義就是藉由這股潮流闖出名號的，尼采即最典型的先驅者。

神學家邱立基[5]說，虛無主義認為人類生存沒有意義，最終將面臨自我的毀滅和世界的崩解，並貶低自己的存在，所有人都只是在如執行機械齒輪的轉動而已，法西斯主義便順勢借用了這樣的思想。不過，對法西斯主義而言，與其用此來號召盲從的群眾們，不如吸納尼采的追隨者更容易，因為這些追隨者最終會加入法西斯的陣營。

虛無主義者最後將面對世界的崩解，世界將失去其意義。於是，絕望的心理便起作用，而絕望者保全自我的最佳方式就是使自己失去意義。從這個角度來看，虛無主義者即不折不扣的偽善者。虛無主義是以沒有意義為基礎的，他們就能自由地決定行動是否有所意義，也就是說，他們可以隨心所欲而為。虛無主義者就是以此基礎為行動準則的。

共產主義者批評法西斯主義製造出來的神話，是荒唐無稽哄騙小孩的把戲，但出於同樣的手段，法西斯主義同樣可以吸引到眾多的知識分子。

然而，虛無主義絕不陷入相對主義的泥淖，他們以虛無的絕對化作為前提，不論宣揚什麼樣的理念，專制主義才是他們至高無上的道德。

一旦「其不能化為行動的思想得不到尊重」，放棄思考的追隨者就必須不斷地「行動」。這有點像治療精神疾病一樣，因此從這個意義上說，法西斯主義算是虛無主義的萬靈丹。

法西斯主義的崛起與歐洲十九世紀後半至二十世紀初期的世界思潮是緊密相連的。因此，

---

4 Giovanni Gentile（一八七五～一九四四），義大利新黑格爾唯心主義哲學家。

5 Helmut Thielicke（一九〇八～一九八六），德國神學家。

法西斯主義者的領導者本身就是如假包換的虛無主義者。相較之下，日本右翼的樂觀主義與法西斯主義還相去甚遠呢。

理想主義的功過

由於篇幅的限制，我盡快把它說完。其實，對於法西斯主義而言，民族主義是無關緊要的，因為其基礎即唯我哲學的擴張。正如英國哲學家羅素說，「從唯我哲學的心理來看，他們終將回歸到人種與民族主義上」。日本的右翼與法西斯主義不謀而合，主要還是這方面的認同。正如秦梯利和其他論述者所言，他們不把法西斯主義納入社會的民族主義的範疇，他們承認民族主義與集權主義存在著本質上的差異，而民族主義是最容易被利用的武器。

那些歷史進程發展較遲、訴諸感情的民族主義，在當今已成為亞洲革命的精神基礎。現今在亞洲爆發的革命，都不是由城市勞工發動的，而是由農民有組織性掀起的。第二次世界大戰後，在亞洲的共產主義民族陣線綱領，正是以此煽動力量奪走日本右翼的重要地盤。

正如上述，若把它聚焦在這議題上，我們即可看得清楚，其實現今所謂的遭到法西斯主義的威脅，它終究只是疑似的現象，亦即「它作為顯現的法西斯主義」的威脅而已。

當前的危險不在於法西斯主義或共產主義本身，而是過度執著於「反共」的觀念，原本以技術至上的政治型態捨棄自身的相對主義，卻在仿效以意識型態掛帥的政治運作。

儘管這兩個世界是對立的局面：資本主義國家與共產主義國家、民主主義國家與共產主義的對峙，但嚴格說來，它們本來就分屬於各自不同的政治型態，因此不算是對立的關係。若果真如此的話，絕不是理念的對立，而是武力的較量，因為真正的危機只是單純的武力較量，而它卻被佯裝成理論的對立。

每次我聽到「自由世界」這個辭彙，便忍俊不住失笑。「自由」一詞原本就是相對的概念，可卻把它披上神聖的色彩，未免太奇怪了。專制主義這種冒牌的伎倆之所以遍及全世界，全是因為政治上的理想主義帶來的後果。

英國始終遵守著技術性的政治傳統，並未忘記相對主義和現實主義，蘇聯也是這種做法，自馬林柯夫[6]以來，他仍舊走這樣的路線和政治理念之際（其實，如果共產化在世界獲得成功，以技術掛帥的政治型態必定重新復活，絕對性的理念恐將陷入相對主義的泥淖。至今在亞洲各國已經出現這兩種政治型態了。），唯獨美國現今似乎仍堅持把它「作為世界觀的反映」。民主主義制約著道德與文化，的確有點匪夷所思，可從這個制度本身就在扼殺言論自由來看，就沒什麼值得大驚小怪了。

西歐興起的法西斯主義絕對是二十世紀前半驚天動地的歷史事件。儘管如此，我不認為它能夠借屍還魂似地重現在現今的世界上。

6 Georgy Maximilianovich Malenkov（一九〇二～一九八八），蘇聯政治家與蘇聯共產黨領導人。

法西斯主義無所不在

我把話題拉回自身上，在此，我要奉勸所有的共產主義者，你們不要再隨便把對手扣上法西斯主義的帽子了。當你們這樣做的同時，其實正表示你們就是法西斯主義者。因為共產黨徒動輒把對手貼上法西斯主義者的標籤，像這樣的徒眾根本沒有思辨能力，只會胡亂套用或見影開槍而已。當然，由於恐懼而淪為共產主義者實屬愚蠢，若因此而成為法西斯主義者也是可憐蟲。嚴格地說，或許正因為這些冒牌貨在大聲嚷嚷，才引出了真正的法西斯主義的幽靈來。

暴力和殘酷無所不在。我們人類正生活在這樣的境況下。只要看看現今書店前販售的雜誌，充斥著女人被繩索綑綁的痛苦情狀的照片，性虐待狂隨處可見，人們卻若無其事似地喝咖啡，興致勃勃地打小鋼珠作為消遣，就能知道了。同樣地，法西斯主義也無所不在。尤其在這個二十世紀，只要社會存在著絕望的氛圍，就可能召喚出法西斯的鬼魂來，這樣說絕不為過。

在這種情況下，我若猛然提出「藝術家的重要性」，恐怕又要惹來批評，「你又要談什麼美學啦」，如臼井吉見[7]先生就嘲笑說，「三島都三十多歲了，居然還能談什麼美學呀」，但我希望他寬容地看待我一貫的主張，為了不讓虛無主義者走向專制主義的政治，我才不斷強調，只有「美」方為相對主義永遠的救贖。因為「美」足以讓試圖將虛無絕對化的虛無主義者的視線，安然地拉回來凝視相對性的深淵。如此一來，當務之急就是發揮藝術的力量了。

7（一九〇五～一九八七），日本評論家、小說家與編輯，知名作品包括《近代文學論爭》、長篇小說《安曇野》等。

永恆的旅人——川端康成其人與作品

一

數天前報載說，川端先生原本受邀前往歐洲參加世界筆會活動，但這個行程似乎臨時告停了。一如往年，各家報紙都會披露川端先生出國出席筆會的消息，這次無法成行自然要被報導出來。然而，一般讀者對此訊息卻毫無所知。

奇妙的是，這件事情連川端先生也不甚清楚，於是我不禁好奇探問，「您今年要出席筆會吧？」他卻回答，「這個嘛，我也不曉得。」即使行程發表在即，他同樣如此反應。後來，主辦單位尊重川端先生的意向，取消了這次出訪行程。

我向來認為真正必須前往國外參訪的文人作家，都是命中注定的，而作家由於其他因素無法成行，嚴格講是這些作家根本不需出國訪問。我覺得這個論點恰巧可以用在川端先生身上。但這次我要探討的是，此行川端先生赴歐及取消的種種經緯，關係到川端先生的處世原則。

這件事情充分顯示出川端先生對於生活、藝術美學以及整個生命的態度！川端先生是否想出國參訪，或者根本無此打算，任何人都不知道。既然連他本人都不明白了，其他人又哪能得知呢？

在我這個性情急躁、做任何事情都得按部就班的人看來，川端先生的行事風格令人驚異。打個比方，萬能的神在創造人類的同時，有如在建造庭園一樣，祂必定愉快地考慮到各種比例，這才製造出性格極端各異的人類來。以東方的觀點來說，如我就是個小角色，而川端先生卻是無從捉摸、底蘊深藏的大人物。

儘管如此，當有人說起川端先生是「坦率信靠的人」或者「寬宏大度的人」，我又有些不同的想法。從其性格類型來說，我立刻聯想到西鄉隆盛[1]了。不過，川端先生身軀清瘦，又有些神經質的面貌，怎麼看都與西鄉隆盛相去甚遠。社會上充斥著許多對於川端先生的偏見，比如說，他的作品深具世紀病態的敏銳啦，他描寫充滿古文物美術般的纖細美感啦等等，嚴格地說，他的作品談不上雄渾壯闊，但是筆觸確實細膩婉約。

川端先生是個性格奇特的作家，全身散發著各種特質魅力。至於談及他的生活與作品是否緊密關聯時，其文氣相連的特質總是讓我們不禁驚呼。因為他的作品洋溢著細膩的氣息，又展現出豪情萬千的筆觸。

二

有人說川端先生冷漠寡情，又有人認為他古道熱腸，對他的評價截然不同。從世俗的角度

1（一八二八～一八七七），日本江戶時代末期的薩摩藩武士、明治維新時期的軍人與政治家。西鄉隆盛長得濃眉大眼且身形粗獷，與看似仙風道骨的川端康成截然不同。

來看，若說他是熱心腸的人，他的確經常仗義助人，有大人物的風範，他給窮困者提供物資援助，還幫忙找差事做，無私照料恩人的家眷，這些美談全體現在他的身上。由此看來，他如同幡隨院長兵衛[2]，又好似清水次郎長[3]。換句話說，他的美德善行完全出自赤誠，沒有半點虛假。事實上，在我即將遠遊之際，川端夫婦特地聯袂造訪舍下，為我打氣鼓勵，給予即將隻身出外漂泊的我無限的勇氣。

不過，從另外角度來說，通常如此古道熱腸的人，多半都有動輒過度關切、強迫對方接受其好意，進而介入其私生活的毛病，但是川端先生不是這樣的人。十年來，我受到他的提攜，可他從未向我耳提面命什麼的。或許他曾想對我提點，心想我可能聽不下，於是因此作罷。……他是個滴酒不沾的人，自然從不強迫要我陪他對飲，總之這十年來，他從未強迫我必須「作陪」。有時候我們在街上不期而遇，反而是我這個後輩邀他喝茶呢。

對於習慣於希望有伴「喝兩杯」或者「這傢伙真不合群啊」的人看來，理所當然要把川端先生看成冷淡無趣的人。有時候我覺得他心情還不錯，多少期待他找我閒聊談天什麼的，顯然這輩子是不會發生這種事的。

因此，有人說：

「若是想找小說家外出旅遊，只能找川端先生。跟他一齊旅行，你可以十分輕鬆自在。他會在生活上對你親切照料，並且完全不干涉你的行動。」

此話若果為真，我們可把川端先生的人生譬喻成一趟長久的旅程，而他就是高尚的旅人。

通常當一個人得以在人生的角落稍作休息，總忍不住想到處炫耀自己，或者展現自己的好心腸。這樣的人只要有外出遊歷的機會，多半要把周遭弄得鬧騰騰的。他們沒有如同川端先生的精神風範。

話說回來，我們終究達不到不好為人師的境界。從理論上來說，所有的勸告，只不過是利己主義的偽裝，我們若要向別人勸告，頂多也只能重覆這句話而已。我們一旦打破這個愚昧遍布的幻影，就會害怕其他難以名狀的孤獨向我們撲來。

於是，有人就說，川端先生是個「孤獨」的人，也有人說他是個「行家」。毋庸置疑，孤獨是創作的必要動力，它是從澄靜的境地激發出來的，而不是那種無所事事的漫然。以普魯斯特來說，儘管他幾乎足不出戶，把自己關在那個軟木貼面的房間裡，但偶爾也會穿上皮大毛，出門找作家朋友聊天。川端先生的身體硬朗，沒有宿疾，很少著涼感冒。儘管人們認為，他總是沉浸在孤獨的境地中，但他對於芸芸眾生始終投以關切的眼神。

事實上，川端先生經常外出旅行。他雖不像愛倫．坡那樣喜愛「群眾」，但置身在群眾之中，他也很少露出「孤獨」的神情，反而是興趣盎然地看著，充滿強烈的好奇，或許這時也可

2（一六二二～一六五七），日本江戶時代前期的庶民，性格急公好義，被稱為日本俠客的始祖。
3（一八二〇～一八九三），日本江戶時代末期至明治年間的俠客。

把正宗白鳥先生算進同類型的作家呢。川端先生在主持鎌倉文庫[4]的時期，十分勤奮又身肩重任，必須經常到出版社辦公室露臉。他食量很少，有時候因為吃不下，一份小小的便當四次才吃完。現今雖已不需自帶便當了，但筆會的例會他每次都親自列席，還得處理與折衝外部的各種雜事。

我曾經有一兩次與川端先生相約見面，他每次都準時赴會，讓我大感驚訝，當然，這並非說他是個把時間視為金錢的人。

有一則廣為流傳的趣聞。川端先生年輕時在外租屋，一天房東太太上門催收房租，由於他沒錢可繳，因此自始至終默然而坐，最後房東太太只好無奈轉身離去。直到現在，川端先生的日常生活也沒什麼計畫性。聽說川端先生還是新銳作家的時候就喜歡住大宅院，在熱海[5]租了一棟寬敞的邸宅，每次有訪客來，夫人就得趕緊跑去租借棉被。就算這是編造出來的，也很符合川端先生的行事作風呢。據說，有段時期他在輕井澤擁有三棟別墅，但平日的寓所是租來的。像這樣的人，可說少之又少。由此看來，古董商要為川端先生估價，恐怕也得費盡思量呢。

最令人感動的是，每次有訪客上門，川端先生總會騰出時間接見，幾乎從來不拒絕訪客。他在家的時候，經常有編輯、年輕作家和古董商以及畫商圍繞，多則十餘人之多。我偶爾上門拜訪，總是敬陪末座。由於在場的訪客們各自的需求目的不同，主人若不繼續侃侃而談，話題自然會戛然而止。縱然有訪問提問了什麼，他也僅簡短回答而已，然後就是一片沉默。之後，席上又有人貿然發言，旋即又陷入沉默的氛圍裡……，就這樣持續了幾個小時。

我向來性情急躁，沒有辦法忍耐對方始終不吭一聲。然而，有些人天生就是富有耐性，面對寡言者毫不覺得疲累，對方愈是不說話愈是樂得輕鬆，川端先生大抵屬於這種類型。他若不考慮其他事情，似乎不曾顯露過疲態。所以寡言者最適合擔任川端先生的專屬編輯，他們可以好幾個小時共同享受沉默的樂趣。至於川端先生如何招呼來到客廳的大批訪客，據我聽來的消息，他必定讓年輕的女性優先提問。

初次與川端先生見面的訪客多半印象不佳。因為他就這樣安靜地打量著來客，比較膽小的人恐怕會嚇出冷汗來。我聽過一則有趣的八卦，有個剛出道的年輕女編輯第一次造訪川端先生，不知該算運氣欠佳或是交上好運，當時不巧沒有任何訪客，川端先生竟然長達三十分鐘都沒跟她說話，最後女編輯終於受不住，低頭哇地一聲哭了出來。

在來客當中也有古董商。古董商每次攜帶川端先生喜歡的文物上門，他總是看得非常入迷，而在場的古董門外漢就得被迫跟著他鑑賞古老的名畫。或許是川端先生對我青睞有加，他讓我觀賞他珍藏的名品，無奈我對此興趣索然，從那以後，他就不再向我出示藏品了。

---

4 一九四五年五月，由住在日本神奈川縣鎌倉市的多位文士提供自己的藏書，聯合開設的一家租書店，發起人為作家川端康成，多位作家與夫人親自輪流看店，為當時身陷戰爭苦境的人們提供了精神糧食，並於二戰結束後的一九四六年一月正式成立「株式會社鎌倉文庫」的文藝出版社，出版多種雜誌。

5 位於日本靜岡縣東部的熱海市。

川端先生家有個習俗，大年初二都要迎接賀客。第二次世界大戰後，我有幸到他家裡作客，依稀記得大家談興正濃之際，只見他獨自離席，兀自到火缽前取暖，在座的已故作家久米正雄先生，猛然向川端先生大聲喚道：

「川端君好孤獨！你未免太孤單了！」

不過，那時我倒覺得神采飛揚的久米先生，比川端先生看起來還要孤寂。為此，我深深體會到一個道理，作家必須忍住孤獨才能創作出許多作品來。

根據我長年觀察川端先生接待訪客的經驗來說，心中自然有個疑問：川端先生該不會不珍惜時間吧？從時間即金錢的角度而言，我認為作家願意騰出自己的時間來，是給訪客最大的優惠了，獲利最豐的當然是那些訪客。正如前述，川端先生有自己的生活原則。他做什麼事情總是隨性而為，乍看下似乎可以說是對生活的蔑視。有關這個問題，我在文末會加以說明。

但是，川端先生接待訪客時，倒也未必就不會露出喜悅的神情。第二次世界大戰結束後，他與外國賓客交際的場合突然增多起來，但鮮少有人和他一樣興趣勃然地打量著洋人。每次和他一同出席有西方賓客的會場時，望著他臉上饒富興味的表情，我總覺得他像孩童般帶著純真的好奇心，好玩地瞧看那些洋人。

聯軍占領日本期間，有位威廉女士在美國大使館任職。這位女士很有意思，不會講半句日本話，卻是川端先生的書迷，而川端先生也經常與她交流。威廉女士不懂文學，但對於文學的熱愛，按日本的形容，就像是天理教的狂熱信徒一樣。她身材高大，文雅又大方，充分展現出美國式的開朗和溫良。實際上，她從未讀過川端先生的作品，卻為他的作品著迷；而川端先生有些靦腆，即便懂得英語會話也不說的。儘管他們兩人只能用眼神和表情交談，可我知道，川端先生對這樣的交流依然感到自在愉快。川端先生的《千羽鶴》榮膺日本藝術院獎的時候，威廉女士雖然不明白這是什麼回事，她卻高興得像自己得獎的樣子，立即舉辦慶功宴。我到現場一看，她特意準備了一個大蛋糕，上面只畫著一隻鶴。我提醒她：「只有一隻鶴，未免太奇怪了。」沒想到她反問我：「這有什麼好奇怪呢？」

「反正，就是有說不出的奇怪。」我說道。

「可是每隻鶴身上都有上千根的羽毛，所以一隻就夠了，不是嗎？」她回答我。

我猜想，可能是傳譯出了問題，以致於這位女士沒弄清楚這個文學性的篇名。

三

以上我談了許多川端先生的相關軼事，接下來我必須用更嚴格的眼光評述他的其人其事了。最近，我讀到法國詩人保羅．瓦雷里的著名警語：「作家的生活反映其作品中，而不會是相反的。」我愈來愈相信所有頂尖小說家的作品，最後都將以自己相似的生命經驗表現出來，但是不等同於私小說。

松尾芭蕉在其《幻住庵記》[6]中寫道：「吾胸無點墨，只敢寄情俳句之道。」這段話恰恰可以用作川端先生作品和生活的manifesto[7]，但從其文思細膩以及不追求整體文風的統一，似乎亦反映出他的藝術觀點和生活態度。

正如社會上多數的評論，川端先生的文章寫得極好，但是在我看來，作為小說家，他的文體並沒有特別突出。因為對小說家而言，他要對世界做出解釋，只能藉助其文章風格。而要妥當地勾勒各種混亂與不安，定義世界的諸多樣貌，把它寫進自己的作品裡，就得有這個本領才行。譬如，福樓拜、斯湯達爾、普魯斯特、森鷗外和小林秀雄……等等列舉不盡的作家，他們的文章都極具獨特的風格。

話說回來，川端先生寫出許多傑出的作品，卻完全不表露自己的世界觀，這又是怎麼回事呢？我認為這代表他對於世界中的混亂既不害怕，也不惶惑；然而，他不懼不惑的程度，猶如繫在虛無的巨洞前的一條絲線。這與希臘雕刻家由於害怕和惶惑，在大理石上留下了永恆的藝術觀恰成對比，川端先生是藉由完成方正平穩的大理石雕刻作品來對抗恐懼。

不過，在川端先生的作品中，我們可感受到一種淡然，用世俗的說法，他的生命中洋溢著「膽識」、「肚量」和「處之泰然」的底氣。他的生活看似毫無計畫與散漫，這也反映在他的寫作態度上，他從不刻意設定目標寫作。我還沒有詳細查找川端先生的年譜，若有出錯稍後再行訂正，不過印象中，他的作品從不曾直接付梓出版，幾乎都是依照新聞媒體的邀稿形式寫成的。小說《雪國》正是如此，而且原先並未寫完，擱筆多年，直到第二次世界大戰後才告完稿。至於《千羽鶴》和《山音》的情況亦是如此，我們原以為小說就此劃下句點，沒想到他又接著續寫，幾年之後，終於完成了，但他絕對不以戲劇化的悲慘結局告終，使得讀者不禁懷疑是否還有續集。從這個角度來看，他的作品與泉鏡花的通俗小說《風流線》有相似之處，他們的寫作風格與陡然以悲慘結果收場的希臘悲劇截然不同。

為此我十分好奇，川端先生如此淡然面對自己無力解決困難的害怕與惶惑，這種高超的處世本領是什麼時候練就的呢？

依我猜想，這與他身為孤兒的經歷有關，或許於孤獨的青少年時期既已茁壯起來。他在少年時期便具有敏銳豐富的感性，而且成長期間沒有受到挫折，實在令人驚異。但不可否認的是，他在聲名鵲起的青年時期，也很陶醉與享受這種感性充沛的氛圍。儘管他自承不喜歡〈化妝與口哨〉這樣的作品，但其文章流動著節奏與律動，散發出細膩的感性。

他的感性發揮著巨大的作用，又沒有因此流於虛無的深淵。因為強大的理性可以建構世界，但是感性愈是豐富多姿，他就不得不把世界的混亂納入自己的生活裡，這就是他受難的姿態。

6 日本俳聖松尾芭蕉（一六四四～一六九四）結束了奧州之旅後的翌年（一六九〇），暫住於現今滋賀縣大津市義仲寺的無名庵約四個月，並且將這段日子的生活與感想寫成了《幻住庵記》。此處作者三島由紀夫寫作「菴」，但一般資料皆作「庵」字。

7 意指聲明或宣言。

這時候如果感性向理性求援，又將是什麼樣的局面呢？理性將給感性帶來邏輯和理論，於是感性就會被理論拖入困境，總之就是把作者打入地獄裡。川端先生對自己的作品〈禽獸〉評價不高，正是因為他陷在這種地獄的狀態。〈禽獸〉這篇作品，充滿理性的光芒。橫光利一似乎正是受到此作品的啟發而寫出〈機械〉的，但之後川端先生決然與此理性背道而馳，反倒是橫光先生逐漸邁向探求理性的地獄裡。

我覺得川端先生在這時期已經形成自己的文學信念。我這樣比較或許稍顯唐突，如同十八世紀的法國畫家安東尼．華鐸有其堅定的藝術觀。他們同樣堅信，所有的情感、感性、感官，都應該遵循各自的法則順勢而行，直到止息的那一天，其間絕不允許外力入侵破壞。換句話說，就算有來自地獄暴風吹襲，你都必須深信那條繫在虛無巨洞前的絲線能夠挺住，不會斷裂。這種時候若換成是大理石雕刻，恐怕就倒下了。

在我看來，川端先生既不強求於人，也不勉強自己，這就是他處世的態度。儘管如此，他也提醒自己在不要受到外界的影響與干擾下，抱著輕鬆自在的心態與外界交流應酬。……其實，有時候樂觀主義呈現出來的樣貌會蒙上些許陰影，縱使不能論斷川端先生和安東尼．華鐸的作品等同於愉悅的藝術，想必也相去不遠吧。

最重要的是，作家必須蔑視自己的生活，因為你若太看重自己的生活，就將失去那份從容與自在。當你保有這樣的自在，卻開始在乎生活的所有細節，並試圖建立秩序或加以破壞，你的作品便開始受到制約。從這個觀點來看，說句苛刻的話，川端先生真是個處世精明的人！

說到這裡，已經無須贅言，川端先生選擇成為一位不具獨特文體的小說家，可以歸咎於宿命，至於他不願意對世界做出解釋，很可能並非僅僅只是不想，而是他主動放棄了這個解釋權。

對於將自己封閉在抽象觀念的城堡的人來看，川端先生的生活態度宛如一隻在虛無的海上飄飛的蝴蝶。不過，誰敢肯定另一種生活態度更為安全呢？

前已述及，有人懷疑川端先生是否向來享受孤獨？凡事抱持猜忌的態度？不信任人性？這全是些負面的傳言而已。他的作品處處顯露出對生命的讚揚，連著名女性小說家岡本可能子都對他的作品為之傾倒呢。

然而，對於川端先生來說，所謂的生命等同於感官。他作品中透顯出的情慾色彩，看似刻意而為的，但這正是其魅力不減的原因。我曾聽過中村真一郎先生對此提出趣味橫生的譬喻：「最近，我一口氣讀了許多川端先生的少女小說，居然寫得如此情色露骨，真是厲害啊！比起他的純文學小說，他更擅長描寫情色文學。這類小說恐怕兒童不宜吧。雖說大家都很放心讓孩子閱讀川端先生的少女小說，可我覺得讓小孩讀這種玩意兒，早晚要出事的。」

成年人閱讀這些情色的描述當然不成問題，我認為這是中村先生故意以誇張的方式來讚美川端先生的作品，這種說法反而引起我更大的興趣。

有關川端先生的情色書寫，與其說是他展現自身感官的方法，不如說他尊重感官生命的呈顯，絕不教條強說道理，而是不斷地探觸，或者試著探觸這個領域。從真正的意義上說，情色書寫的機理在於，它永遠也無法碰觸到所描寫的對象，也就是生命。川端先生之所以喜好描寫處女，正是基於處女獨特的機理：唯有處女是永遠不可碰觸的，一旦處女受到了姦犯，她就不再是處女了。在此，我很想針對作家與其描寫的對象之間——亦即書寫的主體與其書寫的作品之間——永恆的關係大加探討，可惜篇幅有限，只得就此打住。

如果讓我粗略地概括，我認為川端先生把感官視同生命讚揚，於此同時，又不忽略理性的作用。他知道生命是可以禮讚的，但在碰觸到生命的本質之後，最終將會啟動破壞性的力量。然而，他那些猶如一條絲線、一隻蝴蝶般的藝術作品，不論理性的或感官的，都不會受到任何破壞，而是像得到太陽輝照的月亮一樣，沐浴著幸福的光芒，不斷地揮灑清光。

我記得二戰結束以後，川端先生曾經這樣說道：「從今以後，我只能描寫日本的悲哀，只能歌頌日本之美了。」這句話宛如悠揚的笛聲，深深地掠過我的心坎。

在後台休息室裡寫下的戲劇論

理想的劇場已死

福特萬格勒[1]的文章在近幾期的《藝術新潮》上連載，其中有一段話深深地震撼了我。福特萬格勒的文章並不難懂，也沒有悖論式的論述，更沒有什麼獨創的見解，通篇皆為淺明的常理。但就是如此淺顯易懂的一段話，帶給我極大的震撼。那段文字提到，尼采曾經無比敬愛華格納[2]，後來卻對華格納感到失望，並出書批判昔日摯友[3]。關於這起事件，福特萬格勒下了這段評釋：

「**這件事應當歸因於**華格納是一位藝術家，不是理想主義者，但是尼采卻是一位理想主義者，所以才對華格納失望了。」

強調的標記是我加上的。震撼了我的，就是這幾個再淺顯不過的文字——「**這件事應當歸因於**」。事實上，「這件事應當歸因於」正是日本面臨的嚴重問題。在日本，至少在江戶時代，「因為是藝術家，所以不是理想主義者」的命題是真理；但是嚴格說來，江戶時代根本不存在所謂的現代藝術家和現代理想主義，所以這個命題其實不成立。那麼到了明治時代以後，情況有什麼變化嗎？「因為是藝術家，所以是理想主義者」的觀點被一再論述，反倒是「因為是藝術家，所以不是理想主義者」的命題，直到今天，聽起來仍舊不合邏輯。但是福特萬格勒寫得那麼理直氣壯，想必鮮少有日本人不會揉揉眼睛，懷疑自己看錯了吧。

我們新劇[4]界，可以說很早就把現代日本文化藝術家，與「因為是藝術家，所以是理想主義者」這個反福特萬格勒的命題牢牢地綑綁在一起。這雖然沿襲明治維新時代的見解，但是今日的劇作家和評論家身為話劇的指導者，彷彿仗著自己精擅某種外語、飽讀西洋書籍，成天懷著滿腔的怒火，拎著熾烈的否定，不斷發表對傳統藝術的不滿，總是宗奉祖述外國的戲劇理論和演技理論，逢迎諂媚時下的青年男女。

每當我想起已故的加藤道夫[5]先生的一生，總會思考他當時面臨的這種環境。儘管常被凡夫俗子之論所傷，但身為劇作家，他根本無暇理睬步步進逼的世俗之見。或許連他自己也沒有察覺到，真正緊追不捨、重重傷害了他的，其實是我前述提到的新劇界的風潮。他精通外語，讀了太多國外的戲劇，又擁有一顆如少女般純真的良心，戒慎恐懼地勉勵自己一定要成為一位

---

1 Wilhelm Furtwängler（一八八六～一九五四），德國指揮家與作曲家，曾任柏林愛樂的音樂總監，極具權威。

2 Wilhelm Richard Wagner（一八一三～一八八三），德國作曲家與劇作家，歐洲樂壇的重要人物，屬於浪漫主義派的音樂家，重要作品包括《尼伯龍根的指環》、《崔斯坦與伊索德》、《紐倫堡的名歌手》、《帕西法爾》、《漂泊的荷蘭人》等。

3 尼采曾於一八八八年出版一本頁數不多的著作《華格納事件》（*Der Fall Wagner*），副標題為「一個音樂家的問題」，在書中嚴詞批評從前的好友華格納與其音樂流派。此事在文壇與樂壇掀起了一陣風暴。

4 明治末期以後，受到西歐現代戲劇影響而興起的話劇，與傳統的歌舞伎和新派劇不同。

5 （一九一八～一九五三），日本劇作家，妻子為知名演員加藤治子。後文提到的《襤褸與寶石》為其於一九五二年出版的著作。與三島由紀夫因戲劇同好而結為好友，本文發表於他因精神耗弱而在自宅書齋自盡離世的四年後。

理想家。他刻意標榜大眾娛樂的《襤褸與寶石》，可惜沒能帶來歡樂，反而揭露了他內心的悲痛！他摒棄了身為理想主義者必須承擔的藝術家義務，全心全意追尋「理想的劇場」，但是哪裡也找不著他心目中的完美劇場，竟然淪至逃無去路。他的作品在舞台上演之後，又帶來了更大的打擊，到最後不得不採取自殺的手段。直到這時候，這位溫柔的詩人終於得以踏上旅程，前往「理想的劇場存在的國度」了。

華格納率先打造了理想的劇場。世上再沒有其他藝術家，能夠實現同樣規模龐大的事業了。他的成就，不僅萊因哈德・格林[6]遠遠不及，就連賽爾戈・佳吉列夫[7]也沒能達到。但是依照福特萬格勒的講法，華格納之所以能夠實現接近理想的劇場，理由應該在於他是一位藝術家，而不是理想主義者。一位非理想主義者打造的劇場，即便符合理想劇場的客觀要件，但看在他自己眼裡，是否吻合心目中的完美劇場，相當值得存疑。況且這個劇場還不是拿他自己的錢建造的，而是巧言說服闊老爺從口袋裡掏出大把鈔票，供他如流水般盡情花用的。除此之外，他還有另一項才華，就是讓世人深信他是個不折不扣的天才。看來，華格納雖是藝術家，但恐怕不是理想主義者，而應該稱得上是政治家了。

分析到這裡，我的理路開始有點混亂了。在這世上，實踐自己意志的方式，難道沒有超過兩種嗎？不論是藝術或政治，難道實現的方式只有唯一一種嗎？這就是藝術和政治勢同水火的理由嗎？就是因為這樣，注定遭到失敗的、注定義憤填膺的，總是理想主義者。

如此看來，華格納不同於加藤道夫先生，他心裡比誰都清楚：理想的劇場已死。所以，華格納才會建造了「理想的劇場」。或許當他親眼見證了這規模宏大的古代祭典劇作再次於舞台上演時，就像他亦友亦敵的尼采面容嚴肅地說出「上帝已死」，華格納的嘴角同樣浮現了一抹冷笑，囁囁說道「理想的劇場已死」。

每當我思索華格納其人其事之際，即便他的作品充滿了悲愴之氣，但我始終覺得他本人絕對不帶有一絲一毫的悲愴。原因可能是他生長在一個「因為是一位藝術家，所以不是理想主義者」的環境之中。那位歐洲的怪物式理想主義者、華格納的信徒、充滿悲愴之氣的維利耶·德·利爾-阿達姆，終究只能成為一位二流的藝術家。

所以，「理想的劇場」已經死了。這和「上帝已死」同樣千真萬確。既然上帝是人類發明出來的，同理可證，理想的劇場也是人類發明出來的。沒有任何人知道在很久以前，理想的劇場是否確實存在過。誰都沒有辦法證明。

劇作家不需要在心裡描繪一座「理想的劇場」。他只要為自己振筆疾書就夠了。我認為劇作和話劇運動應當互為仇敵關係，必須彼此切磋砥礪、精益求精才行。

6 Reinhard Goering（一八八七～一九三六），德國劇作家，屬於表現主義派，代表作包括《海戰》、《斯考特船長南極探險記》等。

7 Sergei Pavlovich Diaghilev（一八七二～一九二九），俄羅斯藝術家，美術雜誌《藝術世界》與俄羅斯芭蕾舞團（Ballets Russes）的創立人，擅長統籌製作與發掘人才，在音樂、戲劇、舞蹈、視覺藝術方面皆有極大的貢獻。

舞台配角的心態

我每天前往第一生命廳，站上舞台扮演工匠的小角色。我之所以不惜忍受台上台下的嘲笑，是為了以自己筆下某個角色的身分，體驗戲曲世界裡面的生活。我不但完成了這個多年來的心願，還得到了一個意外的收穫：那就是作為一個不重要的配角站在台上時，能夠近距離觀察到舞台上的奇景妙象。

擔任領銜主角和重要角色的演員們，從頭至尾光是全神貫注在自己的台詞上，已是心力交瘁，根本分身不暇。我站上舞台，在約莫三、四分鐘演出的時間中，只分派到講兩句台詞的機會，其他時間幾乎全程背對觀眾，閉上嘴巴，適時隨意擺幾個動作就算交差了。整齣話劇宛如一場受邀參加的晚會，閒來無事的配角可以抱著竊喜的心態，冷眼旁觀舞台上的林林總總。

很久以前，我曾經批評過日本的聲樂合唱團有失禮儀，如今自己站在近似於合唱團的其中一個位置上，終於明白為何會出現那樣的舉止了。因為整齣話戲彷彿從身旁呼嘯而過，自己和這齣話劇之間的連結僅僅只有兩次機會、兩個小小的交會點而已。

由觀眾看來，舞台上的戲劇是一整個綜合體，這也是戲劇在觀眾眼中應當呈現的樣貌；但是對參與的演員來說，這齣戲劇卻像一頭橫衝直撞的透明怪獸，把人們捲入它的暴風圈裡，隨著它忽東忽西地到處轉。某甲講完台詞換某乙，某乙講完台詞再換某丙。這部戲的焦點，就在台詞的傳接中不停地變動移轉，在各個角色之間輪替交棒，有時還會飛到舞台的布景外面，再從窗戶撲了進來。在這段時間當中，演員必須自我堅持，卯足全力，否則這個虛構的角色就會立刻瓦解無蹤了。

對了，我恰巧提到了演員的自我堅持。一般認為，能夠讓演員堅持到底的是演員自身對於自我認知的重組心態，實際上，唯一的關鍵是外在性自我定位的確定，亦即其肉體的堅持，而這正是演員藝術特色的樞紐所在。關於這點，我已寫在前作〈小說家的休日時光〉裡面了[8]。

至於配角，由於演出的份量不足，沒能在戲中充分發揮，使得他的內在能量無法徹底釋放後再徹底充電。於是，從能夠由戲裡獲得充分能量的主角，乃至於幾乎沒有獲得能量的配角，不同角色由這部戲裡得到不同程度的能量。如果把這部戲比喻成一幅畫，那麼主角是近景，配角是遠景。假使化身為畫中人物進到這幅畫裡，入山走水，來到遠景的前方，就會發現它的濃淡其實和近景毫無二致。倘若能夠巧妙地呈現這種連續性，就能增加戲劇的豐厚度，也能夠象徵與暗示戲外的人生。換句話說，配角是人生（這裡說的當然是自己扮演的那個角色的人生）和這部戲的交會點，他的所在位置，正是這幅風景畫所象徵的世界、這部戲所暗示的人生的終極地點。於此同時，他掌握了從人生的觀點欣賞這部戲的權利。只要想成是戲中戲裡的觀眾角色，就能明白我現在描述的情況了。

這位配角以局外人的眼光，窺視著這部自己參與的戲劇。這部戲正狠狠地咬著女主角不

8 詳見本書〈小說家的休日時光〉七月十日的日記。

放。啊，這個瞬間可是最精采的高潮！不過，即便眼看著慘劇發生，我們依然必須冷漠地置身事外，絕不能出手援救。關於這樁事件的發生，我們這些配角因而得以完全免除倫理上的義務。可是，假如類似的事件發生在真實的人生當中呢？有個孩子就在我們面前掉進河裡，眼看著就要淹死了。具有社會性強制力的倫理觀念加諸於我們這些目睹者的身上，每一個人都被賦予重要的職責，也就是非得扮演救起孩子的角色不可。我們焦急萬分。我們不被允許好整以暇地等到飾演「救起孩子的角色」的演員從圍觀的人牆外衝奔進來。

那麼，真實的人生又是在什麼時刻介入戲劇之中的呢？那就是當演員忘詞、弄錯台詞的順序，或是錯失了接詞的時機，也就是所謂「開天窗」的剎那。觀眾對這種時刻非常敏感。比方當演員正情感流露地訴說一段自我情緒的剖白，突然間，他迸出了一句像念稿似的生硬台詞——那就是演員險些忘詞，在千鈞一髮之際想了起來趕忙接下去的時刻，但這一剎那絕逃不過觀眾犀利的法眼。因為這時候，不是舞台上的人生，而是來自真實人生的一股寒風，陡然從這扇小天窗吹灌了進來。剛剛由於忘詞而差點出糗的演員，此刻的尷尬是他真實人生裡的情緒反應。戲演到一半開天窗，這是人生中難得遇上一次的罕見情況，這時候其他演員必須靠著真實人生裡必備的機敏反應、必須靠著臨機應變的能力，立刻化解這項危機才行。並且救援者在採取這種緊急應變措施時，一定要在舞台上的戲劇心態制約之下，抽離真實人生的心態，冷靜地完成救援任務。

在觀眾的眼中，舞台就像一個客廳。觀眾只在覺得無聊的時候，才會感到時間的漫長；可是對演員來說，舞台等同於時間。當他們站在舞台上時，時間飛也似地流逝，就像小河裡成群游動的青鱂魚。魚群一起掉頭游了過來，倏然又一齊扭身游走了，就這麼奮力不懈地在配角的眼前游來游去。

然而，我們配角始終堅持一貫的立場：

「別嫌我們冷淡。我們只是覺得沒必要涉水入河，濕了自己的腳哪！」

左膝上的小傷疤

《鹿鳴館》[9]裡有一段劇情是母子相認。排演的時候，飾演朝子的杉村春子[10]女士告訴闊別二十年的兒子久雄（仲谷昇[11]君飾演）：「我知道你左邊膝蓋上有一道小傷疤。那是你很小的時

9 三島由紀夫創作的四幕戲曲，亦是多次上演的代表作之一，背景是在明治時代新落成的接待外賓會館鹿鳴館舉辦的一場晚會中，一群貴族間的權謀、愛憎與親情的故事。該劇於一九五六年刊載於《文學界》雜誌的十二月號，翌年發行單行本。這部舞台劇為文學座劇團創立二十週年的紀念作品，於一九五六年演出，分別是十一月二十七日至十二月九日在東京第一生命廳、十二月十二至十七日於大阪每日會館、十二月十八日在神戶國際會館、十二月二十至二十一日在京都彌榮會館。

10（一九〇六～一九九七），日本演員，在新劇界中擁有舉足輕重的地位，知名作品有舞台劇《女人的一生》、《鹿鳴館》等，以及電影《東京物語》、《晚菊》等。在文中提到的《鹿鳴館》裡飾演影山朝子伯爵夫人。

11（一九二九～二〇〇六），日本演員，與舞台劇、電影、電視等領域均十分活躍，重要作品包括電影《獵人日記》、

候，在地上爬著爬著，不小心被剪刀劃傷的疤痕。」這段過程的問題出在劇中兒子的膝蓋上。起初仲谷君即使聽到杉村女士提及傷疤的事，仍然從頭至尾都沒有往自己的膝蓋看上一眼，更別提伸手撫摸膝蓋，只專心一意地聆聽對方的台詞。這在新劇界是理當如此的表演技法。

可是，一旁的中村伸郎[12]先生看到這樣的表演方式後，說道：「這一段如果由已故的鴈治郎[13]來演，想必不是這麼個輕描淡寫的演法……」語畢，他模仿給大家看：身體猛然後仰，做出浮誇的吃驚動作，於此同時，手掌先是抓住膝蓋，接著刻意滑落到地面，勉強撐住自己搖搖欲墜的身軀。

「不過，就算不必做到把手擱到自己膝頭的地步，至少可以往那邊瞥一眼吧。」他又補充說道，而這也成為眾人達成的共識。後來，仲谷君就按照這種方式表演，遇上非常入戲的時候，他也會不由自主地伸手撫摸膝蓋。

這件小事，其實反映出新劇演技的本質問題。首先，新劇的劇本鮮少出現母子相認的場面，遑論上演還得靠兒子的膝蓋傷疤當成母子血緣證明的那種大時代的倫理劇。因此，在新劇界裡，平常根本不會碰上這種情況，只是不巧拙作惹出了這麼個教人頭疼的麻煩。在田中千禾夫[14]先生的戲劇《阿三和梨枝》中，梨枝的台詞充滿著舊時戲劇的風韻，而那樣的台詞出現在舞台上，為的是達到諷刺的效果。像拙作這樣，不是為了諷刺，卻安排這種情節和台詞，這樣的例子在歌舞伎裡雖然不勝枚舉，但在新劇中可說是絕無僅有。

談到這裡，不可避免地必須觸及演技類別的問題，解決方案之一是這樣的：「在任何狀況之下，先考慮情緒反應的是新劇，講求套路演法的是舊劇，因此只要以情緒為優先考量，就算編排成特定的套路，也不會顯得不自然。」毫無疑問地，這是正確的論述；儘管是正確的論述，但卻沒有正面回答關於新劇裡的戲曲，同樣存在嚴格要求演技必須做到相對應的表情動作的問題。

我認為新劇界太不注重這個問題了。不單是那個鹿鳴館最輝煌的時代，舉凡我們過去的每一個時代，當日常生活中面臨某些狀況時，確實都有不成文的應對觀念。從前，比方各個時節的問候寒暄、遇到吉凶禍福時的客套話，全都有制式的致意語言，使我們心裡感到踏實，與人交際時不致於手足無措。然而時至今日，只剩下花柳界和演藝圈的人士還講究這套老規矩了。

《砂上的植物群》、《放浪記》等，電視劇《勝海舟》、《虹的設計》等，以及舞台劇《夜叉池》、《十二夜》等。在文中提到的《鹿鳴館》裡飾演清原久雄。

12（一九〇八～一九九一），日本演員，與舞台劇、電影、電視等領域均十分活躍，重要作品包括舞台劇《鹿鳴館》、《遍歷諸國的兩位騎士》、《朱雀家滅亡》等，電影《秋日和》、《秋刀魚的滋味》等、以及電視劇《白色巨塔》等。在文中提到的《鹿鳴館》裡飾演影山悠敏伯爵。

13 中村鴈治郎，歌舞伎演員師徒歷代相傳的藝名，目前已傳承四代。簡稱「鴈治郎」通常指第一代（本名林玉太郎，一八六〇～一九三五），為歌舞伎界的名角。

14（一九〇五～一九九五），日本劇作家，法國文學研究家，代表作包括《雲涯》、《教育》、《瑪麗亞的頭》等。後文提到的戲劇《阿三與梨枝》收錄於《田中千禾夫戲曲全集第二卷》，並由俳優座劇團於一九五五年四月九至十九日，在東京俳優座劇場演出。

在過去的時代和社會中，即便發生突如其來的事件或悲劇，不成文的應對觀念會在第一時間把內心的真實感受圍裹起來，並且透過相對應的表情動作，成為自身情感的慰藉。感傷主義這個語詞，源自於英國十八世紀文學一時蔚為流行的「感傷之旅」。如同法國為投大眾所好而必須走向犬儒主義，英國當時的社會也需要感傷主義的過渡。至於我們日本人的眼淚，毫無疑問地同樣屬於情感的對應動作。芥川龍之介的短篇小說《手帕》[15]對此有相當卓越的考察。

關於新劇表演技法的由來，可說是從現代生活打破了過去社會的傳統情感類型之後誕生的。比方痛哭流涕的表演形式，在能劇中只有一種名為「涕泗縱橫」的表演技法，但是在現代生活中，會再加入個人的色彩，也就是所謂的個性，等於賦予無限多種微妙差異的變項。劇中人物A在表演傷心的時候，會主動採取不同於B的方式。由於情感的反應有無限多種，表演的方式因而也有無限多種，絕不會有任何一種情感的表現是A和B兩人一模一樣的。心理主義的表演技法，就是這樣產生的。

今天，大家都知道新劇的表演技法建立在完全揚棄歌舞伎和新派的基礎之上。歌舞伎和新派講究特定的表演方式，這種套路技法本身，來自於過去觀眾所處社會的情感類型，使得觀眾能夠從對這種套路技法的共鳴，萌生出對這部戲的共鳴，所以演員只需要完美呈現這些套路技法就夠了，何況觀眾也沒有辦法從這種套路技法以外，亦即既定的情感類型以外的表演，得到感動。如此一來，戲劇本身沒有追求進步的動力，也沒有辦法脫離觀眾既定的嗜好和生活中的情感。這不單因為其屬性是商業戲劇，更由於這種表演技法的特色最適合商業戲劇。

可是新劇當然不能比照這種方式表演。扮演朝子的兒子那位演員，無論如何都不能用瞠目結舌、一隻手從膝蓋上滑落到地面的表情動作演出。且不論這個，更重要的問題還在後面。

在新劇中，主導與制約舞台和觀眾間情感交流的，不該是特定的表演技法，而應當是戲曲的文體。讓觀眾自我覺醒、將觀眾從既定的生活情感中喚醒的，正是戲曲的文體。可以說，新劇的觀眾不是為了更加熟悉套路式的表演而來，是為了自我覺醒而來。

但是，假如舞台和觀眾之間沒有公分母，恐怕就無法達到喚醒的目標了。《秋月茶室》[16]的日本的首映會，一連串冗長的英語對白使得觀眾臉上出現茫然若失的神情，已經足以說明此兩者缺乏公分母的結果了。若要問那是什麼，答案是語言。無須贅言，不論新劇是否為單純的話劇，觀眾和舞台之間的連結不是靠套路式的演技，而是依憑語言，也就是日語，把兩者串連起來。這時候，語言本身也成為戲劇的其中一種特色了。

屬於文學類別之一的戲曲，在日語這個公分母的基礎上，透過語言的特色創造出各式各樣的變化，以不特定的新鮮特色，呈現文體的樣態。至於沒有文體的戲曲，就只能從舞台和觀眾之間熟悉的既定生活情感中產生了。為了消弭那股熟悉感，必須由具有特色的文體介入。以嚴

---

15 芥川龍之介（一八九二～一九二七），日本小說家，代表作包括《地獄變》、《竹林中》、《鼻》、《羅生門》等。此處提到的短篇小說《手帕》是一九一六年的作品。

16 *The Teahouse of the August Moon*，一九五六年上映的美國喜劇電影，描繪二戰結束後美軍進駐日本沖繩島時發生的故事，片中由知名演員馬龍．白蘭度飾演的日本人巧妙利用東西文化衝突從中牟利。

格的定義來說，不具文體的戲曲，形同虛物。

所以，我的結論是，表演技法不但必須具備咀嚼戲曲的能力，還要能夠掌握文體。「左膝上的小傷疤」雖是文體帶來的一個問題，但是它的答案，同樣也只能從文體之中找到。身為作者的我是這麼認為的。

演員與真實人生

維利耶・德・利爾-阿達姆在〈渴望成為人類〉[17]裡對演員心態的深刻諷刺，使這部短篇小說成為永傳後世的經典之作。故事是這樣的：一天深夜，知名的悲劇演員蒙納度威下戲返家的路上，在某個街角的鏡子裡，赫然望見自己可怕的蒼老面容，不由得想到自己一輩子說的都是別人寫好的台詞，始終活在別人賦予的情感裡，他頓時感到愕然，於是下定決心，「我非要變成人類不可！在死之前，至少要嘗過一次真正活著的感受！」為了得到最能體會生而為人的情感，他選擇的是「懊悔」。他偷偷縱火，沒有任何理由，就這麼犯下了滔天大罪，然後躲到偏僻的燈塔裡引頸期待，「這樣就可以體會到真正的情感、真正的懊悔了。等這種感受出現時，我應該就能夠成為人類了吧？」可是他等了又等，卻遲遲沒有等來懊悔的感受。不久之後，他死了，終究沒有領悟到那求之不得的情感，其實就在自己身上。

——除了這一篇之外，我還喜歡森鷗外的〈一百個故事〉[18]，這兩部短篇小說堪稱雙璧。

森鷗外的寫法雖然向來由外而內，而維利耶・德・利爾–阿達姆則是由內而外，但是這兩個故事同樣都是自我異化的結果，生似亡魂，活如行屍。

如同研究鐳的學者，或多或少都會受到鐳放射線的傷害；身為人類卻要介入人生的藝術家，或多或少也會遭到人生反撲的報復。

鐳本就不該是由人類操控的物體，因此在操作的過程中伴隨著危險性，結果就是人類的肉體遭殃。

人的內心原本也不該是親自碰觸的領域，因此在接觸的過程中伴隨著危險性，結果就是心靈受到自身的戕害，到最後身活心死，猶如一條亡魂。負責操作鐳放射線的人員對於醫療或其他目的做出貢獻，但是自己卻會受到傷害，同樣的道理，讓人生和人心變得美麗的藝術家，也會在不知不覺中受到可怕的傷害。假如沒有受到一點一滴毒素的侵害，這種人不配稱為藝術家。

再沒有像演員這樣，日日夜夜暴露在這種危險毒素之中的職業了（雖然也有些健康的演員，完全不會受到這種毒素的入侵就是了）。這種充滿風險的職業，人生和藝術的分界往往是曖昧不明的；這種危機四伏的職業，演員的情感從舞台上移轉到後台休息室裡，再從後台休息室裡移轉至真實生活中，到底什麼階段屬於真實人生、什麼階段屬於演戲，根本沒有辦法辨

17 *Le Désir d'être un homme*，收錄於維利耶・德・利爾–阿達姆一八八三年的短篇小說集《殘酷故事》（*Contes cruels*）。

18 發表於一九一一年十月號的《中央公論》。

別。實際上，演對手戲的演員對他講的台詞，和真實人生中的人物說的話似乎具有同樣的比重；而他的情感也在不自覺之中，奇妙地產生了與真實人生中具有同樣比重、甚至超過比重的強烈反應。……可是這些危險，不單發生在演員身上，其實在小說家、詩人、劇作家的身上，也潛藏著同樣的危機。維利耶・德・利爾-阿達姆的小說，嘲諷的正是藝術家們的宿命。

日本的新劇演員為了謀生，下了戲以後，還要窩進廣播電台錄音室那令人極度厭惡的機械式密室，同樣繼續講述別人寫好的台詞到深夜時分，有時甚至要熬到天亮，直到嗓子啞了為止。他們不是去錄廣播劇，就是晚上去拍電影。那些同樣都是可怕的人工作業。

待得他們好不容易抽出空來，一群演員又聚在酒館裡，把難得的閒暇時間耗在漫無結論的戲劇談議上。

誰也不覺得這樣的生活美好。誰都不想過這種日子。可是他們深受集團藝術著迷，如果不和一群人湊在一塊就覺得惶惶不安。倘若得了個空檔，就得用香菸的菸氣和熱烈的討論，把這個洞填補起來。

在這裡，幾乎看不到對於真實人生強烈的渴望；幾乎看不到他們想從只打造了表面的大型道具、令人目眩的腳燈，還有在舞台側旁等待出場的心跳加速……，這一連串的事物中逃走的欲望。我不認為這樣叫作身心健全的狀態。

我的意思不是要新劇演員們在結束最後一場表演的隔天背起背包，在箱根的觀光道路上健行，身邊不時有歌舞伎名角們搭乘的高級轎車疾駛而過。年輕的新劇演員們反倒應該從眾人的聚聊中悄悄退下，一溜煙地跑去和女人纏綿，這樣才好。我的意思不是勸導年輕人要累積人生經驗的那種陳腔舊詞，而是指真真實實的人生、有表面也有內面的物象、不是紙老虎般的堅固物體，……像這樣實際的存在，如果沒有表現出對自身的渴望，可就讓人百思不解了。

演員必須一次又一次從 scheinen（看起來像是）的世界散發的蠱惑中逃出來，回到 sein（實際存在）的世界，回到這個沒有觀眾的目光、只要自身存在就足夠的世界裡。縱使如此，scheinen 的世界散發的魅惑，占據著社會生活中各種魅惑的絕大部分。社會生活與真實人生相輔相成的部分，的確少之又少。只要達到「看起來像是」就及格的標準，不只適用在戲劇裡。長者要有長者的風範，孩童要有孩童的純真，高官要有高官的威嚴，乞丐要有乞丐的卑微，這是社會生活的首要公約。舞台便是將社會生活的這項功能，予以強調和藝術化。觀眾為了尋求「某種應有的樣貌」而來到了劇場，演員為了體現「某種應有的樣貌」而竭盡全力。由於社會生活中的「某種應有的樣貌」，通常都以馬馬虎虎的妥協收場，因此觀眾向舞台投去希冀的眼神，盼望從那稍縱即逝的光線和樂音中，發現真正的、堪稱典範的「某種應有的樣貌」。遺憾的是，就在落幕的那一刻，舞台上堪稱典範的「某種應有的樣貌」就死了，演員和觀眾也就這麼被遺留在一個不完整的「某種應有的樣貌」的世界裡了。話說回來，即便只有短短的剎那，當觀眾看到真正的「某種應有的樣貌」時眼中閃爍著如夢似幻的光芒，這種喜悅足以讓演員飄飄欲仙，永難忘懷。然而，危險的人生觀，就從這一刻啟動了。那是一種 scheinen 的人生觀，那是一種只因為體現了某種完美的「看起來像是」，就認為人生的況味已到了終點的人生觀。

演員講究衣著，軍人重視軍服，世上再沒有比演員和軍人更酷愛勳章的族群了。

當演員下了舞台以後，應該趕快奔向物的世界，在那裡找回人性，否則就會像維利耶．德．利爾-阿達姆小說裡的主人公那樣，還來不及察覺自己就是物自身[19]，已經走完了一生。演員應該從人工照明下的情感波動與對話中，加快腳步逃離，逃回一個沒有情感也沒有對話的世界裡。

不知道各位能否了解，當我在談真實的人生、談物的世界、談一個沒有情感也沒有對話的世界的時候，其實是在影射某種境界？換句話說，我在講的是一個感官沒有得到昇華、感官能夠自我滿足的世界，就是藝術家的精神原鄉。當感官在舞台上達到虛偽的極致，享受著被看到的滿足時，也就是鐳放射線釋放毒性最強大的狀態。遇上這種時候，小說家還能從自己筆下的作品世界裡立刻被一腳踢出來，算是不幸中的大幸；可是像演員藝術那樣，進入到一個全身上下都奉獻給感官假造出來的虛擬世界當中，就要面臨極大的危險了。得到觀眾的注目，成為他的感官能夠接受到外界刺激的必要條件。雖然孤獨一人，內心卻不停地翻攪沸騰，禁不住噴笑出聲——擁有這樣的感官特性，才是藝術家們最後的歸宿；然而，他們竟連這最後的棲身之所都失去了。聽說，影星詹姆士．梅森[20]家裡養了十二隻貓，陪他度過不拍片時的寧靜生活。

---

19 康德哲學中把本體稱為物自身（或譯物自體，das Ding an sich / thing-in-itself）。

20 James Mason（一九〇九～一九八四），生於英國的美國好萊塢演員，獲獎無數，知名作品包括《包法利夫人》、《北西北》、《沙漠之狐》、《大審判》等。

魔——現代性狀況的象徵性構圖

詩人或作家要了解現代性狀況時，往往不是透過分析，而是透過一幅象徵性構圖來理解，這和作夢有些類似。巧合的是，犯案人的心態也很相像。他們也和作家一樣，心中有一幅象徵性構圖，或者說他們深受某種妄想的困擾。但是，不同於作家，犯案人會突然在自己也說不出理由的情況下，藉由某種媒介，把心中這幅象徵性構圖拿到真實生活裡依樣呈現。

我從很久以前，就對隨機殺人魔的心理狀態抱有濃厚的興趣。這種人在晚上快速地騎著自行車，手持利刃刺傷正在走路的女性，緊接著頭也不回地趁著夜色逃離現場。在這一連串行動的表象之下隱含的意義，遠大於從「並不特殊的熱情」和「非做不可的心態」衍生出的犯行。將這些表象逐一列舉後，就成為一連串的行動，但是剔除必要的前置作業和必要的脫逃安排，可以看出這一切都是從刺傷人的瞬間，自然而然延長出來的表象。可是，這個表象不可以出自一時的衝動。必須先孕育一個思惟的胚胎，將這個胚胎孵化、培育，縝密地推演實現這個想法的可能性，直到終於執行完畢的剎那，其最初的思惟得以再度活化。這種犯罪實現的瞬間，無法得到如痴如醉的狂喜，而是在執行後確定已經實現了「最初的思惟」，於事後重溫這段記憶時嘗到的甜美感覺。所以他們在犯案後，必須擁有一段絕對孤獨的時間來反芻自己的犯行。就這點來說，犯案人可說是得天獨厚，因為最壞的狀況，也不過是到牢裡去慢慢回味罷了。

隨機殺人魔和完全不認識的女性，亦即陌生的存在，於刺傷的瞬間得到結合，這帶給他幾近戰慄的極高度性興奮。唯有在大都會裡，才能滿足這種表象所需的種種條件。在這股內心衝動的驅使下，他不自覺地於自己的內在建構了一幅現代性狀況的象徵性構圖，也就是他在不知不覺中，置身於一種文明所批判的觀點之中。換言之，在他看來，現代性狀況只不過是來自人性黑暗本源的衝動，在一定條件下產生的組合與寓言式的重現而已。

一旦完成了這幅構圖以後，他就此化身為現代性狀況，並且愈是與這幅構圖糾葛牽扯，他的行為便逐一化成其存在的型態，與現代問題的關連性愈強，從而建構出「隨機殺人魔」的思惟，並且藉由在現實中體現那個思惟（這種體現本身並不具有本質性），更加深化了最初的思惟、更加深刻地回到那個思惟之中，使他企望活在那種情境下的意欲，與我們創造出「現代」這個思惟的生活態度，愈來愈相似了。也就是說，這與我們所謂的病態性「解讀歷史」——創造出「現代」的思惟，藉由活在現代而再度返回那種思惟之內，並且在重歷其境的過程中發現生命的意義，愈來愈相似了。

這一刻，隨機殺人魔多麼地具有現代性啊！他所呈顯出來的現代性狀況的象徵性構圖，多麼地完美無缺啊！犯案人的絕對孤獨，與其渴望與對方合為一體以及渴望殺害對方的矛盾並存，進而在剎那間同時實現了與對方合為一體以及殺害對方的雙重意識，然後逃離現場……

更值得玩味的是，他根本無暇親眼確認傷人的結果，也沒有看一眼被害人的長相，只要在黑暗中遠遠地看到對方是個年輕女子就夠了。唯獨剎那間刀刃劃過的觸感，還留在他的掌心裡，恰似夜晚從原野道路疾駛而過的車輛前燈瞬間掃過了田埂，照得清晰透亮的野花一般。他連被害人的尖叫聲都沒有聽見，因為受到驚嚇的被害人在那一刻只吸了一口涼氣，還來不及感覺到受傷的痛楚。他的手連濺開的血沫都沒被噴上，因為那一切全是在他騎著自行車飛快地逃向深夜的遠方之後才發生的。

這個犯案人真的參與了這樁犯行嗎？他算得上是當時在場的人嗎？他難道不是只是錯身而過嗎？透過這樁犯行，他確實體會到刀刃刺入肉體時的觸感，但是否這樣就得以親手掌握到現實，的確值得存疑。比起他確實掌握住現實、嘗到刺入的真實感受，毋寧說他故意選擇了最接近位於夢境與現實分界上的思惟、最接近這種思惟的現實形態的真實感受，來得更為貼切。果若如此，他刺入的對象究竟是什麼？答案是他者，但卻連正統的性興奮必要條件的他者都稱不上。說來矛盾，在未知的自己遇到陌生的女性這個思惟當中，儘管出現了明確的「他者」，可是在刺傷對方的剎那，這個夢境就自我否定了。那既不是活生生肉體的總和，也不是依偎過來的會動的肉體，說起來連與他具有同等資格的存在都算不上，頂多是夜裡快步經過路邊的一叢雜草罷了。他內在孕育成形的一個思惟，揮刀砍向了女人，不，應該說是另一個名為「女人」的思惟。就在這一切逃離了思惟的領域，變形成現實中一個痛苦掙扎流著血的女子的剎那，他早已不在現場，逃得遠遠的了。

於是，隨機殺人魔在那個擦身而過的瞬間，揮刀砍向的不是人類，而是名為「人類」的思惟。諷刺的是，那種思惟的形成，不是來自他的內在衝動，毫無疑問的是由人文主義文化孕育而成的。可以說，他巧妙地一刀砍中了整個人文主義文化。當刀刃白光一閃的瞬間，他與想望已久的「罪」接吻了，但這不必是道德上、宗教上的罪業，只要是法律上的罪行就夠了，因為法律上的罪行可以呈現出代表社會規律的人文主義文化。

他一溜煙地逃向深夜的彼方。他必須躲避犯下罪行的事實，到一個安全的場所，把自己的罪愆思惟孵育得更加生氣勃勃。他親手同時完成了兩件事：一方面證明了與人合為一體是可以達成的假說，一方面又在最後否定了前述的假說。結果是，一切都在他那絕對孤獨的自我驗證下結束了——這當然是他從一開始就已經設定的結局。

如此這般，隨機殺人魔成功了！剩下的是警察的工作了。

正如開篇敘述過的，並非只有犯案人的內心擁有一幅現代性狀況的象徵性構圖，詩人和作家的心中也藏有一幅幅這樣的構圖。不過，大家都沒有發現，其實在社會上，一般人的心裡也普遍都有這種構圖，只是不以犯罪或藝術的型態存在而已。

在這裡，我又要推演出同樣帶有黑暗色彩的另一幅象徵性構圖了。那幅圖應該被稱為死亡的挫折。那是與隨機殺人魔完全相反的另一種魔。這種人高聲疾呼，央求人們快來殺他，但連他自己都不知道這麼做的意義何在。

他渴望接受公開釘刑，他渴望在戲劇性的狀況下被殺，他渴望這一切沒能得到的滿足。這樣的渴望在五花八門的社會現象下赤裸裸地盡皆顯現，只是因為隨處可見，人們反而沒有留意到。

心懷不滿的年輕受薪階級，一方面渴望成為董事長，但又忍不住在心中勾勒著自己死於英雄壯舉的青年影像。這是與腆著肥肚、患有高血壓的人永遠無緣的死法，這是一樁死亡將會換來瘋狂祝福與大肆慶祝的事態。這種死法在過去那個征戰連年的時代具有可能性，但在今天社會四周遍尋也找不到可以成真的機率。為了使壯烈成仁不致淪為招人嗤笑，需要的難道不是區區一己之力，而是足以摧毀整個社會的強大力量嗎？

於是，他把現代性狀況形塑成這樣的構圖。他要求一種戲劇性且轟轟烈烈的死法。如果他為的是生存，那麼社會大可繼續對他漠不關心，然而他若採取這樣的死法，社會將無可避免地付出諸多犧牲的代價。這幅構圖和隨機殺人魔的相較之下，顯得更為抽象，不過因為一切都還停留在空想的階段，狀似抽象也是在所難免的。放眼東京，那些帶女人投宿旅館的男人，誰不曾幻想過自己是在壯烈成仁的前夕最後一次與女人燕好呢？

「我要毀滅了！所以世界應該在我之前毀滅！」這個論述如果用於求生的藉口，很容易就轉變成「如果世界不會毀滅，那麼我也不可以毀滅」的嗟嘆。儘管都是以死亡為前提的論述，但是前者的「死亡」卻和後者的「不可以死亡」唇齒相依。因為前者是選擇、憧憬一種特製的美麗死法，除了這種可能性最微薄的死法以外，拒絕其他一切死法。

我把這種思惟取名為死亡的權力意志，在這種思惟中，必定可以看到發展成「吾若是，天下亦若是」如此大規模論述的現代性狀況的象徵性構圖。因為生存的權力意志，受到猶如布下天羅地網的社會機構的規範，絕對不可能發展成這種「不管三七二十一」的論述。

死亡的權力意志建構在夢想之中，穩坐於不可能之上。它與殉道者之死、間諜的處刑、被追緝的叛徒的自決有關。這些都是歷史上才剛發生過的事，雖然在地球上的其他國家直到今天依然真實上演，唯獨不會發生在我們的身邊。可是這種人絕對沒有辦法像隨機殺人魔那樣，透過一把到處可見的刀子白光一閃，就直抵問題的核心。因為殺死他、或是強迫他自盡的刀刃，非得是「別人的刀刃」才行。那不是一把到處可見的刀子，而必須是一柄在戲劇性、政治性狀況下的火炬所照亮的充滿莊嚴的利刃才行。他也因此和隨機殺人魔不同，在渴望社會毀滅的當下又以社會為依歸，在否定他者的時刻又期盼著絕對他者。他對權力抱以希望，又對歷史懷有過多的期待。對某個人而言，那是對歷史的必然懷有過多的期待；但對另一個人來說，那是對歷史犯下歇斯底里的過錯懷有過多的期待，而衝突就是這樣發生的。必須注意到，無論是哪一種，都是來自於死亡的權力意志。他們的特徵，就是始終渴望逃離絕對的孤獨。

只要能在他的空想裡，注入非常微量的實現的或然率就夠了。就像往杯子的水裡滴入一滴紅墨水，這樣應該就能讓他擁有改變現實的力量了。只要賦予他被檢覈、被選擇、被登錄、被處刑的或然率，那種駭人的恩寵想必會讓他立刻陶醉不已。這時候，儘管把他扔到夜晚的街頭無妨。此時映入他眼簾的街頭，必定是一種從沒看過的樣貌。就連在熄了燈的百貨公司和銀行、已經打烊的電影院門前隨風翻飛的白色紙屑，到了他的眼裡，恐怕都成了在政治性、戲劇性狀況下的紙屑了。在這個夜晚，他體會到自己的身體完美地嵌進肉體性的感覺裡。在此之前，他分明從未感受過夜晚街頭有絲毫吸引力，但在這一瞬間，夜晚的街頭卻彷彿讓他突然找回了如冰冷魚肉般的新鮮，和本源性的快樂與恐懼。晦暗而濃厚的情緒溢滿在他的咽頭，他經過的每一個街角，都張大了充斥著殺意的嘴。那一晚，他所見到的夜，是真正的夜。

這裡欠缺的只是死刑執行人、犧牲的神社主祭，亦即「絕對他者」。這位「絕對他者」的現身，必須符合數不清的條件，在夢想著那些條件一項項吻合之際，他的心已不得不奔向世界革命或者世界滅亡的其中之一了。他要求嚴酷的法制，他要求徹底改革敷衍的社會構造，他要求恐怖政治，乃至於一個史上最恐怖的王國。

這個奉行信仰壯烈之美的王國，自我崇拜和英雄崇拜必然是一致的。為何現代社會認定此兩者相互背離，任憑百般努力仍被視為滑稽，原因就在於不存在「絕對他者」。所有的他者都是相對性的，甚至滲透到自我之內，而這就成為滑稽的根源了。

原來，在這一群特定的人組成的集團之中，性興奮的法則遇到了各種冒牌的他者。和女人在一起了，這是相對性的他者；擁有自己的家庭了，這也是相對性的他者。而自己內在的他者（這正是相對性他者的典型代表），與自己外在的他者勾串合謀，締結了協定，但凡後者嘲諷譏笑之事，前者同樣報以嘲諷譏笑，以致於「我」絕對沒機會成為英雄。萬一「我」裝作是英雄，從那一刻起，便將淪為令人忍俊不禁的小丑。

如上所述，我舉例說明了兩種互為對比的象徵性構圖，簡要地說，隨機殺人魔就是絕對孤獨的自我證明，並且也證明了自己是絕對他者。這種絕對他者必須是「自發性的」，如果被證實是被動性的絕對他者，他的夢想和思惟就會立刻崩潰解體。其次，希望「被殺」的人們，雖然擁有不停逃避絕對孤獨的存在型態，也因此不停祈求絕對他者的出現，這股渴望從而愈來愈強烈，但絕對他者卻永遠不會出現。前者和後者即便在街角遇到，大抵也是見面不相識，並且雙方都是這麼想的：

「無論如何，我就是不屑當個典型的『善良百姓』！」

至於第三種型態的人，也就是作家和詩人，終於登場了。作家既沒有採取真實犯罪的手段，也沒有任由自己渴求逃避孤獨，只是與生俱來地以絕對孤獨作為自己的精神原鄉。所以，應該有些作家就這麼棲身於絕對孤獨之中，默不作聲，直到乾涸而亡，還有些作家是連一行都寫不出來的。

那股非寫不可的衝動，和隨機殺人魔想犯案的衝動是相同的。實際上，誰也沒有親眼看到那究竟是不是「衝動」。比較恰當的說法應該是，作家從自己置身的歷史狀況中賦予自己「寫作」的既定觀念（或者也可以想成是自己主動從歷史狀況中奪取而來的），為了確定自己所處時代和絕對孤獨之間的關係而寫作。因此，他的內在也有一幅與其他作家略有差異的現代性狀況的象徵性構圖。他設定的背景、他想出來的情節，全都成為這幅構圖的根源，剩下的只是在各自的作品中賦予變化而已。但是，作家有一種特權，他不但有自我存在，還有門徑手段，因此他可以運用方法，隨心所欲地從隨機殺人魔身上、從希望被殺者身上擷取構圖，將其囊括進自己的作品當中。話說回來，被寫進作品之中的思惟在作者看來，已不再是原先的那幅構圖，而是內化到作者的本源性構圖之中了。

作家製造出那麼多種自我的絕對孤獨的雛形，有何作用呢？我曾經看過一則詭異的漫畫：一位身穿禮服、頭戴禮帽的人站在街上賣人偶。在他的腳邊，有許多和他同樣身穿禮服、頭戴禮帽的小人偶，靠著背上旋緊的發條，朝四面八方走了出去。這幅漫畫雖然惹人發笑，但也散發出一股悚然之氣。若說這是大多數作家心中的那幅象徵性構圖，這話肯定錯不了。很明顯地，犯罪只有一次就結束了，戲劇性的死法也只有一次就完結了。作家知道他者永遠不會來，也清楚與其合為一體是不可能的，更明白犯罪只有一次就結束、戲劇性的死法只有一次就完結了。既然與他者合為一體是不可能的，那麼就把主意打到自我的絕對孤獨的增生上，藉助源源不絕的自我繁殖，把寂寞的空間填滿就行了、和那些形貌相似的人偶手牽手就行了。如此一來，只有作家心知肚明，那一個個自我孤獨的雛形，統統都戴著相同的禮帽；而世人以為每一次看到的作品呈現，都是來自於截然不同的幻想。

不論在任何情況下，絕對孤獨都是屬於非生產性的。然而，就是這種空虛的非生產性，在歷史的驅使之下，創造出最堅持己見、最奮力不懈的生產者──他的名字是作家。在這樣的條件下誕生的作家，常被譽為該時代的天生奇才；但就時代而言，通常只是從不同時代中挑揀出一個具有純粹的絕對孤獨的傢伙，然後全權委任這傢伙為當代留下紀錄，同意這個孤獨者創作出一件件孤獨的雛形，並且為了流傳後世，必須採用冷冰冰的工法，依序一塊塊貼上磁磚，如此才能持久耐用。

事實上，對於自己生存的時代和絕對孤獨之間的關係，總是讓作家苦惱不已。它們之間到底有什麼關係呢？那關係會否形同醜聞呢？每一次當作家握筆書寫，寫得愈多，這個奇妙的問題愈是困擾著他，終究成為他作品中反覆出現的主題了。

幸運的是，任憑他寫了又寫，直到死去為止，這個祕密依然被牢牢地守住。那是什麼祕密呢？答案是：

「根本沒有任何關係。」

把現代稱為魔界，未免太蠢了。其實，我們這三個人時常在街角相遇，只不過彼此認不出對方罷了。

日本文學小史

第一章　方法論

追根究柢。

生於二十世紀的我們，對這種思考方法再熟悉不過了。事物的根由底細，不論來自唯物辯證法的教誨也好，來自精神分析學或民俗學的啟示也罷，總之，但凡有形之物必須先刨除表面，裸露出來的才是其本質樣貌。

新時代來臨，再也不必相信眼見為憑。講究視覺本質的古典主義，從此光環不再。於是，只會受到型態外表的吸引，也就是我們官能性的傾向，得以頑強地存活下來。然而，在定義「美」的時候，這種傾向仍舊是一項障礙。

這問題如果發生於美術史，還算容易解決；若是在文學史上，又會有什麼影響呢？即便是千年以前完成的作品，現代人在閱讀的時候，勢必被無情地占去一段屬於這個時代的時間。說來，我們當真能夠「看見」文學作品嗎？無論是經典文學或是近代文學，只要是具有一定篇幅的文學作品，肯定會有必須跨越的藩籬，但是，作家和讀者跨越過的藩籬，其他人也可以看得到嗎？

那些藩籬是很明顯地位於我們的外在呢？還是隱身於內在呢？所謂的文學作品，會否必須經由親身體驗，才能明瞭它的意涵呢？還是像觀看一只知名的茶碗，也經得起鑑賞它的外表呢？

當然，即便是藩籬，只要跨越過去，之後就能夠從遠處眺望，客觀地評價它的美。如果不花費時間跨越過去，就絕對不能掌握它的型態之美，這就是時間藝術的特色。這裡提到的時間，與體驗的實質內容有關，因為毫無疑問的，我們閱讀那部文學作品的時間，花費的是現代的時間。

美，或者說官能性吸引力的特色，取決於它有多快。它的速度等同於光速，必須在剎那間將一切盡收眼底。既然如此，那麼長篇小說緩慢的醞釀與形成，究竟是哪一點與美學有連結？是閃亮耀眼的細節嗎？還是掩卷之後，在記憶中徐徐浮現出回想的影像呢？

縱使同樣屬於時間藝術，在日本，幾乎鮮少將音樂史和文學史、戲劇史分開論述。但也不必羨慕音樂史中的聲音具有堅實的抽象性和普遍性，因為文學史也有語言，單憑這項利器就夠了。不過，即便同為語言，還分成其效果是作用於耳朵聆聽，或者眼睛觀看的不同種類。

文學史中的語言，不單傳達文字意義，更帶給現在的我們某種型態、某種美學、某種可以革新的體驗的實質內容。我不相信在閱讀經典文學時，唯一的媒介是思想或情感。舉個例子，在頌讀永福門院這首京極派風格的敘景和歌時，會有什麼樣的感覺呢？

「麓下傳鳥鳴　破曉啼聲先喚日　日出升東山　晨曦灑落豔錦簇　花彩繽紛展柔媚」

我們從這首和歌感受到的，既不是思想，也不是情感，更不是邏輯，不，甚至不是情緒。我們感受到的，難道不是由日文堆砌而成的「風姿」之美嗎？這種曖昧的描述方式，我其實並不喜歡，但是無論其文學價值多麼崇高，唯有透過一件件具體的作品，才能夠展現出來。此外，如同古典主義的主張總有一個絕對的標準，即便這種文學沒有明確的定量，仍應當強力主張其擁有的一切價值，主導著日後的文學潮流。昔日的《源氏物語》[1]及《古今和歌集》，都是堪稱絕對典範的經典之作，只是人們逐漸發現，世上還有其他的文學範例、其他的美學準則。

人們多麼希望能夠設置一種像柏拉圖的理型論[2]那樣的不可見光源，只要將那種光線投射在每一件作品上，很容易就能測量出其價值的高低。某些人是以「國民精神」作為其理型論的假說，另一些人是拿「庶民精神」當成其理型論的假說。在撰寫文學史的時候，那種方法十分簡便，但是不能適用於無法證明的假說基準上。那種做法會犯下錯誤，把實際上無關緊要的小事，渲染成舉足輕重的大事。但若是反過來，重視某個時代的美學性、思想性、宗教性準則，努力從當代民眾的眼光來評鑑分析呢？恐怕結果一樣會將實際上無關緊要的小事，渲染成舉足輕重的大事。

我們在撰寫文學史的時候，假如沒有矢志和讀者一起在日文最微妙的語感上得到共鳴，肯定連一步也邁不出去。這個願望儘管很難達成，其實和我們小說家每天工作時，必須具備的信念是完全相同的。

在此，我正試圖強勢導向這個結論：撰寫文學史這件事本身，和書寫藝術作品是同一回事。如果我們作品展示的對象，不是那種無須任何說明和解釋、僅憑直覺就能領略日文中某種「風姿」的絕妙之美的人，或者至少沒有假設要寫給那樣的對象看，那麼不論是寫小說或是寫文學史，統統都是徒勞無功的。

如果談的是藝術欣賞，說到這裡就夠了。

然而，即便是作者不詳的經典作品，依舊肯定是出自某個人，確切地說是某位日本人之手，而一部作品的誕生，無論是什麼樣的形式，很明確地，仍有一種文化意志貫穿其中。

我寫的文學史，讀者必須具備最高級、最微妙、最寬容的日文感受力，不但如此，我的文學史裡論述的作者，無論活在多麼古老的時代，同樣必須具有相對明確的文化意志。我認為文學作品的本質是文化意志，定下這樣的原則才能盡量避免掉入文化意志前方的深淵。

何謂文化意志前方的深淵？想必有人立刻察覺到，我接下來將要批評民俗學的方法論和精神分析學的方法論。

我曾經愛上民俗學，後來漸漸避而遠之。因為我嗅到了一抹說不出來的陰森的、病態的氣息。

不過，真正陰森的、病態的，事實上是藝術的原質，亦即藝術的素材。這些問題其實可以透過作品得到治療。可是民俗學和精神分析的研究者，居然專程帶領我們帶回病灶，讓大家瞧瞧病情復發是怎麼回事。在近代社會，喜歡圍觀這種揭瘡摳疤的群眾，多不勝數。

1 推測應為日本平安時代中期女性歌人與作家紫式部（生卒年不詳）撰寫的長篇小說，最早的相關文獻出現於一〇〇八年，推估應於此時期成形。內容描述平安時代天皇桐壺帝之子光源氏一生，及至其死後續寫其後代的愛情故事。

2 柏拉圖認為，人類感官可見的事物只是完美理型投射出來的一種表相。

一九六七年，我曾在印度聖城瓦拉納西，看到染患痲瘋病的乞丐成列成排地坐在神聖的恆河河岸，一股不祥而恐懼的感受油然而生。可是，遙想日本的鎌倉和室町時代，不，甚至直到昭和初年，各地寺院門前應該經常出現相似的情景，只是或許人數沒有那麼多。這景象使我當即想起了謠曲《弱法師》[3]。根本無須耗費精力和時間，遠至印度追溯愛護若[4]傳說的起源地，我直覺認為，從眼前這片汙穢的現實中徒手撈出的東西，經過強烈的文化意志的淘洗，才能成為今日所見的清澄的能樂舞台藝術，而《弱法師》的洗鍊，正是走過這條艱辛道路的成果，這種成果呈現出來的作品，才是應當編入文學史的對象。我們萬萬不可倒退到染患痲瘋病的乞丐這種現實提供的存在。

民俗學總是試圖走回頭路。民俗學者或許認為，他們並非退回至現實的存在，而只是回到Sitte[5]型態的階段。是的，Sitte的確屬於廣義的文化。可是民俗學鎖定的目標，以及那些讀者心底期待的是，透過一艘鑲嵌著Sitte玻璃的觀光船，賞覽海底景色。

透過這片玻璃，他們看到了什麼？

只要進入到民族深層意識的底部，必定會迎面撞上人類共有的晦暗且巨大的岩層。那就是底層的國際主義，屬於比較文化人類學的領域。在探究古老習俗中較為低俗的部分時，或者相反地探究比較屬於精神層面的部分時，都會撞上同樣的岩層，同樣會有掉入文化體驗前方深淵的危險。況且，只要去到那裡，人們覺得自己彷彿「一切都已了然於胸」。

民俗學者踏實的田野調查方法，和精神分析醫師認真且執著的分析治療方法十分相似。也就是說，他們將手探進一個個微不足道的民俗現象的廢物蒐集箱底，嘗試挖出民族既廣又深的早期自然經驗，這種方法對照將手探進人類個體雜亂的內心垃圾場底部，試圖尋得具有普遍性的人性象徵符號，兩者同樣極為相似。現代人很喜歡這樣的過程與結果。馬克思和佛洛伊德是西歐合理主義的兩位鬼才，一位講的是過去，一位說的是未來，以他們同樣傳授合乎世俗邏輯的咒術與驅魔方法而言，堪稱文化論的雙雄，倘若再加入第三種方法的民俗學，便形成了否定文化意志的文化論三流派了。

文化雖然屬於創造性文化意志的命題，卻是以具有意識的決斷和選擇作為基礎的，至於無意識的參與，則只視為藝術上的恩寵。必須注意的是，那種活動不單與近代藝術作品的個人行為有關。文化的起源一開始是某位傑出人士的決斷和選擇，隨著歲月的流逝，這項決定逐漸影響了大多數人，到最後甚至成為在潛意識裡制約人們思想的規範了。後續論述武士道文獻這類文學作品時，我將對此詳加探討。

---

3 相傳為室町時代的劇作家世阿彌父子共同創作的謠曲（日本能樂的歌詞），故事是少年俊德丸受人讒言，被父親逐出家門，不幸雙目失明，一日他到天王寺參拜而悟道，恰巧與正在天王寺布施的父親重逢，重拾親情。

4《愛護若》為古說經淨琉璃的曲名，創作年代不詳。故事主角愛護若為左大臣之子，在拒絕了繼母的求愛之後，反被逐出家門，於是前往比叡山尋找叔父收留，卻被誤當成怪物天狗而遭到追打，他絕望地在山中徘徊，最後跳下瀑布自盡。

5 德文，意指風俗習慣。

文化是在潛意識裡支配該文化圈所屬成員的思考方式、感受方式、生存方式，以及審美觀等等的一切，並且像空氣和水一般，成為該文化共同體的必需品。人們平常盡情享用空氣和水的時候，並不會感受到它們的重要性，等到發現缺少它們將會面臨必死無疑的危機時，便會強烈限制成員的行動，導致成員採取制式化的行動。

我挑選的文學作品，原則上都具有文化意志、開創了劃時代文化的先河，而不是後續衍生而成的作品，如此才符合我屬意的「文化意志」定義。在此列舉如下：

（一）神人分離的文化意志：《古事記》[6]

（二）國民性民族詩的文化意志：《萬葉集》[7]

（三）舶來教養形成的文化意志：《和漢朗詠集》[8]

（四）文化意志最高純粹型態的：《源氏物語》[9]

（五）古典主義原理形成的文化意志：《古今和歌集》[10]

（六）文化意志本身最極致的病態表現：《新古今和歌集》[11]

（七）歷史創造的文化意志：《神皇正統記》[12]

（八）死亡與追憶形成優雅的文化意志：謠曲[13]

（九）禪宗最具代表性的文化意志：五山文學[14]

（十）近世民眾文學的文化意志：元祿文學（近松門左衛門、井原西鶴、松尾芭蕉）[15]

（十一）失去的行動原理重新復活的文化意志：《葉隱》[16]

（十二）集大成與觀念性體系的具狂熱性的文化意志：曲亭馬琴[17]

以上幾乎囊括了各時代文化意志的代表文學。此外，可以把隱士文學加進其中，也可以再

6 經考究，推測為日本奈良時代的元明天皇命令文官太安萬侶（生卒年不詳）編纂的日本古代史，於七一二年竣稿獻給天皇，成為日本最早的歷史書籍，目的應是建立天皇的君權神授地位。全書共三卷，內容包含〈本辭〉（序文、神話、傳說）與〈帝紀〉（第一至三十三代日本天皇），原書已散佚，僅存抄本流傳後世。

7 參閱前注第93則。

8 由日本平安時代公卿與歌人藤原公任（九六六～一〇四一）於一〇一八年編纂的和歌集，共兩卷，模仿《古今和歌集》的體例，收錄和歌二一六首與漢詩五八八首，白居易的詩作即占一三五首。

9 參閱前注第250則。

10 參閱前注第109則。

11 日本鎌倉時代初期編纂的敕撰和歌集，由包括朝臣暨歌人藤原定家（一一六二～一二四一）在內的眾多宮廷歌人輔佐後鳥羽天皇共同編撰而成。

12 日本南北朝時代公卿北畠親房（一二九三～一三五四）為幼帝後村上天皇宣揚南朝的正統性而撰寫的史書。

13 參閱前注第94則。

14 參閱前注第101則。

15 近松門左衛門參閱前注第210則、井原西鶴參閱前注第163則、松尾芭蕉參閱前注第164則。元祿文學可說是由井原西鶴開啟濫觴，松尾芭蕉豐富內容，近松門左衛門集大成。

16 參閱前注第159則。

17 （一七六七～一八四八），日本江戶時代後期傳奇小說家與劇作家，本名為瀧澤興邦，代表作為《椿說弓張月》與《南總里見八犬傳》。

納入一些戰事紀錄，與《今昔物語集》[18]之類的民間故事集，或者是《梁塵秘抄》[19]之後的歌謠。我現在只是把浮現腦中的十二類代表文學列於此處，並不打算從頭至尾逐項詳述。

《和漢朗詠集》與「五山文學」恰巧模仿外來文化的書寫方式，打個比喻，就像以日文呈現出拉丁文學的樣貌，因此，必須先決定要採取什麼樣的態度立場，探究文學史受到外來文化的影響。

不可諱言，文化範例的摸索本身，已經受到外來文化的影響。好比日出曙光最先將山頂染成一片金黃，從前的時代，同樣是掌握文化與權力的高層人士首先受到外來文化的薰陶，不同於近代是由知識階級成為外來文化的引介與被影響者，而文化形成的意志與政治意志，更是聯手震撼了當時的社會。

我們認為在那個時代，詩歌和政治已經來自於相同的起源。在文化形成之前的民族早期自然經驗完全是世界之謎的那個時代，詩歌、祭祀和政治將那個謎團構築成某種具有形式的謎題，而語言本身則是站在組織化（詩歌）、咒術（祭祀）和統治功能（政治）三者尚未分化的界線上，發揮其神祕而動人的力量。就在文化意志以政教合一、儀式性的樣貌呈現之際，文化的形式表現欲望從此萌芽。之所以借用外來文化，首先就是為了這種形式的整理與統合之用，而形式的必要性亦將遲早到來。換句話說，將民族固有之物普遍化的文化意志，必須以這種形式呈現的階段來臨了。

但是，無庸贅言，外來文化的作用在於形式本身的整理與統合，至於對形式的嗜慾，則已經和語言（共通表象）的所有權綑綁在一起了。語言在傳達意義之際，已將最初的「對形式的嗜慾」內含於其中了。

現代藉由對於文化遺產的登錄以及文化發源型態的研究，嘗試探尋固有之物，可惜宛如剝去一層又一層的洋蔥皮，到最後仍是毫無成果，這是因為對「固有之物」的研究採取逐一排除法所導致的錯誤。至於只針對語言本身分解與分析、追溯源流、企圖找出民眾文化的早期自然體驗，這種方法同樣是徒勞無功的。

起初和小我十分相似的民族大我，藉由排他性、絕對自我同一性、不寬容等，與他者劃分界線，從而達到民族自覺，但以「我」為中心思想的文化，也就是文化大我，同樣依據排他性的自我意識，成為文化意志最初的命題。然而，於此同時，文化在文化特有的普遍化欲求（創作衝動與形式意欲）的驅使之下，在最初的文化意志內在，孕育出自我放棄的契機。外來文化的問題就是在這時候浮現的。

語言對於自我和他者要求的差異（事實上，日文在這方面本就貧乏），或許就是促使一種

18 日本平安時代末期的民間故事集，共三十一卷，但有一部分已經散佚，成書年代與作者均不詳，收錄當時印度、中國與日本流傳的民間故事。

19 由後白河法皇（一一二七～一一九二）於日本平安時代末期編纂的歌謠集，約於一一八〇年完成。

語言權力意志的發生，與語言的統治功能相互結合，並且借用外來文化加以整理統合的契機。《古事記》的序文裡提到「邦家之經緯，王化之鴻基」，指著就是這個，而這正是最初毅然決然的文化意志，亦是政治意志。

不過，前文曾經提到，依我之見，《古事記》是從神人分離的文化意志產生的命題。具有政教合一根源性的詩歌，在當時已經脫離了儀式的束縛，逐漸萌生出「譬如葦芽」的抒情性寓意了。以此看來，古代文學中的抒情，一方面是自發性，另一方面也是受到外力強迫產生的。

嚴格來說，每種文化意志都有其獨特的文學史。

身為文化守護者的宮廷，以敕撰集形式編纂文集的行為本身是一種具有文學史形成意欲的藝術行為。於是，在鎌倉和室町時代以「古今傳授[20]」方式延續文化之前，日本兼具宗教性與政治性的獨特文化傳承方式出現了問題。

在近代隨心所欲的文學史，與鎌倉和室町時代的傳承形成歷史的文化意志之間，有一道無法跨越的鴻溝，也可以視為二律背反。今天，我們像這樣基於個人見解編纂的文學史，說不定純粹只是浪漫派式的偏見。時至今日，我們尚未得到從概括幾個小宇宙組合而成一個大宇宙的觀點。況且由於日本的特殊性，以謠曲為例，從十八世紀定型下來的表演型態，幾乎完全一樣、忠實地傳承至今日能樂的舞台藝術，並且也只有透過由此觸發的情緒才能讀出其蘊含的意義，甚至連我們鑑賞者本身，也不免懷疑自己恐怕還遠遠地站在那傳承的小宇宙的最外圍。

總而言之，我的文學史，想必將會距離實證主義無比遙遠。

第二章　古事記

我第一次接觸《古事記》是小學時閱讀鈴木三重吉的白話譯本。當時，文中大量出現的隱諱號[21]，在我稚幼的心裡留下了極為深刻的印象，以為《古事記》是一本天機不可洩漏的寶書。由於隱諱號替代的語彙段落，可能與政治、道德，或者情色內容有關，一個小孩子實在難以分辨究竟觸犯了國家的哪項禁忌。不過，我那時有個預感，只要把這本書讀完，自己就能從日本最古老的文獻中獲知日本與歷代天皇有關的大祕密。

那個預感只猜對了一半。時至今日，我已經無法把《古事記》當成一本真誠無邪的神話來讀了。每一次翻閱這本書，心中總會抱持著晦霾與悲痛，以及極度猥褻和極度神聖兼具的恐怖情緒。至少，在二戰期間接受的教育，尊崇儒教道德觀的《教育敕語》[22]精神深植於我的腦

20 參閱前注第95則。
21 依三島由紀夫出生的年代判斷，應該是二次大戰前日本內務省審閱出版物，將對於皇室尊嚴有所冒瀆的內容文字，置換為〇或╳的隱諱記號。
22 由日本明治天皇於一八九〇年十月三十日頒布的重要教育宗旨，海外殖民地一體適用，臺灣總督府於一八九七年二月十八日發布《臺灣總督府官定漢譯教育敕語》。

海，以致於與《古事記》之間出現了一道無法跨越的巨大鴻溝。愈是厭惡儒教道德觀的偽善與陳腐，我愈發確信日本人真正的詼諧與真正的悲劇情感這兩種相反的情緒，正是來自於《古事記》。日本文學中最耀眼的光芒，和最陰沉的黑暗，同樣並存於《古事記》之中，……並且由皇族將這兩者一同傳承後世。

「爾臣民，孝于父母，友于兄弟，夫婦相和，朋友相信，恭儉持己，博愛及眾，修學習業，以啟發智能，成就德器。進廣公益，開世務，常重國憲，遵國法，一旦緩急，則義勇奉公，以扶翼天壤無窮之皇運。如是，不獨為朕之忠良臣民，亦足以顯彰爾祖先之遺風矣。斯道也，實我皇祖皇宗之遺訓，而子孫臣民，所宜俱遵守焉。……」[23]

相較之下，《古事記》裡的眾神和人們，不孝父母、兄弟鬩牆、夫婦不和、朋友不信，乃至於驕傲、自我本位、不求學習、違背律法、大哭大笑。就連那位朱顏如女的少年英雄倭建命[24]，將違抗父皇之命、把父皇屬意的姬妾納為己有的皇兄施以「清晨候其用廁之際擒捉，扼斷其肢，裹席棄之」的虐殺手段。

政府於二戰期間審閱書籍的標準，以近乎神經質的目光放大檢視《源氏物語》，但對《古事記》這部神典則連一根寒毛都不敢碰，任由眾神在書中放蕩縱情，實在諷刺。如此一來，或許國家追求的目標其實更為宏大，希望透過這種不張揚的方式，請求藉助眾神猶如惡魔般的力量，來輔佐《教育敕語》的靜態德目。然而，將《古事記》裡的眾神力量發動到極致的日本，受到了天經地義的果報，隨之而來的，便是如同書中描述身體慘遭撕裂的「神人分離」的悲劇再現。

——由於無法對整部《古事記》鉅細靡遺詳述，我只摘出倭建命的故事，探究神人分離的象徵意義。事實上，這段故事約莫有半數篇幅位於神與人中間，其悲劇性可以與下卷的〈輕太子與衣通姬〉的悲劇性相互對照。

在景行天皇[25]的章節裡，絕大多數的篇幅用於描述倭建命的事蹟，對於皇太子[26]倭建命的敘述用詞，總是使用與天皇同等的最高級敬語。這在《日本書紀》[27]裡也可以看到景行天皇曾經說道：「是天下，則汝天下也。是位即汝位也。」在這段文字當中，絕對不可忽略景行天皇曾經指稱倭建命：

「形則我子，實則神人。」

根據《日本書紀》的記載，那是因為倭建命「身體長大，容姿端正，力能扛鼎，猛如雷

23 節自《教育敕語》。

24（七二～一一三），相傳為景行天皇的皇子，在《日本書紀》中稱為日本武尊，《古事記》中稱為小碓命、倭建命，於其他史書中尚有日本童男、倭男具那命、日本武命、倭武天皇等稱號。根據史書記載，其力大善謀，立下諸多開疆闢土的汗馬功勞。

25（相傳為西元前十三～一三〇），日本第十二代天皇。

26 古代日本皇室有時會立兩位以上的皇太子。倭建命為三位皇太子之一。

27 日本奈良時代編纂完成的日本史書，為日本現存的最古老的正史，由舍人親王等人編撰，於七二〇年完成，記錄從神代至持統天皇的歷史，共三十卷，以漢文的編年體方式記載，目的為天武天皇對外宣示皇統的正當性。

電，所向無前，所攻必勝。」不過，這並不是唯一的理由。另一個原因是，天皇從兒子身上覺察到某種超越凡間的神力。

在《古事記》的景行天皇那章，以象徵性的筆觸描繪倭建命與其父親景行天皇——前者是具有天生神性的天皇，後者為屬於凡人的天皇——這對父子之間一體兩面的關係，以及從此衍生出的愛與憎的矛盾心態。命運的悲劇，是由自我內在的神性所引發而來的。

倭建命的神性最早顯現於弑殺皇兄的事件。那種全然基於暴怒演變成的殘虐行為，令景行天皇不寒而慄。那不單純是一個父親懼怕兒子懾人的臂力和率直的情感，景行天皇很可能是從倭建命的內在，看到了自己的內在。這位十六歲皇太子的行為，撼動了天皇統治的侷限性，並且透過皇太子的行為，認同了天皇自身內在扭曲的「神性」這不可饒恕的發現。

在這一章中提到關於景行天皇的行事，只敘述了他看上三野國之祖大根王的兩個女兒兄姬和弟姬，派遣皇子大碓命[28]前去帶回，但大碓命卻矇騙了父皇，將兩位公主納為己有，奉上另外兩位女子。天皇明知皇子欺瞞卻未揭穿，只是對兩位女子十分冷落。此處並未記載大碓命受到責罰。

天皇以家長之尊，從容自若地召來大碓命之弟、亦即皇太子小碓命（亦即倭建命）問道：

「汝兄何未朝夕前來用膳？汝勸告之。」

倭建命於是襲擊了如廁中的皇兄，扯斷四肢殺了他。景行天皇只是吩咐倭建命去請兄長出來共餐，倭建命竟然殺兄以為懲戒，天皇此時的驚恐，與其說是來自於倭建命的擅作主張，毋寧說是倭建命善於察言觀色，將深藏在父皇內心神格化的殺意予以具體實踐，忠實體現了上意。倭建命將具有神聖性的憤怒，直接以雷霆般的行動呈現出來，他的心情純真無邪，他的行為全力以赴，沒有絲毫的猶疑，極度細微地體察上意，這帶給天皇無比的恐懼。我認為天皇所言「形則我子，實則神人」，意味著這項體會。

我的看法是，這應當是神格化的惡魔政治性格，與統治功能的第一次分離。統治意志的具體呈現限制了前者，使前者扮演發揚詩歌的角色，或者說肩負起廣義的文化責任。此外，就前者的立場而言，這也是首度展現被賦予的文化意志。

為何一位軍事上的英雄、受君命率領軍隊至邊境討伐的倭建命，會成為文化意志的代表人物呢？我並不是單純從倭建命在詩歌的上才華洋溢，以抒情詩人之姿留下了幾首傑出的古代歌謠，於是得出了這個結論。

倭建命在看到美夜受姬[29]衣襬上經血的染痕之後，唱道：

「鵠翅彎　似刀鐮　橫空飛越天香山　汝臂纖纖　吾欲枕之　佳人翩翩　吾思同衾　惜汝衣襬　映月影」

28 景行天皇之子，倭建命之兄。

29 相傳為尾張國之祖，後與倭建命結為連理。此處描述倭建命陸續平定幾個國家之後，回到尾張國迎娶美夜受姬，美夜受姬設宴款待，走向倭建命舉杯敬酒之時，被倭建命看到她的衣襬沾染了經血。

此外，當力困筋乏的倭建命走到尾津岬的一株松樹下，發現早前路過此地裹腹時，擱於樹下忘記帶走的大刀，居然還好端端地躺在原地，不禁欣喜唱道：

「立尾津岬　面尾張國　一松也　此松若為人　佩以大刀　著以衣裳　一松也」

還有，當倭建命來到能煩野，思念起故鄉，便作歌唱道：

「大和冠群國　青山又疊翠　隱於連峰壯麗哉」

「倖存之人　務摘平群山之槲葉　飾於髮髻　切勿忘遺」

「噫　遙想故鄉彼方　雲湧騰騰」

此時，倭建命已經病危，唱完這首絕命歌之後就「駕崩[30]」了：

「娘子床畔　鋒刀尚遺　吾刀矣」

——再次重申，我並非全然因為倭建命的這些詩作，才認為他是文化意志最早的代表人物。當神力脫離了統治功能後遭到放逐與被迫流浪之際，當神力由內在的正統性（具有天生神性的天皇）而無意識地採取了一連串行動之際，倭建命的每一項行為都代表著命運的實現，從而必須被視為文化意志的體現。神人分離是文藝復興的反面，它沒有像文藝復興那樣，以人文精神革新了古老的神治，反倒把文化歸屬於被放逐的神，將其定位成悲傷和抒情的流浪者，而不是批判者，並且唯有透過那樣的形式，才能代表其正統性。

倭建命是具有天生神性的天皇、純粹的天皇；景行天皇屬於凡人的天皇、統治性的天皇。詩歌和暴力總是源自於前者，從屬於前者。於是自然而然地，倭建命受到貶黜的苦楚，死於征戰途中，化為大鵠升天而去了。

當景行天皇看出這個皇太子居然具有必須敬畏的「神人」性格的那一刻，倭建命必然就此擔負起「傳說化」、「神話化」的命運，也被賦予了文化意志。換言之，就在古代國家的詩歌和政治完全與祭祀儀式緊密結合的政教合一完美體制被打破的時候，唯有詩歌的從中解離，並且只有從那些解離出來的詩歌當中，方能精闢地預測到代表眾神力量的時代來臨。

一位勇猛的皇子，勢必要肩負起史上第一個如此艱鉅的任務。這個任務雖將落至悲慘的境況，大好的人生只能化為詩歌，他孤獨，他流浪，甚至受到挫敗，但唯有歷盡艱辛，才能榮享眾神仰望的終極輝煌，建立起一個自己與歷代子孫長治久安的國家，奠定值得千秋萬世尊崇的光榮礎石，而這必定正是倭建命希望實現的理想。

這時候，景行天皇已經明白這個夢想無法由他親手實現，於是下令皇太子「去實現那個夢想」。可以說，這道祕密敕命觸發了文化意志的形成；亦即，天皇的敕命就此啟發了日本歷史上最早的文化意志。

倭建命充分體現了文化意志，構成《古事記》裡最重要的一章，使得景行天皇本身的事蹟隱而未提。

對於倭建命臨終的那一幕，《古事記》是這樣描寫的：

---

30 前文提到，倭建命雖是皇太子，但在《古事記》中準用天皇等級的最高級敬語，因此逝世以駕崩敬稱。

「『娘子床畔　鋒刀尚遺　吾刀矣』

歌聲方落，倭建命旋即駕崩。僚佐遣驛使奏告朝廷。

眾皇子妃與眾皇孫時於大和之國，一行奔喪修陵，伏爬於陵旁田地，悲泣唱曰：

『陵旁田地稻莖立　恰似黃獨藤蔓旋稻莖[31]』

倭建命化為大鵠，向海飛天而去。眾皇子妃與眾皇孫哭追於後，竹叢銳根傷足，亦無暇覺痛。作歌唱曰：

『腰為矮竹攔　未能如鳥上青天　唯憑雙腿追』

其後，一行追趕入海，愈發舉步維艱。彼時唱曰：

『汪洋阻步履　猶如河中水之草　擺蕩難前行』

大鵠仍翔，途中於岸邊暫歇。續又作歌唱曰：

『岸畔鴻鵠未高翔　卻擇險礁崎嶇路』

此四歌唱於倭建命下葬之時，迄今舉凡天皇大葬，同誦四歌。大鵠由此翔至河內之國志幾之地，是於此修陵，名鴻鵠陵，並奉大鵠。然大鵠再上蒼穹，翩然去焉。」

*

我將詩歌和政治兩項功能之間溝通橋梁的斷裂，亦即此種無法理解的狀況，稱為「神人分離」。最明顯的例子發生在倭建命平定出雲國之後，才剛回京，父皇又立刻命令他出征剿伐東方諸國，倭建命只得接令，臨行前至伊勢神宮參拜，並向其姑母倭姬[32]訴苦的這段插曲：

「倭建命受命，行前赴伊勢大神宮拜謁，稟姑母曰：

『父皇欲置兒臣於死地乎？何以先遣平西之惡，歸返未幾，再派征東十二道之邪，且不賜軍眾！究其因，定欲兒臣早亡也。』

倭建命語畢，悲從中來，不禁潸然。倭姬即賜草薙之劍，又賜錦囊一只，囑曰：

『倘遇急事，速解此囊！』」

倭建命此時的悲傷，此時的痛哭（這和《古事記》上卷的建速須佐之男命[33]那場驚天地泣鬼神的嚎哭，恰為相互對應），對於天皇賦予他「左右命運的意志」和文化意志，還沒有自覺。倭建命不明白父皇為何要下令，非逼著自己踏上悲劇性的絕路不可。儘管具有神性者，在往後的人類歷史上將被傳說化、神話化、英雄化，亦即勢必要「犧牲」，但是他本人卻不明白自己為什麼會被選上這個角色。倭建命對此的難以理解，以及倭建命不懂自己分明忠貞地接受敕命，沒有絲毫背叛之心，父皇卻命令他去送死……，這種被逼入絕對不可知論世界裡的苦惱，其實正是以這部《古事記》的一節作為開端，在日本此後的歷史上，甚至直到現代，上演

31 以黃獨藤蔓盤旋在稻莖上，用以比喻皇子妃和皇孫等人因悲傷而趴伏於陵墓旁的情狀。
32 相傳倭姬為伊勢神宮的齋院，亦即侍奉神明的神職，至今仍由地位極高的皇族女子擔任次職。
33 相傳為日本開疆之神伊奘諾尊的么子，性格多變，凶暴與英勇兼而有之，最知名的事蹟是斬殺八岐大蛇。

過無數次的悲劇性文化意志的原型，而這也是倭建命故事裡的命題。

我們甚至可以找到其他更不具純粹化、更不具典型化的悲劇，同樣在《古事記》裡面反覆出現。

那就是下卷的〈輕太子[34]與衣通姬〉的故事。

這對愛侶的殉情，很可能是現存的文獻記載中，日本最早的殉情事件，並且它也和《一千零一夜》裡那則著名的故事一樣，哥哥和妹妹相戀但最後卻是以死收場。在《古事記》裡的這個故事是敘述允恭天皇的皇太子木梨之輕王，與其同母皇妹衣通姬悖倫成婚（衣通姬的名字由來是她身上會發光，光芒甚至能透出衣外）。此舉使得允恭天皇駕崩後，原定繼承皇位的輕太子遭到文武百官與天下萬民的唾棄，民心轉而投向其皇弟穴穗命，輕太子於是逃入大前小前宿禰大臣家裡製造兵器，而穴穗命同樣製造兵器，整軍待發。

這個愛情故事從兄妹相戀的段落開始，採用和歌體裁記敘。

當輕太子即將繼位前，他唱了這首歌對皇妹輕大郎女[35]調情：

「高山闢農地　引水埋暗渠　慕妹相幽會　妻嘆自垂淚　今宵方共枕」

另外，輕太子又作了這首歌示愛：

「竹葉凝霰落聲響　可比雙雙一衾確　既擁麗人同入眠　縱如刈下茭草亂　既擁麗人同入眠　不畏他日傷離別」

輕太子暫且逃到宿禰大臣家裡製造了兵器。後來，宿禰大臣勸阻皇子穴穗命的攻打，將輕太子帶了出來。輕王子受擒之時作歌如下：

「天飛雁　輕姑娘　慟哭恐惹人知悉　當效波佐山野鳩　嗚咽聲沉默飲泣」

隨後接續唱道：

「天飛雁　輕姑娘　依偎吾側悄悄眠　嗚呼　輕姑娘」

當輕太子被流放到伊予溫泉（現為道後溫泉）的時候，唱了這首歌：

「空中翔鳥猶信使　聞鶴鳴務探吾訊」

又接著唱道：

「此際荒島逐　余必隨船歸　且將席妥放　口雖言余席　心惜妻珍重」

（日本古代有種咒術，將遠行的家人慣常使用的席墊原樣擺著，並且勤於擦拭，即可保佑他旅途平安。）

衣通姬則獻歌如下：

「海岸名為逢良宵　蠣殼遍地恐傷足　啟程且待天明時」

衣通姬耐不住對輕太子的思念，踏上尋訪夫君的旅程，臨行前作歌唱道：

「夫君一別日已久　盼如對生雙葉逢　難耐相思情切切　今朝揚帆迎君回」

---

34 輕太子與後文提到輕大郎女、輕姑娘的「輕」字皆指地名，位於現今日本奈良縣境內。

35 衣通姬為輕大郎女的別名。

於是，衣通姬抵達了伊予溫泉，這對相隔兩地的愛侶終於重逢。輕太子[36]不禁感慨唱道：

「伯瀨之山群峰環　大嶺小嶺幡旗展　朝夕思憶賢妻矣　欅弓伏又梓弓立　終得一解相思情　朝夕思憶賢妻矣」

接著又繼續唱道：

「伯瀨之川群峰環　齋潔木椿立上游　挺秀木椿立下游　齋潔木椿懸明鏡　挺秀木椿掛美玉　懷想吾妻似明鏡　懷想吾妻如美玉　得妻若是再無憾　願歸家園緬故國」

輕太子以歌聲訴衷情之後，隨即和衣通姬一起共赴黃泉了。就因為擁有一個會讓他緬懷故國的妻子，所以輕太子才牽掛家園和故鄉，如今在這偏僻之地和髮妻重逢，從此不再眷戀故國，只能走上殉情之路……，這種邏輯實在不可思議。對於這段史書記載，我感到興趣的除了是日本最早的殉情事件，更有意思的是他們的心態：由於離經叛道而被徹底逐出所屬群體的這對男女，一來不覺得身如浮萍無處寄託，況且也沒有受到思鄉之情的煎熬，卻在重逢之後，不待享受那得來不易的片刻幸福與寧靜，竟然立刻攜手自盡了。

《古事記》裡不乏諸如此類不合邏輯的情節。但正是在這不合邏輯當中，蘊含著被遺忘已久、充滿神性的古代情感。輕太子將心愛的人擱在一旁，斷言既然心愛的人已經離開故國，那麼自己對那地方再也沒有任何鄉愁了，說完便毅然殉情。輕太子當時的情感，並非得不到皇位的絕望和怨懟，而是受不了自己和妻子只因相愛，終究被所屬群體徹底切割了，以及他企圖同攬皇位和愛與罪（然而，在〈大祓詞[37]〉中的「國罪」明文禁止母子相姦，但兄妹相姦並不在列）此三者於一身的自然行為，永遠沒有機會在所屬群體的內部實現了。

倭建命的「暴力」，在輕太子的故事裡變形為「愛情」。兩人雖是兄妹，卻自然萌生出愛苗。此外，輕太子從出生的那一天起，就自然成為皇位繼承人。這些，都該受到神力的庇護。如果人們全面性地認同「詩歌」的意涵，基於神的意旨，也應當認同輕太子的這樁婚姻和統治權力才是。

可是，「民眾」出現了，從此衍生出由民意作為後盾的政治。輕太子的自然行為被視為叛亂，他的反抗也遭到了失敗，只被容許在流謫之地非正式地抒發「個人行為」的愛情。於是，就連想念故鄉這種自然的情感，也不得不成為悲痛的悖論，終究發展成最後那首長歌的誇張形式。

把國家和女人同仁一視，昇華至不具差異性的崇高價值觀——這其實不是對情色的顯揚，而是受挫的嗟嘆。因為這首長歌一方面高唱有女人在彼處才緬懷的故國，當女人離去後就淪為與己無關的空洞之地，於此同時，來自於女人和故國同一化的鄉愁結晶亦被擊碎了，所以此刻存在於眼前的女人，已經喪失了等同於國家的價值，從而變成幾乎沒有價值的絕望暗示了。輕太子失去了情慾的原鄉，正因為已經失去，才要從殉死中求得情慾的復活，而長歌表達的其實

36 以下這兩首歌，三島由紀夫均記為由衣通姬作歌，經查多篇資料，皆記為輕太子作歌，此處以新近考證結果譯出。
37 神道祭祀儀式中的祈禱文之一。

不是始終秉持反抗態度的真情，甚至暗藏對於已空洞化的國家提出批判的政治語言。到最後，這個不認同其愛情觀也不認同其皇位繼承權的國家，這個詩歌意涵與政治意義最終達成一致性的國家，被輕太子予以抵拒了。這個不接受他的國家，已經不值得他回去了。但是在失去了國家的這一刻，這位曾經的皇位繼承人也唯有死路一途了。我認為這也是「神人分離」的其中一個故事。

〈輕太子與衣通姬〉是發生在允恭天皇時代的故事，屬於《古事記》的下卷。不可否認，即便同樣是神人分離的主題，相較於中卷的倭建命那英雄式的壯闊記敘，這個簡短的篇章充分呈現出末期的浪漫氛圍。這也是理所當然的，因為下卷的中心思想已不再是這個主題了。

對此，倉野憲司先生的見解如下：

「依我之見，下卷始於仁德天皇，乃因仁德天皇被尊為『聖帝』，並且以此為界，關於天皇的史觀出現了改變。換言之，由於聖天子的儒教思想逐漸融入日本文化之中，『天神御子』的固有天皇觀起了變化，因此將具有濃厚聖天子儒教思想的仁德天皇置於下卷之首，藉以承襲中卷之末應神天皇時代的儒教東漸。」（節自岩波書店版《日本古典文學大系》）

第三章　萬葉集

關於《萬葉集》究竟是敕撰還是私撰，儘管眾說紛紜，不過很明顯地，這種編纂文集的文化意志，不但是外來文化的影響，也是出自對抗外來文化的意識。這部系統性蒐羅日本奈良時代[38]中期，亦即八世紀中葉之前的日本優秀和歌文集，具有以下兩種特色：第一是可以清楚看到和歌從個體與集團的合而為一，縮小至個體自覺與倦怠的演變過程；第二是詩歌作者遍及所有階層，即便是邊境戍卒詠懷的質樸和歌，依然沒有忘記模仿宮廷文化，始終秉持忠誠與愛情的兩大主軸，也就是像條條大路通羅馬那樣，萬宗歸一。

我不打算依循一般賞析的習慣，而是改成自壬申之亂[39]以後的柿本人麻呂[40]時代，直接連結到數十年後奈良時代中期的戍卒歌作，再連繫到另外的相聞歌[41]系譜，以此貫串的脈絡來解讀《萬葉集》。

從壬申之亂（西元六七二年）之後，直到奈良時代中期的天平五年（西元七三三年）之間，經過了半世紀的歲月，我們就從第一卷柿本人麻呂的作品，飛越至第二十卷的戍卒歌作。

---

38 日本奈良時代為西元七一〇至七九四年。

39 發生於日本飛鳥時代壬申年（西元六七二年）的一場大規模內亂，日本第三十八代天智天皇崩殂後，大友皇子與皇弟大海人皇子，為爭奪皇位繼承權而發兵對戰一個月左右。

40 （六六〇～七〇六或七一〇），日本飛鳥時代歌人，被譽為《萬葉集》中最重要的歌人，共收錄其長歌時九首、短歌七十五首，與奈良時代歌人山部赤人並稱「歌聖」。

41 「相聞」原意指探問彼此安好與否，在《萬葉集》中延伸為頌詠男女情愛的和歌與俳句。相聞歌、雜歌、挽歌為《萬葉集》的三大類別。

這樣解讀的原因是《萬葉集》的本質屬於集團情感的詩歌，先由地位崇高的宮廷詩人柿本人麻呂領頭吟詠，其後熱潮不再，只剩下相當於保衛羅馬和平的邊境守衛軍，也就是動亂不斷的奈良時代中期的戍卒繼續傳唱，而這些戍衛歌作的質樸、真摯與集團情感，正是纖細的頹廢派大伴家持[42]所嚮往憧憬的，並在他的蒐集之下，綻放出如遠古神祇般的光輝，旋又倏然消逝。

但是，在柿本人麻呂的歌作當中，唯獨兩首頌讚天皇行幸的長歌風格明朗，其餘的皆是憑弔舊都遺址，或詠歎貴族的殯葬，或懷想反叛的皇子，或悲嘆髮妻的離世，總之圍繞著一股哀傷的氛圍。依此看來，柿本人麻呂似乎比較適合參加追悼會，而不是壽宴。然而，較之他那首知名傑作〈近江荒都〉[43]，我更喜歡從他的行幸景仰歌中，讀出一位名為柿本人麻呂的詩人抒發集團情感，而非個人情感的述懷。

〈幸於吉野宮之時，柿本朝臣人麻呂作歌二首並短歌〉[44]

「大王君臨地，天下屬國多。山川獨清秀，屬意在沿河；聖心在吉野，秋津花飛落；野邊建宮殿，壯柱起巍峨。宮人頻來往，競渡或並舸。朝並此川渡，夕競渡此河。如川流不絕，如山高難測。瀧宮流水暢，百看不厭多。

反歌

百看不厭，吉野川；岩苔青清永無絕，歸來當再看。

*

吾皇本為神，神而今君臨。吉野川流急，沿彼河谷地。修建巍峨殿，登臨望山川。青山層巒繞，山神納貢調。春來頭飾花，秋至紅葉插。河流經御殿，神河貢御膳。上流放漁鸕，下流設網取。山川盡歸從，堪作神代稱。

反歌

山川承侍皇神明；河谷激流處，駕御舟出行。」

——這裡沒有絲毫個人感懷的闡述，也比古代歌謠更不具抒情性。古代國家寧靜的光輝，恰好促成了詩歌和政治，尤其是和安靖有序的統治之間的一致性；但是到了《萬葉集》的時代，詩歌的泉源不再是從昔日倭建命和輕太子那種神人分離的嗟嘆中汲取出來，也與可怕而凶暴的神力相去甚遠，彼時的詩歌被禁止從凶暴的泉源汲取力量了。從此而後，倘若追溯詩歌的

42（七一八～七八五），日本奈良時代貴族與歌人，享有文壇盛名，現存和歌與詩作多達四百餘首。大伴家持一生官場浮沉，擔任兵部少輔曾戍守筑紫國一帶，後文多首戍卒歌作即為該時期彙集的作品。

43 全名為〈過近江荒都時，柿本朝臣人麻呂作歌並短歌二首〉，簡稱〈近江荒都〉，內容是他造訪毀於壬申之亂的近江大津宮時，以琵琶湖的自然風光為背景，緬懷那座已淪為廢墟的昔日都城，為日本詩歌史上第一首展現廢墟美學的作品。

44 節自《萬葉集》，譯者趙樂甡，譯林出版社，二〇〇二年四月。本章的和歌譯文皆引自該書。

泉源，會發現一切來自於情愛，而「吾皇」的光輝，則以名譽和榮光的表象呈現出來，成為人民永遠崇敬的定型化型態。我從第一卷到第二十卷中，讀出了這種由於身處邊境，反而觸發出因為距離而神聖化的真實情感的過程，而這亦是對於《古事記》下卷裡記載的民眾的勃興、民眾意見以不同形式參與政治的憧憬，甚至是訴說一種經過精煉之後的清澄的統制情感。

這兩首柿本人麻呂的吉野宮行幸歌，第一首是對瀧宮的禮讚，第二首是對於山川草木貴為萬神仍服膺於「吾皇」之下，這種大自然的使命的褒讚。

詩歌將自然統制化、精煉化，詩歌使自然首度成其為自然，而宮廷詩人的任務，便是經由這樣的程序，將所賦予的存在予以神化。宮廷詩人的功能相當於建築家。換句話說，吉野宮這座高大的殿堂建物，將四周的山野與河川當作「依憑侍奉之物」，恰能與柿本人麻呂宛如透過語言、透過詩歌這座隱形的建築，發現大自然表徵的意義與確認大自然的使命，相互對應。在這裡，大自然由於語言而發光發熱，人們看到了大自然的某種美學，而那種美學立刻被推尊為具有神聖的使命。那正是由於詩歌、由於語言，而得到正當性的統治。於是理所當然地，當皇居因為統治者的死亡而遭到遺棄時，在詩歌這項媒體中的山川草木也會變得荒蕪，與天地同表哀傷了。

我認為柿本人麻呂是古代世界裡，將語言中的情感抽離、賦予詩歌語言某種命題的第一位詩人。當然其中含有喜悅的情感，但不同於令眾神「無比清朗快活」那種充滿野性的強烈喜悅，是一種靜謐且內斂的喜悅，而景仰一詞正是最恰如其分的寫照。由此可見，柿本人麻呂明白語言偉大的傳遞作用，並且深知再沒有比詩歌語言，更能讓這光輝照耀到邊境之地的力量了。多虧這種隱形的建築工法，使得吉野宮這座具有可視性的建物，成為一棟直入雲霄的高大殿堂，不論站在全國的哪一個角落都得以舉目瞻仰。也就是說，柿本人麻呂的詩歌透過語言擴大物象的可視性光輝，賦予一棟海市蜃樓，將唯有去到那地方才能看到的吉野宮和周圍清寧的自然美景，轉化為萬眾皆可擁有。

如果藉由戍卒歌作，得以在遙遠的鄙地也能仰望這股光輝，那麼我將柿本人麻呂的歌作和戍卒歌作連結起來的意圖，應該很明顯了；亦即，經由這種繪圖的透視畫法，更能彰顯其神聖性。

以下從第二十卷中摘錄幾首戍卒歌作：

〈天平勝寶七歲乙未二月，相替遣筑紫諸國防人[45]等歌〉

（一）「謹奉君王命；明日起，獨伴野草寢，身邊無妻。」

（二）「阿妹戀心濃，難忘情；飲水見泉中，猶有倩影。」

（三）「謹奉君王命；觸磯岸，越汪洋，拋下了爹娘。」

（四）「遠方筑紫國，大君之治庭。為防敵人襲，建此壁壘城。所治廣四方，諸國人充盈。惟其東國男，出征臨陣勇。猛士無反顧，赴任詔敕從。即同阿母別，妻未共枕橫。掐指數

45 即邊境戍卒、駐防士兵。

日月，難波津港行。大船槳楫滿，合力齊操縱。朝來船夫集，晚潮撐舵沖。諸君奮力划，破浪船前行。早日安然至，王命得遵承。男兒心志堅，巡防續不停。事罷速歸來，無礙應順風。齋甕床邊置，疊袖盼入夢。黑髮鋪在床，漫長日月送。盼歸空閨待，嬌妻嘆息情。」

（五）「新換防，防人船出動；海洋上，波浪勿洶。」

（六）「防人出堀江，伊豆手搖舟；手把航舵，相思不休。」

（七）「水鳥騷然起飛急；未與父母言，而今悔不已。」

（八）「妹如筑波嶺上百合花；夜裡褥上愛，白晝也憐她。」

（九）「今日起，義無反顧心；鋌為大君盾，我，出門做防人。」

（十）「祈禱過，天神地祇；箭插胡祿裡，我，徑向筑紫去。」

——除此以外，我想再加上大伴家持作的〈為防人情陳思作歌並短歌〉，將這位優雅的宮廷抒情詩人憑臆想創作的和歌，與前面那十首作為對照，如此更能看出我的思惟：

「惶恐奉君命，別妻心悲傷。男兒發壯志，整裝出門往。慈母撫頭親，嬌妻偎依傍。齋祝平安去，速歸應無恙。兩袖拭拂淚，聲咽言不暢。前行難舉步，屢停回首望。離別適遠國，更翻高山梁。輾轉到難波，伺機待潮漲。晚潮浮舟起，晨則取向航。我待來潮時，春霞環島旁。聞鶴鳴聲悲，遙遙思家鄉。宛如背上箭，離弦嘆聲響。

海天煙霞飄，聲聲鶴啼；悲愴日向晚，遙思故里。

思家難入眠，聞鶴啼；葦邊亦不見，卻在春霞裡。」

第二十卷數量龐大的戍卒歌作，皆為進呈至當時在京城任職兵部少輔、約莫四十歲的大伴家持手中的作品，大伴家持看完之後詩興大發，於是模仿創作了上述的長歌一首和短歌兩首。

若是將大伴家持的這三首和歌擺在面前，把戍卒歌作放在較遠處，即可清晰看到業經過濾的文學性語言，是如何揣摩真實的情感，進而轉化為另一種情緒的典型案例。事實上，其後的《古今和歌集》的構思即是發源於此，從而引導至古典主義的綱領：和歌應當避免流露出粗野的「真實情感」，然而其本身不得體悟真實的情感，如此才能呈現出真實情感的樣貌。

相較於戍卒歌作，大伴家持的長歌顯然更為端整，更具有「詩意」。那是將初始的情感經過精煉後的結果，也就是發揮了如同煉鐵工廠的功效。那相當於在詩歌的世界裡，發明了一座新穎的機構，將輸入的原料精製以後，做成了加工產品。而過去的原料供給地是位於國家的中樞，現在則在遙遠的邊境之界了。

大伴家持的這三首作品，秉持的是不同於《萬葉集》絕大多數和歌的嶄新文化意志，只是他本人對此有幾分領悟，恐怕不得而知了。無論如何，柿本人麻呂歌作和戍卒歌作隔著大量的相聞歌，遠遠地相互呼應，其代表的文化意志，已經在《萬葉集》中表露無遺了。

隱含在戍卒歌作中深遠而幽微的《古事記》與《日本書紀》歌謠式的、猶如倭建命的「被迫的抒情」樣貌，到了大伴家持手中，已經轉變為意志化的抒情，並且由於意志化的抒情屬於情感上的矛盾，因此當抒情愈是意志化，其人工性愈強，而本源性的力量就愈形削弱。如果不論藝術的完成度，戍卒歌作顯然強而有力，大伴家持的和歌則是蒼白軟弱。這是因為大伴家持已不再有掌握「命運」的能力，他的和歌，失去了戍卒歌作中最為璀璨的古代倭建命的氣息。當然，戍卒歌作中的倭建命式風格更為順從、更為率真、更具有人性要素，還有「定欲兒臣早亡也」的根源性嗟嘆暗流湧動。既然已經失去了這種正統性，大伴家持就不得不轉向其他地方樹立另一種正統性了。

前面舉例的戍卒歌作中，第四首囊括了前面第一至三首裡對於妻子和父母的所有眷戀。無庸贅言，之所以允許歌作中出現如弱女子似的依依不捨，前提是長歌中彰顯的「出征臨陣勇，猛士無反顧，赴任詔敕從」諸等男子漢的豪情壯志。這種情感表露，宛如從險峻的山岩中湧出的清水。那些戍守國境的衛士明白，唯有在命運受到逼迫之下，才可能流露這種抒情，並且深知也只有在那樣的條件之下，才能夠成就「詩歌」。或者可以說，只有具備上述資格的人，才有辦法寫出最質樸的詩歌。他們的任務是致力於以詩人的身分出現，並且知道自己是「偶然的詩人」；他們也應該從柿本人麻呂建立的景仰光輝中，看到了悲傷和抒情的根源。他們的榮光和哀傷，正是來自那種喜悅。衛士們從「猛士無反顧」、「赴任詔敕從」的決心，亦即強烈情感的悖論式陳述中發現了詩歌，並且或許正如現代人的解讀，他們就是在這裡發現了自身的人性（！）。在他們看來，人類是既勇敢振奮又深陷悲傷的存在，而這樣全面性宣洩人類情感的效果，便是詩歌最重要的功能。

第五、九、十首汩汩湧出的男子漢豪情壯志，在第二十卷的同類歌作中反倒鮮少看到。其實那種單純剛健的情感，才是戍卒歌作真正的基調。在這些和歌的背後，柿本人麻呂描述的

「巍峨」的吉野宮，昂然矗立；而「今日起，義無反顧心；鋌為大君盾，我，出門做防人」於是成為戍卒歌作的代表，亦是十二世紀後的今天，人們依舊愛不釋手的真正經典。

*

在古代，唯一被認可的非集團情感只有愛情。然而即便是愛情，人們亦受到來自外在的規範限制，在身不由己的情況下，幾乎要被這駭人的力量牽引至精神錯亂的地步（比方輕太子的境遇），但是這種愛情仍然產自某種集團情感，屬於神力的範圍。這與外在靈魂轉向內在靈魂，亦即靈魂觀的推移有關。《萬葉集》中大量的相聞歌，分布在第二卷（全卷）、第四卷（全卷）、第八卷（春、夏、秋、冬之相聞）、第九卷（同第八卷）、第十卷（同第八卷）、第十一卷（古今相聞往來歌類之上）、第十二卷（古今相聞往來歌類之下），以及第十三卷（相聞歌五十七首）。「相聞」意味著人類情感的交流，包含親子、兄弟、友人、熟人、夫婦、情人、君臣等關係。毫無疑問地，愛情正是其中的代表。

繼《古事記》與《日本書紀》中的歌謠之後，訴說愛情的和歌主題總是分離和思念遠方之人。在序文裡也暗示了，這種抒情是「被迫式的」，而強迫的來源是外在力或內在力，皆會影響愛情和歌的性質；甚至更進一步，這種被迫式的抒情在後續編撰的《古今和歌集》中變得益發曲折，成為冰冷而完美的古典主義。

所謂外在力，是大自然的各種力量，是命運，甚至是任務；至於內在力，是自我內部覺醒的衝動，是自我存在秩序的破壞，是一種想要逃到外面東飄西蕩的感覺。人們總是很晚才發現自我內在的衝動，即便發現了，也始終以為那是外在力的反映。不但如此，人們也很清楚，那股純粹的內在衝動，必定會因為與外在事物的分離或地理上的隔絕，而被激發得更加奮昂。我們應當將這樣的過程，視為相聞歌的文化意志來源，人們亦從而得到了一次文化體驗：唯有經由外在事物的刺激，內在靈魂才會燃燒。

神力，於是在這裡找到了出路。換句話說，只要人類的精神純粹傾注於離別和隔絕的主題，就能夠無比遠離統一、集中、協同的政治（統治），因而獲得政治上的安全；或者即便有危險的政治衝動，神力也只會反映在受到挫折、遭到謫貶的結果。所謂政治上的安全包括對女性的情感，或者一介兵卒誓死效忠的情感；至於受到的挫折，則是淪為政治上的失敗者。奇妙的是，自太古時代以來，我們始終將政治失敗者歸類為典型的英雄，把慘遭背叛而心生嫉妒的女子歸類為典型的女性，並且將這兩類男女的怨念，視為文化意志的泉源。在文化上，那些贏得勝利的英雄，不被認為是英雄，而幸福美滿的女性，則很少永傳萬世；在政治上也是一樣，天皇制的延續，並未歸功於那些戰功彪炳的征服者。無論多麼成功的治國明君，總是有自倭建命之後歷代「悲劇性天皇」的幻影在其背後飄忽，並且只有憑靠其背後的幢幢幻影，才證明他是足以引發日本特有的挫折和謫貶式抒情產生的文化泉源代表人，也才能維持其統治的正當性。

相聞歌在非政治性的文化意志中綻放出碩大的花朵。當統治愈是中央集權，並且積極推行像《萬葉集》那樣集文化之大成的政策，相較於政治行為的向心性，擴散、距離和漂泊等等的離心力，反而運作得更加快速。就連那些宮廷人士的內心，彷彿也暗藏著蠢蠢欲動的靈魂，若將他們帶往陌生又可怕的邊境，反而能夠引發他們對幽暗故土的鄉愁。人們早已明白情感的偉大力量了。

《萬葉集》並不是一部人們多年來相信的質樸而健康的抒情詩文集。它呈現的其實是古代的惶惶不安，而那種恐懼之美的集合體，到最後形成了這種極具特徵的國民精神總和的文化意志。倘使失去了文化意志（亦即失去了文化原鄉），就無法保有古代神力的泉源，而這種強烈的危機意識，也同步強化了文化意志。我在後文還會再次提到，一個時代中最強烈的文化意志，必定來自於危機的意識化。

《萬葉集》因而既是柿本人麻呂和戍卒歌作所代表的向心性，和相聞歌所代表的離心性這兩項的全然融合，亦是搭在此二者緊張關係上的最後一座橋梁。不論於公或於私，這都是詩歌面臨分裂危機的徹底呈現。它無法像《古今和歌集》那樣，安穩地藏身於宮廷的背後。隨著長歌的消失，宮廷詩歌也跟著衰退，這種衰退不僅顯示了政治帶給文化的安心，也意味著緊張關係的消除。對於情感的偉大力量的畏懼，逼使人們必須藉由《萬葉集》這樣媒介來彙集詩歌。到了今天，我們已經不懂如何解讀這種古老的恐懼，而這又導致我們誤解了文化意志基於敬畏的性質。

「秋禾穗上，朝霞籠罩；不知心中戀，何時可得消。」（第二卷・第八八首——磐姬皇后思天皇御作歌四首之一）

這位磐姬皇后是仁德天皇的皇后，她也是日本古代文學史上最重要的主題「嫉妒」的第一位、亦是最成功的詮釋者。這位皇后的和歌出現在《萬葉集》中的第一部，也等於暗示相聞歌的命運。

這首相聞歌描述一種對於指涉對象模糊的不安情感。磐姬皇后必定飽受嫉妒的折磨，她渴望從這種情緒得到釋放卻未能如願，於是只能將這種心境寄情於詩歌的形式。

所謂的藝術行為，或許就是從「被迫的情感」中得到解放和自由。相聞歌的神奇之處在於，能夠藉由目的意識，徹底避免把某種拘束狀態的情緒按照原樣宣洩出來。我認為，「除了『解決問題』，還有另一種抒解的方法」，這就是詩歌起源的重要原因。而那種「另一個方法」的體系化，也就是相聞歌。

話說回來，相聞歌真優美。那種意境是，一位文靜、優雅、滿心嫉妒的女性，站在鏡子前面，為自己身上這件名為嫉妒的華服深深著迷。女性從沒想過，充斥在自己體內的這種情緒是醜陋的，並且古今皆然。透過文字輕柔的堆砌，層疊出一個憂鬱的自我影像，勾勒出一位女子憂心的樣貌——磐姬皇后就是這樣一位卓越的自畫像畫家。但是，那是一幅完全不需要客觀鑑賞的肖像。因為磐姬皇后連一分一秒都不曾從客觀的角度，分析過自己的情感。

那些為情所困的人們，還有另一種解決之道，而且不是靠諦念來解決。……如果答案是詩歌，而且將之稱為產生藝術行為的型態，那麼民俗學認為其具有「鎮魂」的濃烈宗教意義，企圖將它與獨具特色的近代藝術行為嚴加區隔的方法，顯然不合理。如果創作與鎮魂是同一件事，也就暗示著人類的創作與神力的殘映亦是同一回事。因為那原本是處於絕對混亂狀態下的情感，只是借用語言秩序才得以流露出來；可是稱之為慰藉，又不夠充分。那種無秩序的情感，原先就是只能透過語言秩序（不屬於凡間的非現實秩序）才能得到救贖，並且不奢望由現世秩序加以解決。相聞歌，正是古人訴說一些早已明白無法由政治上的現世秩序來解決的事態現象，而其集合而成的篇章，則主動成為語言秩序（非現實秩序）最初的規範。人們可以在《古今和歌集》中看到這種秩序與現世秩序逐漸和解的過程，甚至更進一步看到了最頹廢的現象型態，也就是在數百年後，由失去了現世權力的貴族朝臣們嘗試以語言秩序替代現世的政治權力，從而發展出「古今傳授」這種奇怪的風習。於是，我們在《古今和歌集》與「古今傳授」之間，也看到了《古今和歌集》的主要編撰者藤原定家於語言秩序的孤立和自律性上孤注一擲的驚人之舉了。

「能將風戀，堪羨；至少可待風來，又有何嘆。」（第四卷・第四八九首——鏡王女作歌）

這是鏡王女[46]吟詠的一首和歌。

我們必須摒除「《萬葉集》裡的相聞歌皆為純樸的情歌」這種先入為主的觀念。以這一首為例，已經流露出多年後《古今和歌集》中的「理性」了。

這種「理性」並不單指沙龍風格的智性化技巧。我認為古代相聞歌中「理性」的要素，日

46（生年不詳～六八三），日本飛鳥時代歌人，藤原鎌足之妻，相傳為額田王之姊但尚未考證確認。

後演變成近代表演藝術之一的訴情民謠，甚至可以說是一種示愛的技巧。這種僅限出自女性邏輯的示愛技巧，是女子們從愛情的無秩序與非邏輯性之中最早發掘出來的智慧化技術。

鏡王女訴說的是心靈的寧靜狀態，但這種寧靜的狀態來自於束縛，而這種束縛則是源自於愛情。風，象徵自由。為愛所縛的鬱悶心情造成的寧靜狀態倘若置之不理，顯然終將陷入泥淖而無法自拔，於是她不得不透過語言拉自己一把。這種使用語言鼓舞自己的方式，具有以理示愛與傾訴的風貌。很明顯地，能夠抵抗這種邏輯的男人，世上連一個都沒有（哪個男人能夠對抗女性的邏輯呢？），因此，就邏輯上的解讀，男人也只有報以愛意了。這種解讀不一定正確，但是藉由和歌示愛傳情，賭的就是這萬分之一的機率，而相聞歌中的理性要素，便是在這樣的背景之下產生的。

「戀至死時何所用，只欲，有生之日，得與妹逢。」（第四卷・第五六〇首——大宰大監大伴宿禰百代戀歌四首之二）

如此毫不隱晦的情歌，在《萬葉集》的相聞歌中並不罕見。

「君去大和日臨近，有鹿野外立，惜別聲勤。」（第四卷・第五七〇首——大宰帥大伴卿被任大納言臨入京之時，府官人等錢卿筑前國蘆城驛家歌四首之三，大典麻田連陽春作）

連郊野中的鹿鳴聲都充滿離別的預兆，多麼令人同情。郊野的燦爛顯然只在此時此刻，再過不久就只剩下一片空虛了。當即將失去摯愛親友的預感，在還沒有轉化成對遠行者的懷念之前，便先以詩歌的形式呈現出來，代表這時候的奈良文化已經發展到巔峰了。

從第八卷開始出現寄情於四季嬗遞的相聞歌，接著延續到第九卷和第十卷，相聞歌從此踏上了體系化的道路。不受現世秩序規範的情感，首度與自然秩序妥協。季節的推移所帶來的歡喜與哀傷，與愛情恰成比照，人們學會了世上沒有永恆不變之物，所有的情感必將循環，而時光的流逝將會慢慢癒合心中的傷口，並且明白這種殘酷的治療方式，正是狂暴的極致情感唯一的美學形式。

「近來為戀惱，激如夏草；刈去復掃淨，又滋生。」（第十卷．第一九八四首——佚名）

從這首歌作可以發現，立意與表達相近於其他和歌的性質愈發顯著。第十卷收錄了許多佚名之作，這首〈夏草〉的情歌就是其中一例，歌中描述為愛煩惱，如雜草般斬除不盡，風吹又生，並且這裡的夏草不單是比喻，還表示作歌的季節。夏草的心象，於是與時節變遷及奇特的無名性，共同暗示著相聞歌的沙龍化與美學形式化。

第四章　懷風藻[47]

八世紀中葉，在大伴家持死前編纂完成的日本最古老的漢詩集《懷風藻》，被評為外來文

47 日本現存最古老的漢詩選集，反映當時崇尚漢風文化的社會風習，於西元七五一年（文中提及的大伴家持卒於七八五年）編纂完成，編者不詳。

化的幼稚仿作，其文學地位向來不及《萬葉集》。這一部全面委身於舶來文化的詩作成就，儘管可以視為短暫的時興風行，卻有其重要的文化意義，亦即，透過這些必須借用外來觀念才得以完成的創作，日本文化終於自我覺醒了。

當然，起初只是某種紈絝主義。紈絝主義教導人們應當隱藏情感，並且真實的情感必須與個體切割，寄託於一定的規矩儀式中，如此才能夠彰顯自身的壯麗。理所當然地，漢文創作最早出自宮廷，隨著宮廷地位的提高，男性的紈絝主義愈發膨脹，漢文的使用頻率與場合也自然增多了。漢文原本用於政治語言，之後逐漸形成文學語言，於是，仿效中國古詩潮流的「政治詩」，首度在日本文學史上萌芽了。

然而，繼《離騷》以來，慷慨詩不僅未在《懷風藻》中發揚光大，甚至在千年之後維新志士們的慷慨詩裡，也沒能窺見流露真情。其中極少數的例外，就是收錄於《懷風藻》的大津皇子[48]詩作了。

那幾篇詩作雖然能分析出如同《離騷》裡的種種政治意涵，但我不打算那樣解讀。不過，一千三百年後的我們，依然可以感受到那位曾經企圖奪取皇位者心中的寂寞。一個人一旦起了叛心，唯有付諸執行，否則寂寞之情難以排解。即便是大津皇子那首〈遊獵〉乍看下的熱鬧情景，仍有一陣黯然的冷風吹拂而過。這位皇子胸中那股宛如愛情卻又不是的苦悶，無法使用和歌的形式完整表現出來。倘若大津皇子能夠借用外來既有的文學形式，將隱藏心中的叛逆昇華成藝術，達到登峰造極的美學，從而獲得心態上的平衡，那麼，在他的詩中必定會透顯出人類情感中最不平衡的危機感。就意義而言，這種為了掩飾野心而穿戴的懷柔面具，恰恰與蘭陵王[49]覆於面上那張令人望之喪膽的面具相反。

這位生於七世紀後半期的皇子是天武天皇的長子，可惜終究未能奪得天下。他相貌魁梧而器宇軒昂，幼年好學，博覽群書且文采洋溢，及壯好武，劍術精湛。他性情奔放不羈，敬賢禮士，廣納四方人才。某日，一位嫻熟卜筮的新羅僧人行心，於瞻望皇子容貌之後稟告：「皇子骨相絕非人臣之相。倘久屈下位，恐難保身！」這也成為皇子意圖謀反的因素之一。不料，他竟被盟友河島皇子出賣，遭到逮捕並且賜死，時年二十四。

《懷風藻》裡僅僅收錄四首大津皇子的詩作，在此引述如下：

五言　春苑言宴　一首

開衿臨靈沼　遊目步金苑

澄清苔水深　晻曖霞峰遠

驚波共絃響　哢鳥與風聞

48（六六三～六八六），天武天皇之子，原為眾望所歸的皇位繼承人，可惜被擁戴草壁皇子另一派用計鬥下，壯志未酬，英年早逝。

49 高長恭（五四一～五七三），中國北齊時代皇族，世稱蘭陵王，相傳因相貌俊美，因而戴面具上戰場以收恫嚇之效。

群公倒載歸　彭澤宴誰論

五言　遊獵　一首

朝擇三能士　暮開萬騎筵
喫臠俱豁矣　傾盞共陶然
月弓輝谷裏　雲旌張嶺前
曦光已陰山　壯士且留連

七言　述志　一首

天紙風筆畫雲鶴　山機霜杼織葉錦

五言　臨終　一絕

金烏臨西舍　鼓聲催短命
泉路無賓主　此夕誰家向

……這些詩句從表面上看不出任何對皇子激越性格的暗示，一切貌似才華洋溢的素養陶冶與弄文消遣。受限於外來語的使用，他似乎無法暢所其言，而被侷限在形式規則和古典主義的美學範疇之中。不過，從詩篇油然而生的情感，任何高聳的藩籬應該都無法將之囚困。讀者們先看過大津皇子的傳記之後，想必能從他的詩詞裡品得另一番風趣。

在那首〈遊獵〉當中，充滿陽剛氣息的樂趣躍然紙上，豪氣干雲的描述強調了男子氣概。為使這分粗獷狂放具有對稱性，因而援用了六朝詩賦[50]的形式。好比軍隊必須以規定和儀式來維持軍紀，為了讓暴戾之氣轉化為詩意，亦有其應當遵守的格律。大津皇子的年輕氣盛與意氣風發，在「朝擇三能士　暮開萬騎筵」這一句中表露無遺。紈綺主義對質樸、譬喻對現實、舶來的華美對本地的水土，甚至是某種遠大美學理想的模仿對賦予的樂趣，統統具有離心力的作用。在這位青年的內心（或者某種文化的本質亦是如此），一方面基於素養而願意遵循某種範式，另一方面又希望自身的行動能與異國的英雄形象同化，最後，兩種思惟糾葛得難解難分。至於《古今和歌集》裡的文化，則沒有如此專注於向心性的活動。

這種青澀的不成熟，與大津皇子的命運，營造出一種抒情的氛圍。因此「月弓輝谷裏」這一句，一種難以言喻的叛逆孤愁顯得格外耀眼。

我之所以特別重視大津皇子，原因在於這位皇子將英雄氣魄傾注於詩中，把相聞歌的私情託付在和歌裡；他將對宮廷的感慨傾注於詩中，把私慾情念託付在和歌裡；他將一位英雄於事跡敗露之後臨死前的辭世詩傾注於詩中，把一位溫柔的詩人對世間萬物的訣別託付在「百傳

50 六朝詩賦的特色為講究雕琢，文辭輕豔，當時號為「宮體」。

磐余池爾　鳴鴨乎　今日耳見哉　雲隱去牟」[51]這首和歌裡。我在這位青年身上看到了一種明確的意識，他分別應用外來詩的形式和和歌的形式來抒發不同性質的感懷，並且從中窺見了日後貫穿我國文學史的二元文化意志的起源。這種純粹基於藝術目的，將船來與和風分別適用於不同領域的作法，成為神人分離之後，人類自我意識誕生的證據。我甚至隱約瞥見了這位過渡時期的詩人真正的想法——那條由於統治野心而裸露出來的叛逆靈魂，唯有藉助外來文化的整冠束衣和擦脂抹粉，才能夠順利地以彬彬詩文的樣貌示人。

我試著從《萬葉集》第二卷中，爬梳出兩首大津皇子的相聞歌。諸位不妨欣賞詩中巧妙又直接的情慾流露：

足日木乃　山之四付二　妹待跡　吾立所沾　山之四附二[52]

大船之　津守之占爾　將告登波　益為爾知而　我二人宿之[53]

大津皇子示愛的石川郎女身分不明，但由兩人並未正式婚配看來，大抵是皇子的「緋聞對象」。在第二首歌中，皇子不惜揚言：「我們的事就算世人皆知，也沒什麼好怕的！」順帶一提，石川郎女以一首情深意濃的美麗和歌，回應皇子第一首詩裡的「山中水滴頻」。

吾乎待跡　君之沾計武　足日木能　山之四附二　成益物乎[54]

——相較於大津皇子這些極具《萬葉集》風格的和歌中，質樸而不加掩飾的官能性直敘，在《懷風藻》裡的他則全然散發出一種自我戲劇化的光彩。大津皇子政治行為的獷悍並不是自然展露出來的，若非經由外來文化促使其詩歌的壯麗化，若非其自我英雄化的戲劇化的過程，世人恐怕無從發現。

這一切全是隱於內而非顯於外的。我的意思不是說他隱瞞奪位之心，而是指他摒棄了自我的個體，寄身於一種範式之中，超脫個人的情感，讓自己融入英雄式的情境。那首〈遊獵〉勾勒出他在門下壯士們的簇擁中，於弦月映灑的山谷裡狩獵的馬上英姿。皇子必定認為，和歌的形式還不足以充分彰顯出這種陽剛的世界。

那首六朝詩賦風格的臨終詩（寫於朱鳥元年十月賜死之際），他客觀看待自己的早亡，沒有絲毫抒情，沒有修飾，沒有悲傷，沒有榮光，只是詠歎死亡的徹底孤絕。在這首絕命詞中，紅彤彤的金烏（喻指太陽）在西邊房舍的彼方緩緩沉落，報時的鼓鳴一聲聲催著他啟程領死。

---

51 出自〈大津皇子賜死之時，磐余池陂流涕御作歌〉，意譯：「磐余池畔聽壓鳴；今只得一見，即絕此平生。」（本章的和歌譯文皆引自趙樂甡先生翻譯的《萬葉集》，譯林出版社，二〇〇二年四月。）

52 出自〈大津皇子贈石川郎女御歌〉，意譯：「山中水滴頻，盼妹來，佇立久，濕我衣衫袖。」

53 出自〈大津皇子竊婚石川郎女時，津守連通占露其事，皇子御作歌〉，意譯：「津守占卜，兩情事已露；本早知曉，偏要雙雙宿。」

54 出自〈石川郎女奉和歌〉，意譯：「等我在山中，濕君衣袖；願作彼水滴，得與君相就。」

相較於那場觥籌交舉的盛宴與英勇豪氣的夜狩，此時的皇子緩緩步出家門，獨自踏上了賓主皆無的死亡之旅。

不過，再把視線拉回到《萬葉集》上，我們看到了兩個情深意重的女子，一位為皇子殉死，一位為他作歌哀悼。殉死的是大津皇子的正妃山邊皇女[55]，而作歌的是他的同母皇姊大伯皇女[56]。

朱鳥元年（西元六八七年）九月九日，天武天皇駕崩，大津皇子前往皇姊奉侍的伊勢神宮，返抵京城不久，即於十月三日被處死了。同年十一月十六日，大伯皇女回到京城哀悼皇弟之死，無比的遺憾盡皆付諸於詩歌之中。由此推測，大伯皇女在抵達京城之前，並不清楚皇弟被賜死的經緯。這位女子隻身上京的艱辛之旅，終究化為一場徒勞。

神風乃　伊勢能國爾母　有益乎　奈何可來計武　君毛不有爾[57]

欲見　吾為君毛　不有爾　奈何可來計武　馬疲爾[58]

後來，當大津皇子的屍骨遷葬至葛城的二上山時，大伯皇女又哀傷地吟詠兩首和歌：

宇都曾見乃　人爾有吾哉　從明日者　二上山乎　弟世登吾將見[59]

礒之於爾　生流馬醉木乎　手折目杼　令見倍吉君之　在常不言爾[60]

這位奉侍神祇的古代女性堅韌的溫情，宛如霧靄一般，將大津皇子的一生、將這位文武兼備卻終究未能集古代中國的儒雅教養與古代日本的狂野力量於一身以致於英年遇害的大津皇子一生，輕柔地擁入姊姊的懷抱裡。舶來的教養和青年的體力盡皆消亡，只餘古風之夢與自然和信仰，將皇子埋葬的二上山山貌，幻化成皇子的音容。

關於大津皇子遷葬二上山，武田祐吉先生的見解如下：

「有關皇子屍首為何葬於葛城二上山如此高地，古籍中沒有說明，但可以推測是對皇子神靈的敬畏。過去即有將高貴之人葬於高山的前例，亦是基於尊崇其神靈。對於一位被處死的皇子，人們恐怕更是敬畏萬分。」

55（六六三？～六八六），日本飛鳥時代皇族，天智天皇之女，大津皇子正妃。

56（六六一～七〇二），日本飛鳥時代皇族，天武天皇之女，大津皇子之姊。大伯皇女即大來皇女，於伊勢齋宮奉侍。

57 出自〈大津皇子薨之後，大來皇女從伊勢齋宮上京之時御作歌二首〉，意譯：「身居伊勢國，本自安宜，為何竟來京城，君已不在人世。」

58 同樣出自〈大津皇子薨之後，大來皇女從伊勢齋宮上京之時御作歌二首〉，意譯：「思君欲相見，不在人寰；為何竟來京城，徒使馬兒勞倦。」

59 出自〈移葬大津皇子屍於葛城二上山之時，大來皇女哀傷御作歌二首〉，意譯：「我尚在塵世；明日起，望著二上山，如見阿弟。」最後一句「弟世登吾將見」，有些文獻記為「汝背登吾將見」。

60 同樣出自〈移葬大津皇子屍於葛城二上山之時，大來皇女哀傷御作歌二首〉，意譯：「磯上棲木花，欲折下，惟君可觀賞，卻已永離家。」

憧憬與抽象的願望，經由外來文化的功效得以滿足與實現。抽離了宗教意涵，僅以單純的文化素養傳入日本的外來文化，從此成為男性消遣的道具。探究外來文化的起源，其實最早是為了向外國學習一套完整的治理之道，之後才進一步規範了所有統治者的文化素養。

日本人從中國文化中首度學習到男性的知識性優越和統治性格，並且得以站在高處鳥瞰已然成形的民族文化。可是，自從日本人領悟到，抽象概念對於統治、對於培養自身的客觀觀點都是不可欠缺的那一刻，就從中國文學中發現了政治語言和文學語言幾乎具有共通的有效性。

爾後，直到明治、大正時代長達十二世紀的歲月，中國古典文學和哲學已成為日本男性必備的素養，就連歐洲的哲學用語和軍事用語也都要先轉換成漢語，才能進入日本人的腦袋和情感。當一個男人要從純粹生理性存在的雄性動物，進化成擁有智識的人類，包括他的行動、他的思想、他的道德、他的藝術，統統要藉助並非出自這片日本大地的外來文化，才有辦法表達。就連幕府末期的國學，都無法置換那群志士以漢詩慷慨陳詞的「理所當然」的創作形式。甚至就在二次大戰前，一提到會寫詩，我們身邊隨處可見的老人家，直覺想到的必定是作漢詩。

反過來說，縱觀我國的文學史，幾乎不曾為男性行動和理念發明過任何語彙，一切美學的行動準則，都是朝著男性行動和理念加速消失的方向前進，連母語的功能亦致力於精進女性情操的洗練，這種文學史可說是世上罕見。比方在我國文學中，對於如何多采多姿地表達「女人的嫉妒」這種情感，已經有連綿千百年的歷史了。

再把問題範圍縮小，我認為日本人從中國詩歌文學中摸索出來的詩意，與使用讀音順序符號的漢文訓讀[61]方式的發明，有著極大的相關性。在某種程度上，漢文訓讀相當於翻譯，儘管原典的韻律遭到破壞，但詞不達意的翻譯文體節奏，就此成為日文的文體，融入原有的日文之中。當漢詩高度音樂化之後，就成為謠曲的文體了。

即便失去了韻律，漢詩一如美麗的廢墟，依然保有其結構性和對稱性。大體而言，就中國原典的觀點評論日本人的漢詩鑑賞，或許猶如站在另一個視角驚喜地發現廢墟之美。

和大津皇子同樣被控以圖謀反叛的長屋王[62]，奉命自裁時已是五十四歲。在他不算短的一生中享盡了世間的榮華富貴，一場場中國風格的豪奢酒宴，席間不忘與外國使節藝術交流。那悠然的詩風，透著倦怠但謹守格律的形式化華麗詩句，在在預言著一個世紀後（即九世紀初）漢風全盛時期最為顯著的特色。

「景麗金谷室
年開積草春
松煙雙吐翠
櫻柳分含新

61 訓讀為使用日本原有同義語彙的讀音來誦讀漢字；另有一種音讀，則是沿用漢字最早傳入日本時的發音。

62 （六七六或六八四～七二九），日本奈良時代皇族，天武天皇之孫，高市皇子之長子，位居左大臣正二位，據傳被政敵藤原氏誣陷咒殺基皇太子，而奉天皇命偕妻自盡，史稱「長屋王之變」。

嶺高闇雲路
魚驚亂藻濱
激泉移舞袖
流聲韵松筠」[63]

順帶一提，金谷是中國晉朝石崇別墅的所在地，積草為長安離宮別苑的池名。長屋王將位於佐保的自家府邸，取了佐寶樓這個中國氣息濃厚的名稱。但凡所有引人矚目的事物，他總要將它罩上一層豪奢的中國薄紗。

景麗金谷室，年開積草春。……人們從這種採用體言結句法[64]的對句中，感受到什麼樣的詩意呢？那是將不存在於此處、也不曾看過的事物，在眼前模仿創造出來，把前所未見的範式套用到自己身上，並且從日本古詩缺乏的左右對稱的知識性邏輯美學中，找到一種「語言建築之美」，再把一種簇新的冰冷石塊或金屬的聲響，導入到日文裡面。柔軟的日文，從此嵌入了硬質之美，相當於建築史上首次向外國學到了打造石材拱門的技術。是模擬也好，是庸俗也罷，當時的知識人，學到了詩歌的知識性方法論的重要性，以及詩歌是一種縝密的知識性作業。相反地，在確立和歌規則的《古今和歌集》中，尤其是那篇具有批判性質的序文裡，這段流變正是隱於其中的重點要素，萬萬不可錯過。我將在下一章對此詳細分析。

由對句式創作發現的對稱之美，成為日後詩歌沙龍化的重要布局。不久之後，進入了可稱為和歌黑暗時代的平安朝初期，而對稱性，正是官僚機構當時仿照中國官吏錄用制度的鑑別標準。換言之，透過詩歌，政治語言和文學語言相輔相成——政治語言為詩歌澆注養分，而成長茁壯之後的詩歌，愈發積極參與政治語言有條不紊的形成過程。

第五章　古今和歌集

要談成書於十世紀初的《古今和歌集》，就不得不提到促成這部敕撰和歌集的光孝天皇[65]（在位期間西元八八五至八八七年）和宇多天皇[66]（在位期間西元八八八至八九七年），以及這兩位天皇的文化意志，不僅如此，還必須論述發展出這種文化意志的九世紀背景。

在我國歷史上，九世紀是一個奇特的時代。該世紀始於桓武天皇[67]奠都於平安京，其特色包括仿照外國建立了完整的行政機構，以及藤原氏[68]的聯姻政治，至於在文學方面的成就，則

63 出自長屋王詩作〈左大臣正二位長屋王　三首【五十四、又四十六】——五言　初春於作寶樓置酒〉。
64 日文中的「體言」指名詞與代名詞，「體言結句法」即和歌與俳句採用體言結句。
65（八三〇～八八七），日本第五十八代天皇，年號元慶、仁和，仁明天皇的第三皇子，對文化藝術多有建樹。
66（八六七～九三一），日本第五十九代天皇，年號仁和、寬平，光孝天皇的第七皇子。《古今和歌集》雖是由其第一皇子、後續繼位的醍醐天皇下令編纂，但在宇多天皇在位期間即開始籌畫了。
67（七三七～八〇六），日本第五十代天皇，光仁天皇的第一皇子，年號天應、延曆，在位期間七八一至八〇六年，七八四年遷都長岡京，七九四年遷都平安京。
68 日本貴族的姓氏，於平安時代分為南家、北家、式家、京家，藤原北家透過與皇室聯姻壯大政經實力，挾攝政或關

完成了《凌雲集》、《文華秀麗集》和《經國集》等三部敕撰詩集的編纂。

相較於上一個世紀，此時的詩法自然愈臻成熟，佳作也遠勝於《懷風藻》。但是，一個國家的文學在經過一世紀歲月的淘洗（而且並未遭到軍事占領）之後，依然致力於以外國語言書寫的詩歌仿作，這在世界文學史上實屬罕見，況且還是以敕撰的形式推行的文化政策，更是少見的特例。

在時間的長河中，日本文學史曾經好幾度如是迷失了自己。那是對外來文化的政治迷思，亦是文化迷思。如果從迷思和覺醒的角度，對照九世紀和十世紀的文學歷程，可以概括出先是因文學迷思而失去了批判能力，再逐步建立起方法論與尋回自我批評的功能，最後才在《古今和歌集》中展現了對詩歌創作的覺醒。

每一個新時代，儘管表面上看來與前一個時代互成對比，畢竟仍有前一個時代的肧種深植其中，這由十世紀初，為了反抗藤原氏的專橫跋扈而蠢蠢欲動的復古傾向可見一斑。當時藤原氏的門閥政治，阻斷了知識人可憑藉漢學長才躋身官途的管道，而這也是加速漢學衰退的主要原因之一。

名利導向主義和迷思經常被視為同義語的時代，距今最近的，就屬明治年間的文明開化時代。假使在九世紀步調緩慢的啟蒙期中，對於外來文化的迷思成為一種自我放棄，那麼日本人很可能就此淪為自我放棄和名利導向主義誘發出來的自我保全與野心全都混淆不清、卻又同時並行的民族，最終，必定走向幻滅與復古之路。

然而文學史在這樣的迷思中，得到了什麼經驗？直白地說，答案是詩歌的知識性方法論和評論能力，那亦是明朗豁達、耽於悲喜的《萬葉集》所無法達到的境地。詩興的消退，可能不是造成名利導向主義者將作詩從功利性素養中剔除的主因，而是已然成形的新宮廷文化的人才主義和紈綺主義所導致的結果。

透過詩歌的知識性創作過程，人們逐漸計較起何謂苦澀、何謂甜美等等微妙的差異。一旦學會了作歌的法則，便開始講究起語感了；一旦明白了詩歌的形式，就開始重視起韻味和樣態了。我們從紀貫之[69]為《古今和歌集》撰寫的序文[70]中，應該可以看到具有批判性權威的前述命題。不久之後，隨著歌賦競賽的頻繁舉辦，沙龍式的評論也愈來愈盛行，從此確立了中世紀的和歌學。

光孝天皇駕崩時享年五十八，僅僅在位兩三年。仁和元年正月，光孝天皇禁著貂裘，十月，禁止於太宰府[71]私下交易舶來品，到了次代宇多天皇的寬平年間，又進一步廢除了遣唐使

白之官銜長年左右朝政，稱為攝關政治。

69 紀貫之（八六六或八七二～九四五），日本平安時代前期的歌人，《古今和歌集》的編纂者之一。

70 《古今和歌集》的假名序由紀貫之撰寫，漢字序由紀淑望執筆。紀淑望（生年不詳～九一九），日本平安時代中期的儒士與歌人。

71 現今日本福岡縣中部的城市，七世紀時曾是九州的軍事與行政中心，八世紀之後變成中央官員流放之地。

及留學生制度，而當時頗受重用的菅原道真[72]，亦於醍醐天皇[73]在位期間失勢。菅原道真逝世兩年以後，紀貫之等人完成了《古今和歌集》這部敕撰和歌集。

從這些歷史片段，可以得知文化自主的機運與反對門閥政治的動態，並且窺見歷經光孝、宇多、醍醐三代天皇君臨天下之時，復古與自主的文化意志曲折迂迴的形成過程。

紀貫之所寫的〈古今和歌集序〉，文中戰鬥式的批判展現了古典主義的氣勢。他嘗試使理想的統治與自主化的語言秩序相互呼應，將「風雅」予以具體化。我們不難從這篇序文的字裡行間，看到他身為敕撰和歌集編輯的自信與責任感。與其說這篇文章優雅，其實更趨近於熾烈。

「夫和歌者，乃托根於心，發華於詞林者也。舉凡在世眾人、諸事、萬業，心有所思，目有所見，耳有所聞，皆可抒情於言。花間鶯啼，水棲蛙鳴，生息萬象，孰不可詠歌。不假外力，可以動天地，感鬼神，和夫妻，慰武夫，莫若和歌者也。」[74]

後來，編纂《新古今和歌集》的藤原定家在《明月記》[75]中寫下「紅旗征戎非吾事」的思想根源、信念泉源，大抵正是來自於紀貫之序文裡的「不假外力，可以動天地」。

《古今和歌集》的文化意志，盡皆濃縮於開卷的第一段裡。文中提到的「花間鶯啼，水棲蛙鳴」，並非單純的擬人化，其用意在於強調歌道的泛神論。《古今和歌集》裡對於自然界的大量擬人化，經由泛神論參與了「風雅」具體化的形成。和歌裡的梅花，甚至受封了官位。

我相信當年紀貫之等人編纂《古今和歌集》的時候，必定曾對歌中提到的宇宙萬物（既是歌詠的對象，也是詠歌的主體）嚴密地再三檢查。那是對於世間一切有形與無形「王土」的仔細查核，更是對於所有存在都必須位於王土規範的正確位置上，亦即包括詩歌的、精神上的、邏輯性的王土領域的確認。從地名、人名、花卉、黃鶯、青蛙，乃至於所有事物的名稱，在經過嚴格的查驗之後，全都擺到所屬的地方了。唯有抑制那股飛向無垠的巴洛克式衝動，使事物按其應循的秩序整齊地配置排列，方能獲得「可以動天地」的能力。這種對於無秩序的領略，並非來自於能力，而是基於詩歌的秩序。其中，被認定屬於「無秩序」的事物，當然包括打從心底崇拜外來文化的「憧憬」，還有以這份憧憬為礎石、建築於其上的所有行政機構。

事實上，古代那條不羈的荒魂[76]，究竟會飄向這其中的哪一方呢？祂會以秩序維持者的身分重返人間嗎？不，隨著《古今和歌集》的完成，被視為日本文學史之正統的「風雅」，已經把荒魂完全排除在外，只保存了知識性方法論和統治性格的男性化特色。並且依我之見，就連

72（八四五～九〇三），日本平安時代的學者與政治家，擅長漢詩，被譽為日本的學問之神。醍醐天皇登基後，藤原時平和菅原道真分別擔任朝廷的左右大臣，史稱「延喜之治」，後因左大臣進讒言而遭貶至九州太宰府擔任權帥，抑鬱而終。

73（八八五～九三〇），日本第六十代天皇，年號寬平、昌泰、延喜、延長，宇多天皇的第一皇子。

74 出自紀貫之撰寫的〈古今和歌集假名序〉的第一段。

75 藤原定家的日記，紀錄時間自一一八〇年至一二三五年，長達五十六年。

76 日本神道信仰認為神的靈魂具有兩種面向，分別是荒魂與和魂，荒魂表現的是暴戾，經由人們祭祀崇拜之後，就會變成安穩寧靜的和魂形象。

這種揀選的方法，也是向中國學來的。

以文治世的勝利，等同於詩歌的勝利，「可以動天地」的能力，從此被納為只存在於純粹文化秩序裡的教義。紀貫之在〈古今和歌集序〉中，不厭其煩地一再強調這點。這雖然可以稱為復古，但至多是古典主義的確立，並不是那個充滿危險性的古老時代重新降臨。到最後，文化意志成為自我意識，人們認為最重要的工作是劃分領域，這時，日本最早的古典主義的文化意志，不是擴大成不受規範的「我」，而是昇華成受到規範的「我」，亦即向心性的極致表現。紀貫之在〈古今和歌集序〉中，將素盞嗚尊[77]尊為地界的歌道始祖，實在諷刺。

紀貫之接著說明了六種歌體的區別，然後在論述和歌歷史概觀之前，先對當時的社會抒發以下的感慨：

「當今之世流風華美，人心貪彩重色，和歌浮泛玄虛，不足以傳世，如風流之士藏木於園，有識者鄙而棄之，芒草不如，難登殿堂矣。然溯歌之濫觴，難掩今昔之感。」

這段文字的大意是：「如今，世人都為華光麗彩所炫，和歌盡是輕佻淺薄之作，僅在『風流之士』之間暗暗交流，難登大雅之堂。然而追本溯源，和歌最早絕非如此樣貌。」我認為這一節的前半和後半出現了邏輯上的矛盾。換句話說，既然世間浮華而人心輕佻，那麼膚淺的和歌應當廣受歡迎，不該形同無人知曉的園中埋木。即便是在公眾場合中羞於啟齒的歌作，就實質而言，應該還是遠勝於無趣的漢詩才對。縱使世人全戴上了儒教式偽善的面紗，仍應如同近代日本稱為「軟文學」的小說那樣，博得時下青年男女的愛不釋手。就算當時沒有近代發達的新聞業助長風潮，不容易大肆流行，畢竟浮華的世風人心，和浮華的歌作攜手共創榮景，也是天經地義的結果。奇妙的是，紀貫之對此大加撻伐，將那些和歌描寫成只在「風流之士」之間祕密交流的下流作品，看來像是一身儒家風骨的紀貫之批判世道虛華，既然如此，那麼紀貫之必須是一位眾所周知的漢詩擁護者，前後邏輯才說得通。

不過，如果換個方式解讀，結果就不一樣了。亦即，將「唯風流之士所藏，形同埋木，有識者鄙而棄之」這一行從中截斷，那麼整段的意思就會變成：「世道人心皆嗜尚浮華，和歌亦淪為淺薄之作，（因此真正的和歌）如埋木一般，只在風流之士間私下交流，不拿到大堂之上議論。」至於開頭的「流風華美」與文中的「風流之士」，儘管都有「流」、「風」二字，但意義自然大相逕庭了。

倘若紀貫之從其無關浮華世道、來歷正宗、暗中傳布已久的諸項條件中看到了正統性，那麼，他的意思應該是，這個正統性在漢詩全盛時期遭到打壓的時候，便轉入暗處成為隱密的「風流」，當其露顯在外之時就叫「風雅」，兩者其實是同一件事。早從大津皇子的時代開始至今，已經留下了許多以個人的「風流」演繹古代情感的詩歌了。

然而，直到日後武士階級興起之前，屬於男性的感懷，始終沒能於日本文學史中再次恢復

---

77 即《古事記》裡的建速須佐之男命，在《日本書紀》裡記為素盞嗚尊、素戔男尊、素戔嗚尊等名字，象徵暴力的神明。

其正統性。從《古事記》到《萬葉集》，那般豪邁奔放的荒魂，並沒有由紀貫之恢復古代榮光的文化意志帶回和歌之中，依然只能暗流浮動，多年以後，竟被當成「優雅的阻礙」，淪為風雅的反面命題。荒魂，成了邊境精神，即便在中國文學裡得以暫棲，但那裡終究不是久居之地。《古今和歌集》雖然嘗試藉由洗練、美麗與優雅的中央集權排除偏見，然而這種都鄙之別，在此後長達千年的時光中，仍以各種各樣的形式掌控著文學史。

「風流之士藏木於園」，正是長達一世紀只能在黑暗之中傳承的「風流」與「和歌」望眼欲穿的歸宿。和歌經由這部敕撰的《古今和歌集》，總算得以重見天日。它如地底暗流般優雅，忍辱負重地靜候著復權之日；它等待著當優雅化為鋒利的刀刃，劃破外來的繁贅對稱性那一瞬間的到來。

一次機會，我觀賞了能劇《采女》。那部能劇與紀貫之在這篇序文中譽為「和歌雙親」的兩首古歌之一，也就是所謂和歌之母的〈安積山之歌〉頗有淵源，其實就是《萬葉集》第十六卷中的那首知名的采女戲作：

「山井可見，安積香山影；我心非井淺，思君深情。」[78]

這首歌作的緣起是葛城王被派遣至陸奧國，因國司招待不周而感到不悅，這時一位名為采女的姑娘當即敬酒詠歌，葛城王這才重展歡顏。當我觀賞這齣能劇時，恍然明白在那部充滿京城風貌的《古今和歌集》中，這首邊境抒情的歌作特別受到重視的理由了。

那位國司的府邸，很可能就是「風流之士藏木於園」的泉源之一。那裡表面上是位於邊境、所有荒魂的流放之處，實際上卻是一個儲存著情慾洋溢的優雅夢境。能劇《采女》的主角極為優雅美麗，主角在前半場身上那襲金銀紅線錦織戲服，以及後半場穿的飾以金箔藤花紋樣的白絹垂袖長袍，無不襯托那張美麗而憂鬱的女面具流露出歲月的無情。那首極度缺乏戲劇張力、單調又冗長的寂寞曲子，只獻給心境充盈且優美的采女。

紀貫之以寬大的眼光，看待這些具有傳承性的故事。他犀利地檢視了「風雅」的原料產地，明白了唯有質樸純良的元素，亦即「真實」，才能成為洗練最本質性的要素。他不是頹廢派，甚至比大伴家持更不頹廢。他知道單單只有「真實」，不足以迎合大眾的口味。

因此，他在〈古今和歌集序〉中對六歌仙的嚴詞批判，可說是對於歌作同樣雅靜的閑雅歌人們，一種近似大義滅親的作為，亦即毫不留情地揭發內部敵人。這恐怕就是紀貫之本該批判漢詩，卻在這篇序文中，把砲口對準這些堪稱歌道活神仙的偶像們發動猛烈攻擊的原因之一。

他直指僧正遍昭[79]是不夠真誠的歌人，可比「如觀畫中女子，動心亦枉然」，批其歌作是把藝術當成素材的加工藝術，亦即人造產物。

他認為在原業平[80]情有餘但欠缺詞彩，是個技法粗淺、不夠老練的歌人。

78 出自〈葛城王發陸奧時，祇承緩怠王意不悅采女捧觴詠歌〉（節自《萬葉集》，譯者趙樂甡，譯林出版社，二〇〇二年四月。）

79（八一六～八九〇），日本平安時代前期的官吏、僧人與歌人。

80（八二五～八八〇），日本平安時代前期的貴族與歌人。

他批評文屋康秀[81]是個巧言令色的假內行、宇治山僧喜撰[82]不具連貫性和組織性，只有小野小町[83]雖然筆力太弱，至少承襲了古時衣通姬的流風，散發出楚楚可憐的風韻。他說大伴黑主[84]「歌體貧瘠」，猶如「樵夫負柴，於花間暫歇」一般。

最後，紀貫之下了結論：縱使聞名歌人不勝枚舉，但是「皆以為作歌，實則未解和歌真貌」。也就是說，他糾劾這些閑雅歌人淪為觀念主義，忘記「和歌真貌」，也就是和歌真正的本質。

揭開《古今和歌集》，自第一卷〈春歌上〉和第二卷〈春歌下〉共一百三十四首依序誦讀的人，想必無不對其依循季節嬗變的巧妙編輯方式大為折服。從在雪下等待大地春回的心境，到落英繽紛時惜春的詩情，宛如層層砌上的色彩，以絕妙的語感一小部分、再一小部分地漸次疊合上去，就這樣從春來乍到，然後春意正濃，及至最後的春去夏來。為了帶出這種別具意義的重複效果，還特地選入兩首主題、用語及表現手法都非常相似的兩首和歌。春天，就在這如畫一般的兩卷之中，來了又去。

從這一百三十四首春歌當中出現頻率最高的關鍵字「花」，就能夠看出《古今和歌集》的特色了。也就是說，和歌中的花，既不是指這朵花、也不是講那朵花，可以說是一種極度客觀化的花，而這個花的意向成為一種既定概念。在這裡，禁止對花做詳細的分析，包括將它特殊化、地域化、分類化等等，一切都在禁止之列。此時，神聖而不可侵犯的「花」具有一定的表象，「花」只能是「花」，不是其他的任何東西，所以但凡在和歌裡提到的「花」，都不准再對其概念內容說三道四，何況這種質問根本失禮得很。在詩歌王國裡的花，於是看似帶有些微金屬質地的冷漠抽象性，但它絕不是人造花，而是如假包換的「真花」。在那個保證其真實性的世界裡，用別的名稱來稱呼花，不但違反規定，更無異於讓它的真實性從自己的指縫流失了。

很好，「花」不被允許具有獨創性了。如此一來，歌人無須對詠頌的花負起任何責任了。歌人於是得以安心地以花為題抒發個人的感懷，不過，他還是得遵守很多項情感的規範，包括在春天來臨前必須等待春意、當春天離去以後必須惜春才行。假如違反了這些和歌情感的法則，就不能稱為和歌了，甚至直白地說，根本不配稱為和歌。剩下的，就只有如何在這種規範性的情感中，搶救出屬於自己獨特的情感「樣貌」。至於那個「樣貌」，則純粹是基於語言藝術的數學嚴密性的「語言排列」問題了。

不消多說，語言排列的彈性通常與條件假設法具有高度相關。《古今和歌集》裡的歌作，可以說是最常使用條件假設法的和歌了。也就是說，《萬葉集》中的敘景歌是對眼前風景的直敘，而在《古今和歌集》裡則把它擺在相隔遙遠的不同地點。透過假設法，和歌對現實的感懷愈發強烈，或者更為峰迴路轉，從而增添其音樂性或陰鬱性。《古今和歌集》裡的歌人運用條

81（生年不詳～八八五？），日本平安時代前期的官吏與歌人。

82（生卒年不詳），日本平安時代前期的僧人與歌人。

83（生卒年不詳），日本平安時代前期的女歌人，相傳為絕世美女，著有歌集《小町集》。

84（生卒年不詳），日本平安時代的官吏與歌人，在其他文獻中亦記作大友黑主。

件假設法，將多所限制的現實中看到的花，轉化為虛構的夢幻之花。（不過，《古今和歌集》裡並沒有太多傑作出自這種操作，要在《新古今和歌集》裡才會大量出現。夢幻之花的虛構之美，反而在紀貫之這首不用技巧的簡樸和歌中顯露無遺。引用如下：

謁宿春山寺，夜中入夢頻，夢中花落盡，可惜不逢春。[85]）

今年晚春三月，一個東方剛露出魚肚白的黎明時分，我和一群年輕人出發前往三國嶺，在大雪紛飛中順著稜線走在三國山脈上。林道沿途兩旁的樹冰美得令人屏息，彷彿走在幻境之中。我隨手摘下路旁的小樹枝，邊走邊欣賞。小樹枝好似一支體溫計，密密地裹著一層透明的冰玻璃，而被凍在冰裡的紅褐嫩芽，看起來就像紅色的刻度一樣。我把玩了一會兒，冰枝仍沒有融化。

「霧中樹發芽，春雪降如麻，鄉里無花日，偏能見落花。」[86]

這首紀貫之的和歌，毫無疑問地是以「發」芽和「春」[87]這兩個同音字做雙關，乍看是一首概念式的和歌，但他寫到大雪中「無花的鄉里」，彷彿讓我連那天清晨飄落在前人背包上的一片片潔淨的白雪，凝結成形狀各異的六角雪花，都能看得清晰分明。如果略去一切現實條件，將這情景予以詩化，就會成為紀貫之這首和歌了。忘記片段的印象，捨掉感覺末稍的把玩，放棄知覺自豪的洞悉力——若將這個早晨適切地呈現其「整體」，就會成為紀貫之的這首和歌。有誰能比他做出更強而有力的詮釋呢？哪裡看得到詩歌必須受到狹隘的限制才行呢？

《古今和歌集》以及紀貫之冀求的，就是這種詩歌的普遍適用性。

在《古今和歌集》中，秩序和整體是同義詞，……不，從一開始，混沌就被「整體」立刻排除在外了。話說回來，「某個整體被警告要先將可能危及整體之物排除在外」，在這個矛盾的概念下，有辦法清楚陳述古典主義的本質嗎？

「白雪尚飛空，陽春已來崇，鶯鳴冰凍淚，此日應消融。」[88]

像這首從二条皇后[89]柔美的情感投射，帶出獨創的優美影像，在《古今和歌集》的〈春歌〉中反而屬於特例。

另外從藤原言直[90]的這首：

「春至抑何早，花開抑太遲，黃鶯雖善辯，緘口也無辭。」[91]

以及凡河內躬恆[92]的這首：

85 出自〈謁宿山寺〉。（本章的和歌譯文皆引自楊烈先生翻譯的《古今和歌集》，復旦大學出版社，一九八三年。）
86 出自〈降雪〉。
87 日文中這兩個字的發音相同。後文提到的同音雙關字亦是如此。
88 出自〈二条后初春作〉。
89 （一一四〇～一二〇二），日本平安時代末期后妃，先是近衛天皇皇后，後為二条天皇皇后，稱為「二条后」。
90 （生卒年不詳），日本平安時代貴族，藤原北家後人，曾於醍醐天皇時代任官職。
91 出自〈初春〉。
92 （八五九～九二五），日本平安時代前期的官員與歌人，著有歌集《躬恆集》。

「春夜亦何愚，妄圖暗四隅，梅花雖不見，香氣豈能無？」
93

都可以看到《古今和歌集》的特性。

將這兩首和歌以白話意譯，前者是這樣的：

「想由黃鶯的啼鳴推估春天來得快還是慢，可是現在連黃鶯的聲音都還沒聽到哪！」

後面那首則是這樣的：

「春日的夜色真是傻氣十足，就算藏得住梅花的顏色，又怎能藏得了梅花的芬芳呢？」

前者的重點放在還沒啼鳴的黃鶯，後者的重點則是擺在無法於黑暗中隱藏的梅香。兩者同樣都是對大自然訴說願望、提出抗議、質問是非的形式。等待尚未出現的黃鶯，享受暗夜裡的梅香。此時此刻，有的只是還沒現身的黃鶯，以及看不到顏色的梅花。因此，任憑再怎麼抗議，任憑再怎麼責怪大自然、嘲諷大自然，作者其實非常明白這一切都是無謂的作為，可以說是一種明知故做的尋樂之道。從這些歌作中，可以看到其刻意繞道來表現抒情的文化意志呈現。

作者歌詠的是現在。他歌詠對現在的不滿，抑或些微的鬱悶。黃鶯還沒來，只聞梅香卻不見梅色。他對現在就是如此感到不滿意。這種不滿足的情感，既不是兒女私情，也不是獨特的苦惱。「黃鶯」和「梅花」在詩歌王國裡都高居堂堂的官位，在概念上受到嚴格的規範，是一種得到正式授權的存在。所以，為了彰顯這種具正當性的存在，歌人必須懷有一絲絲的負疚感。對於這種具正當性的存在找不到歸所的無奈，儘管曉得埋怨大自然毫無用處，也只能這麼做了。不解「風雅」是大自然的錯，不是歌人的責任。不服從詩歌統治的這項罪名，一定要冠在大自然的頭上才行。於是，和歌採取了出自抒情的舉發手段；或者藉由採取舉發的手段，讓大自然公開受到責難，才能使真實以抒情樣貌展現出來。假如這就是《古今和歌集》抒發情感的心理模式，那麼對大自然愈不滿意、愈發增加抒情強度的法則，也就成立了。

前人指責《古今和歌集》是一部以理論情的歌集，但《古今和歌集》談的「道理」雖具有舉發性，卻不能一口咬定等於邏輯性，舉發者本身也明知這是無謂的論理，可以說是一種抱怨、一種積恨，而道理本身也被裹上的一層情感的綢緞。唯一的仰靠，就是依理而來的正當性了。

那麼，如果完全排除了這種正當性，還剩下什麼呢？可以肯定的是，以個體的境況抒發情感的時刻，正是《古今和歌集》致力於建立抒發情感的心理模式的時候。例如可以把「大自然」置換成「男人」，將公開舉發置換為個人憤懣[94]。這種狀似以理論情的《古今和歌集》抒發情感的心理模式，一脈相傳至中世紀謠曲與近代淨琉璃裡的述懷技法了。

此時，又背離了正當性、邏輯性與方法論的要素，成為個體女性化邏輯的代表；而女性化的情感又在創作中偽裝成具有舉發性、抗議性的邏輯。

93 出自〈春夜梅花〉。

94 此處是「ressentiment」，尼采哲學中的重要概念，意思是弱者由於無法趕上強者，而感到不服氣與產生憤怒的情緒。

——再把主軸拉回《古今和歌集》。在〈春歌〉中，遵循這種抒情的悖論法則的佳作，頌讚春光絢爛的不多，但埋怨遲遲等不到春風和惋惜春時已盡的，則不在少數。

「春霞籠吉野，春意尚遙遙，吉野山陰地，雪花細細飄。」[95]（佚名）

「飛下小黃鶯，梅花枝上鳴，迎春雖有意，飄雪尚縱橫。」[96]（佚名）

「已過立春日，山鄉花未開，鶯鳴雖入耳，只覺懶聲來。」[97]（在原棟梁[98]）

「為欲贈諸君，春郊去採芹，採芹盈濕袖，白雪降紛紛。」[99]（光孝天皇[100]）

我三月份在富士山腳下等了整整一個月，嘗到了在大自然中望眼欲穿等著春天來臨的感受。今年春天來得特別遲，在一場場大雪和狂風中，我見證了今春痛苦萬分的難產。由於等待的是和煦溫暖的春季，似乎更讓人倍感煎熬；如果等的是冬季，應該一開始就有心理準備了。那時，我終於切身體會到「春」對於《古今和歌集》的歌人們具有什麼樣的意義。春天這個「名詞」，會引發一種不講道理的聯想，而它所謂的秩序，更違逆了我們的期待。倘使沒有了秩序，就不會帶來任何抒情的創意。當我們恍然明白，由於這種秩序的存在而產生的焦躁、憤怒和痛苦，正是詩歌的泉源時，表示我們已經進入《古今和歌集》的世界了。

不久後，花開了。紀貫之在這首洋溢著古今歌集式情懷的歌作中，描繪了如夢似幻的落花遠景。

「春霞何太癡，總掩櫻花面，花落非盛時，人人應得見。」

這首題為〈見山櫻〉和歌的後半段，將天天眺望遠山櫻花從綻放到繁花落盡的時光流逝，化入了語境裡。站在春霞的立場，覺得人們「都看那麼久了，總該看夠了吧？」所以把櫻花藏起來不讓人看了；但是面對這幅美景，人們卻怎麼也看不夠，總希望能分分秒秒凝望著櫻林，直到最後一片花瓣凋零。可惜的是，春霞不懂人們的心情。

這首歌作的意象是，遠山落花與將之藏掩的雲霞之間，經由轉瞬即逝的不連貫感、危機感，還有放晴時漸漸散去的雲霞映襯著遠山櫻花靜謐的身影恰似冥界之花的隔離感，緊密地連結在一起。

〈春歌〉第二卷以這首採用反詰修辭技巧的「終了之歌」，劃下了句點。

「今日春歸矣，思春已過時，花陰容易去，何故竟遲遲。」[101]（凡河內躬恆）

（春季到今天就結束了。連在春光明媚的時節，都讓人流連花下久久不去，何況今日是最後一天了……）

---

95 出自〈無題〉。

96 出自〈無題〉。

97 出自〈寬平帝時後宮歌會時作〉第四首。

98（生年不詳～八九八），日本平安時代前期貴族與歌人，平城天皇後代，右中將在原業平之子。

99 出自〈仁和天皇為皇子時賜人青芹作歌〉。

100（八三〇～八八七），日本第五十八代天皇，年號元慶、仁和，又稱為仁和天皇，仁明天皇的第三皇子。

101 出自〈亭子院歌會時作春盡之歌〉。

要談《古今和歌集》，就必須一併討論第十一卷到第十五卷、長達五卷篇幅的〈戀歌〉，否則有失公允。我雖極力主張四季之歌的重要性，但戀歌才是《古今和歌集》普遍適用性的充要條件。

各位不妨看看素性法師[102]向傳聞中的女子吐露仰慕之情的歌作：

「風聞多白露，夜起為徬徨，及晝思無及，露消早已亡。」[103]

歌中雖以「聞」同音於「菊」、「起」同音於「擱」、動詞形態的「思」同音於「思日」，運用了好幾次雙關字的技巧，卻不見斧鑿的痕跡，展現了流暢麗雅之美。

再來是壬生忠岑[104]這首和歌的清純脫俗：

「春日野間雪，消時寸草生，君如春草綠，一見便鍾情。」[105]

以及紀貫之這一首的優雅婉約：

「春霞籠罩裡，彷彿見山櫻，未睹斯人面，先生戀愛情。」[106]

還有同樣是紀貫之歌作的簡單大器：

「相逢何處是，遠在白雲鄉，只道雷聲近，相思歲月長。」[107]

最後是一首佚名之作的清冽冷涼：

「從今無所戀，御手洗川來，川水將身滌，神靈允諾哉。」[108]

厄洛斯[109]（不滿足的神祇）之所以能夠永保典雅的形象，最主要的原因當然是祂總是被賦予一種經過了修辭法包裝之後的樣貌。《古今和歌集》的歌作，幾乎沒有對愛情的直接敘述，而是採用「顧左右而言他」的方式帶出那份哀切。在「風流之士」之間流傳的「風流」一旦公諸於世，立刻被推上文化高峰，這一瞬間，突然露出了被祕藏時不曾有過的極度羞恥，而這種羞恥，也就成為優雅的核心。

*

當我國文學史到了《古今和歌集》的時代，日文的發展已經非常完備了。文化時鐘明明白白地指著日正當中的時刻，一切沐浴在陽光下，不成熟和頹廢敗下陣來，完全的均衡獲得了全面性的勝利。日文這匹悍馬被馴服，成了優美的駿馬，要牠小跑還是慢步跑，任君操控。當外

102 （生年不詳～九一〇？），日本平安時代前期至中期的僧侶與歌人，僧正遍昭於出家前生下的兒子。
103 出自〈無題〉。
104 （八六〇～九二〇），日本平安時代前期的官吏與歌人。
105 出自〈往春日野祭祀時有女出來觀禮因尋至其家書此以贈〉。
106 出自〈往採花所該處已有人乃行至其後詠此以贈〉。
107 出自〈無題〉。
108 出自〈無題〉。
109 此處原文是希臘神話裡的小愛神厄洛斯（Eros），其原始的形象是擁有一雙強而有力翅膀的俊美青年，在羅馬神話中以邱比特的身分出現時，才被形塑為淘氣的可愛幼兒的模樣。又，或者三島由紀夫此處原意是指身為愛神卻無法得到真愛的阿佛洛狄忒（羅馬神話的維納斯）。

在接受了完整的調教，而內在又具有力量時，我們稱這種美學為真正的古典美。受到駕馭的力量，在藝術領域裡是極為罕見的，因為藝術有權力選擇在不受駕馭的力量，和不需駕馭的無能為力之間隨心所欲地來回飄移。《古今和歌集》的歌作，並不容易打動人心，唯有和這些歌人感受到內在力量、明瞭駕馭意義的人，才會得到感動。因為這些歌作，絕不是設計成用來撓一撓衰弱的末稍神經、輕輕刺激疲憊的感官，或是讓哀怨的弱者噗嗤一笑。《古今和歌集》的〈物名〉那一卷裡的嬉戲之作，相較於嚴肅的近代詩人清貧的生活，簡直是天壤之別。看完《古今和歌集》全文，我們既不會受到心痛情緒的驅使，也不會對悲苦的移情作用感到滿足。

一個民族只要經歷過文化的白晝，在其後的數百年，不，甚至是千年的歲月中，總會不停地懷疑自己「此刻創造出來的文化，會否只是文化的黃昏？」明治維新之後，日本文學史為了從這種永遠的質疑中解放自我，不分清晨、中午或傍晚，任由自己漂向一個沒有時間的世界。然而，這個沒有時間的抽象世界，其實是根據充斥著誤解的外來歐洲文學所打造出來的。於是，從明治時代以後的近代文學史，連一次都沒有到達「整體臻於成熟」的境地、連一種像樣的範式都沒有發展出來，只落得拖拽著貧寒書生的窮酸外殼蹣跚而行的下場了。

《古今和歌集》絕不是藝術至上主義的產物。具有和歌形式的作品，不過是冰山的一角。這部敕撰和歌集背後有最高文化集團的大力鼎助，還擁有共同的文化意志，與共享講究的生活方式。就是在這樣的基礎之上，成就了這一千一百一十一首歌作，因此即便從中發展出某種「範式」，也沒什麼好奇怪的。並且那種「範式」的建立，是集結了整個時代的人歡欣鼓舞地扯開嬌嫩的嗓子，齊聲高喊宣布的。

下一章，我必須談一談物語[110]的文化正午，而那片燦爛的陽光，當然是無人不知的《源氏物語》。

第六章　源氏物語

我想要以《源氏物語》為例，解釋物語的文化正午。再一次，我不從《源氏物語》的書迷們最喜歡充滿哀愁的〈須磨〉和〈明石〉那些帖談起。即便與汗牛充棟的《源氏物語》研究書籍為伍、從頭至尾縱論五十四帖，也沒有任何意義。我只需要從《源氏物語》當中，追溯出文化與物語的正午就夠了。

此時，我心中浮現的是人們不太喜歡、也不太敬重的兩帖——〈花宴〉和〈蝴蝶〉。〈花宴〉敘述的是二十歲的源氏[111]笙歌鼎沸的社交生活，而〈蝴蝶〉描寫的是三十五歲的源氏享盡世間榮華的風流雅興。這兩帖既沒有深刻的苦惱，也沒有悲痛的心境，描述的都是一些表面

110 意指故事、傳說。

111《源氏物語》的主角，在故事中是桐壺天皇的第二皇子，天皇將他降為臣籍、賜姓源氏，以免他捲入宮廷鬥爭。俊美燦爛如光的外貌，為他博得了光源氏的美名。作者紫式部只寫到他五十二歲，並沒有明確提到他在什麼時候、以及如何死去，接下來是關於其後代故事的第二部。

的、甚至可以說是輕浮的事件，相隔十五年的這兩帖，遙遙映照出源氏一生中最為無憂無慮的快樂時光。在《源氏物語》當中，這該算是最為璀璨輝煌、如盛開的花朵般爭奇鬥豔，甚至歡愉得連著名的「物哀」[112]都不見蹤影的兩個帖子了。這令我不禁想起安東尼・華鐸的畫作。不論哪一帖，總有一場場辦不完的「雅宴」，每個角落都散發出享樂的氣息。他毫不畏懼最後將會面對什麼樣的結局，只管此時此刻如蝴蝶一般翩然飛舞。

如果沒有這剎那間靜止的頂點，《源氏物語》就不會成為一部長河巨著了。換個角度看，把那個無聊的「榮華故事」裡不知節制又多次重複的「凡間天國」場景，濃縮配置在簡短的兩帖之中，讓華美、官能、奢侈的三位一體，短暫地體現於人世間，把青春年華美麗的一晚、以及極盡繁華的官能嬉戲的一晚，恰到好處地灑在故事裡面，這或許正是《源氏物語》最主要的創作動機。相反地說，假如沒在故事裡的某個地方細膩地描寫純粹的享樂，那一種無須為愛所苦、也不受罪愆折磨的純粹享樂，或許《源氏物語》的世界就要山崩地陷了。人們經常只注意高樓大廈的基柱，但〈花宴〉和〈蝴蝶〉恐怕是屋脊上不可欠缺的一對吞脊獸。以源氏的贖罪意識為主軸的「源氏物語觀點」，或許是受到近代文學荼毒的一種解析法。

正因為知道世上有時會出現一種不留下任何痕跡也不餘下任何犯罪證據、純粹無瑕的享樂樣態，所以源氏才會盡情和一個又一個女子歡好——這是他在二十歲和三十五歲時就明白的道理了。換句話說，源氏對自身耀眼的青春之美的自我意識，撐起了〈花宴〉；而權傾天下的太政大臣之位與威勢，則架起了〈蝴蝶〉。讀這個故事的時候，一分一秒都不可以忘記：源氏是個擁有天生美貌的享樂天才。

《源氏物語》欲言又止的文字、在一個句子中同時提及好幾種迷惘的文體、針對一件事必定仔細說明正反兩面、選擇語彙時不是為了使文章清楚明白而是要變得含混模糊……，這些論點已經有許多人談過了。紫式部在塑造主人公光源氏時，不能說她沒有抱持絲毫的嘲諷和批判，不過她自始至終都明晃晃地肯定這位稀世美男子享有的特權。紫式部筆下的語氣一直都是「別人不可以的事，唯獨光源氏想怎樣都行」，因為事情只要到了光源氏手上，不管是什麼樣的俗事和醜聞，都會立即化為美麗、優雅與哀愁的樣貌。光源氏彷彿通曉點石成金的妙法。這種情感和生活的煉金術，正是紫式部自傲的文化意志。

可以說，這是將《古今和歌集》對諸羅萬象採用的「詩歌中央集權」，擴大施用於人類社會與人心之中。事實上，藤原道長[113]渴望極盡世間奢華的事蹟，只要翻閱日本文學史的平安時代篇，便可讀到詳細的記載了。

（全書完）

---

112 日本平安時代王朝文學中最重要的一種文學審美觀，借用蕭瑟的景象感慨人世間的無常。

113 （九六六～一〇二八），日本平安時代的公卿，系出藤原北家，官至從一位攝政太政大臣，為聯姻政治與外戚掌權的代表人物。

【Eureka】ME2070X

小說家的休日時光

小說家の休暇

作　　者❖三島由紀夫
譯　　者❖吳季倫
封面設計❖謝佳穎
版面編排❖張彩梅
總 編 輯❖郭寶秀
特約編輯❖周奕君
行銷業務❖許芷瑀

發 行 人❖涂玉雲
出　　版❖馬可孛羅文化
10483台北市中山區民生東路二段141號5樓
電話：(886)2-25007696
發　　行❖英屬蓋曼群島商家庭傳媒股份有限公司城邦分公司
10483台北市中山區民生東路二段141號11樓
客服服務專線：(886)2-25007718；25007719
24小時傳真專線：(886)2-25001990；25001991
服務時間：週一至週五9:00～12:00；13:00～17:00
劃撥帳號：19863813　戶名：書虫股份有限公司
讀者服務信箱：service@readingclub.com.tw
香港發行所❖城邦（香港）出版集團有限公司
香港灣仔駱克道193號東超商業中心1樓
電話：(852)25086231　傳真：(852)25789337
E-mail：hkcite@biznetvigator.com
馬新發行所❖城邦（馬新）出版集團【Cite(M) Sdn. Bhd. (458372U)】
41-3, Jalan Radin Anum, Bandar Baru Sri Petaling,
57000 Kuala Lumpur, Malaysia.
電話：(603)90578822　傳真：(603)90576622
E-mail：services@cite.com.my
製版印刷❖前進彩藝有限公司
二版一刷❖2022年4月
定　　價❖380元

ISBN：978-986-0767-80-3（平裝）
ISBN：9789860767834（EPUB）

城邦讀書花園
www.cite.com.tw

國家圖書館出版品預行編目（CIP）資料

小說家的休日時光／三島由紀夫著；吳季倫譯. -- 二版. -- 臺北市：馬可孛羅文化出版：英屬蓋曼群島商家庭傳媒股份有限公司城邦分公司發行, 2022.04
面；　公分 --（Eureka；ME2070X）
譯自：小說家の休暇
ISBN 978-986-0767-80-3（平裝）

861.6　　111001649